町の悪魔を捕まえろ

ジャナ・デリオン

先の事件で心に傷を負ったフォーチュン。それでもシンフルは平常どおり——なのに、またもや事件が起こった。今度は町の中年女性が、ネット上でロマンス詐欺に遭ったのだ。こんな卑劣な犯罪は許せない！　犯人はたぶん町の住民とふんだフォーチュンとスーパーおば（あ）さまふたりは、義憤にかられて立ちあがる。さらに、町一番の善人に予想だにしない悲惨な出来事が起こった。保安官助手のカーターは激怒中、三人は慎重に探りはじめる……はずだったのだけれど。シンフルのパワフルトリオが懲りずに大暴れ、好評〈ワニ町〉シリーズ、待望第八弾！

登場人物

フォーチュン・レディング……CIA秘密工作員、別名サンディ＝スー・モロー
アイダ・ベル……地元婦人会SLSの会長
ガーティ・ハバート……アイダ・ベルの親友、SLS会員
カーター・ルブランク……保安官助手、フォーチュンの元恋人
ハリソン……CIA工作員、フォーチュンの相棒
マージ・ブードロー……サンディ＝スーの亡くなった大おば
マリー・チコロン……アイダ・ベルとガーティの友人
マートル……SLS会員、保安官事務所勤務
アリー……カフェの店員、フォーチュンの友人
シーリア・アルセノー……シンフル町長、アリーのおば
ビューラー・ラトゥール……シンフルの町の住人、キャットフィッシュ事件の被害者
ノーラン・ビショップ……シンフルの町の住人

ゲイル・ビショップ……………ノーランの妻
ピーチズ（ペネロピ）・デュガス……シンフルの町の住人
ブランドン・デュガス……………ピーチズの夫
ウォルター……………………雑貨店の店主、カーターのおじ
エマライン・ルブランク…………カーターの母
ブロー……………………………保安官助手
アーマド…………………………フォーチュンをつけ狙う武器商人

町の悪魔を捕まえろ

ジャナ・デリオン
島 村 浩 子 訳

創元推理文庫

FORTUNE HUNTER

by

Jana DeLeon

町の悪魔を捕まえろ

前書き

キャットフィッシュとはSNSで身元を偽り、ネット恋愛を装って相手をだます詐欺師《さぎし》のことです。この用語は同名タイトルのドキュメンタリー映画で広く知られました。ヤニフ・〝ニーヴ〟・シュルマンが出演し、彼の兄が制作に協力したこの映画では、ニーヴがオンラインで知り合ったガールフレンドの正体に迫りました。

第1章

ソファにうつ伏せになっていたわたしは、ちらりと目を開けてアイダ・ベルをにらみつけるとふたたび目を閉じ、寝返りを打って背中を向けた。ため息が聞こえた。

「いつまでソファに寝たままでいるつもりだい」アイダ・ベルが言った。「あんた、環境保護庁《EPA》（大気・水質・土壌の汚染などを管理する政府機関）につかまるよ。起きて、シャワーを浴びるぐらいはしないと。丸二日、着がえもしてないよね」

「三日」わたしはぼそっと答えた。「でも数えてる人なんていないでしょ」

「ガーティとあたしがいる、とりあえずね」

本気でがんばれば、無理やりもう一度眠れるはずだとわかっていた。でも、起きたら、アイダ・ベルが変わらず同じ場所にいるはずなのもわかっていた。大きな決戦の場でわたしがアーマドに逃げられ、さらにカーターと別れたあと、アイダ・ベルとガーティは様子を見にくるのとわたしをひとりにしておくのを交互にやっていたが、五日が過ぎたいま、態度が命令的になってきた。これは今後さらに拍車がかかるだけだろうし、夏はまだ先が長い。寝たふりをして夏を過ごすのは嫌だ。

ただでさえ何もやる気が起きないところへ来て、アリー宅のキッチンの改築がとうとう三日前に終わり、彼女は自宅へと戻っていった。アリーがいなくなったら、おいしい料理が恋しくなるのは前からわかっていたけれど、あれこれ愚痴を言ったり、夜遅くにビールを飲みながら一緒に映画を観たりする相手がそばにいることが、自分にとってどれだけ大切になっていたか、気づいていなかった。アイダ・ベルやガーティがいなければ、この家は不気味なほど静かだ。マーリンすら外で寝る時間が長くなり、猫用のおやつをくれとわたしにせがんでくることも減っていた。

「わかった」わたしは寝返りを打ってから、上半身を起こした。

コーヒーテーブルに座っているアイダ・ベルが、非難がましい目つきでこちらを見た。「ひどいありさまだね。最後に食事したのはいつだい？」

「ガーティに食べさせられたとき」

「きのうの午後だね。もうすぐ昼時だよ。おなかは空かないのかい？」

わたしは肩をすくめた。「空いたかも。わからない」

不機嫌な親みたいな表情をしていたアイダ・ベルが、同情的な顔つきになった。「あんたにとってきつかったのはわかってるよ——不慣れなことに対処しなけりゃならなくて。でもね、こんなふうにならなけりゃって、あんたとあたしがどんなに願っても、何もかもなかったことにしてくれって、ソファに寝っころがったまま祈ってても無駄だ。それが現実だよ」

彼女の言うとおりなのはわかっていたけれど、どうしてもそんなのはフェアじゃないという気がした。こんな苦悩は過去に経験がない。母が亡くなったときでさえ。もちろん、母を失って打ちのめされはしたけれど、事態のどうしようもなさと年齢的な幼さとが、わたしにとって前進する力になった。いま振り返ってみれば、あれは前進だったのか百パーセントの確信はないけれど。父が敷いたレールにのって脇目も振らなかっただけではなかったのか。人生をどう生きていくかについて、自分で考えることは一度もなかったのではないか。

そのレールがぼやけてしまったいま、わたしの将来には確信の持てない闇が広がっている。アイダ・ベルを見た。自分の考えていることを話すべきかどうか迷う。気弱に聞こえる気がするからなおのこと。気が変わらないうちに、急いで言った。「わたしの正体を知っている人には奇妙に聞こえるだろうけど、カーターに惹《ひ》かれてしまったのは、人生で一番リスクの高いことだった」

そして避けるべきだとわかっていたこと。この土地に身を隠していて、正体を明かせない人間が、地元の保安官助手とつき合いはじめるなんて、絶対にまずい。正体がばれ、こちらがずっと嘘をついていたと知られた瞬間、悲惨なことになる。

涙がこみあげてきたので、こぼれないよう懸命に努力した。「きのうはコーヒーの宣伝を見て泣いた。コーヒーよ！　どんなに屈辱的なことかわかる?」

「ああ、フォーチュン」アイダ・ベルが手を伸ばしてきてわたしの手に重ねた。「あたしになんとかできるものなら、そうしてるよ」

わたしはうなずいた。「母がそうしてくれたみたいに」

アイダ・ベルがほほえんだ。「あたしに娘がいたら、きっとあんただった。でも、そんなセンチなことを言ったって誰かにばらそうもんなら、殺すからね。知ってのとおり、あたしならできるよ――少なくとも遠距離から撃てば。接近戦じゃ、あんたが勝つだろうけど」

そうしてほしいと思われているのがわかったので、わたしは無理やり笑みを作った。「ふつうの状況なら、わたしを殺すのは至難の業《わざ》だけど、一日中ソファに寝てたらこっちの分《ぶ》が悪そう」

「四本脚の捕食動物に、一キロ以上離れた場所からでもにおいを嗅《か》ぎつけられちまうのは言うまでもなく」

「そこまでひどくないと思うけど、言いたいことはわかる」

アイダ・ベルはコーヒーテーブルから立ちあがった。「まず、あんたに何か食べさせないと。それから洗濯室をさがしまわって、あんたの大好きなヨガパンツを見つけてくるとしよう。しっかり食べてシャワーを浴びれば、ぐっと元気が出るよ。見てな」

彼女についてキッチンに行き、テーブルの前に腰をおろした。アイダ・ベルは冷蔵庫からポットローストとポテトの残りを出し、皿に盛って電子レンジに入れてから、わたしと自分に甘いアイスティー《スウィートティー》をついだ。料理が温まるのを待つあいだに、彼女は洗濯室に行ってヨガパンツとTシャツを取ってくると、空いている椅子にそれをかけた。電子レンジがチンと鳴ったので皿を出し、バゲットの分厚いスライスとバターと一緒に、わたしの前に置く。自分は広口の容器からクッキーを数枚出し、向かいに腰をおろした。ガーティの得意料理が目の前に置かれ、食欲をそそるにおいが漂ってくると、わたしはがぜん空腹を感じた。フォークをつかみ、ソファからてこでも動くまいとしていたときには信じられなかった勢いで食べはじめる。アイダ・ベルは嬉《うれ》しそうにうなずき、クッキーをひと口かじった。

「こりゃうまいね。アリーの新作かい？」

「トフィーとチョコレートとほかにも何か入ってるらしい」わたしは噛《か》む合間に答えた。

「彼女、絶対百万ドル稼ぐようになる」

アイダ・ベルはもうひと口食べた。「反論はしないよ。信じられないうまさだ、こりゃ。たいした才能の持ち主だね」

「彼女、最高よ。料理やお菓子作りがうまいからだけじゃなく、人としても。焼き菓子店《ベーカリー》を開いたら、接客もすごくいいはず」

「間違いないね。アリーが自宅に戻るのはわかってたけど、もっと長くここにいてくれたらよかったって思いそうになるよ」

わたしは肩をすくめた。「きっとこのほうが楽だった。状況を考えると」

状況というのは、アリーがわたしの正体を知らず、だからカーターとの別れの裏にある真実を知る由《よし》もないということだ。彼女はカーターが頑固なだけで、そのうち自分の愚かさに気がつくはずと信じて疑わない。別れた理由について作り話をするのはたいへんだったが、最終的にはふたつの事情の合わせ技でいくことにした。ひとつは、わたしが避けなければいけないことに繰り返し首を突っこんでいくため。もうひとつは——こちらが大きいほう——夏が終わったら、わたしはシンフルに残るつもりがないため。深入りしないうちに別れたのは賢明だったと、アリーにも納得させようとした。よき友であり、ロマンティックなタイプでもある彼女は、そのうちカーターが折れて、わたしのほうもシンフルに残ることにするのではないかと、まだ希望を捨てていない。

「確かにそうだね」アイダ・ベルが言った。「ガーティかあたしがしばらくこの家で一緒に暮らしてもいいよ。あるいはふたりとも。あんたがそうしてほしければ」

肌がぽっと温かくなるのを感じて、今度は本物の笑みがわたしの顔に広がった。友達がいるというのは新たな経験だが、わたしは自分を人として大切に思ってくれる人々の存在に慣れてきたばかりか、それを心地よく感じはじめている。母が生きていたときの感情がよみがえってきた。わたしが忘れかけ、二度と戻ってくることはないと思っていた感情。

「そんなふうに言ってくれて感謝してる」わたしは答えた。「でも、噂になるだろうし、もっともらしい作り話も考えられない。ハリケーンのあと、ふたりがここに泊まったのとはわけが違う。なんの緊急事態でもないのにあなたたちがここで暮らしはじめたら、みんなに注目される」

アイダ・ベルはクッキーをもうひと口食べた。わたしの言うとおりなのは彼女もわかっているので、反論しようとはしなかった。「噂にはもうなってるよ。カーターは高潔な男として誰にも何も話そうとしない。自分の母親にもね。エマラインはひどく悲しんでるけど。ただね、誰かがまことしやかな話でも広めない限り、みんな、憶測をめぐらすのをやめないよ、ほかにもっとおもしろくて注目すべき何かが起きるまでは」

「まあ、わたしが来てから、シンフルには犯罪事件が波のようにつぎつぎ襲ってきてるし。誰かが殺されたり、何か爆発させたりするかも」

「大いにありうるね。で、運がよけりゃ、あたしたちの嫌いな人間が」

わたしはほほえんだ。アイダ・ベルって本当に現実的。

潜在的犠牲者の名前をリストにしようと提案しかけたとき、勝手口が勢いよく開いたかと思うと、ガーティが飛びこんできた。顔を真っ赤にして。いつもの巨大なバッグをキッチンテーブルにドサリと置いたので、誓ってもいいけれど、テーブルがわずかに傾いた。なかに何が入っているかは、考えたくもない。彼女は椅子を引きだしてドスンと腰をおろし、ハアハア言った。アイダ・ベルは古くからの友人をしばし観察していたが、おそらく心肺蘇生法《CPR》や除細動器が必要になる可能性を見きわめようとしていたのだろう。ようやく、ガーティが深く息を吸いこんだかと思うと、フーッと音を立てて吐きだし、ふだんの様子に戻った。〝ガーティのふだん〟だけれど。

「いったい全体どうしたって言うんだい」アイダ・ベルが訊いた。

「走ってきたのよ」とガーティ。

「何かに追いかけられてたのかい？」

「今回は違うわ」ガーティが答えた。

「前回は？」わたしは尋ねた。どん底の気分よりも好奇心がまさった。

ガーティは関係ないと言うように手を払った。「長い話になって、最後はまだはけるはずだったスラックスが駄目になったところで終わるの。それに、裁判沙汰になる可能性もあり。とにかく、そっちの話はおもしろくないけど、これからあたしが話すほうは間違いなしよ」

「だったら、とっととしゃべりなよ、また倒れそうになる前にさ」

ガーティがぴんと背筋を伸ばし、興奮から頬を紅潮させた。あるいは過度の運動をしたせいか。どちらにしろ、彼女のみなぎる活力はこちらに伝わってきたし、気がつくとわたしは身をのりだし、ニュースがもたらされるのを待っていた。いまのわたしに必要なのは気分転換になる話題だ。

「ビューラー・ラトゥールが髪を黒く染めて、またブラを着けはじめたときのこと、覚えてる？　あたし、絶対に何かあるって言ったでしょ」ガーティが訊いた。

「あんたが言ったのは」アイダ・ベルが答えた。「どこかに男がいるってことだったよね。ずっと昔からビューラーを知ってるあたしとしちゃ、まともな男なら、武装せずに彼女の半径五十メートル以内に入ったりしないっていまも思ってるよ」

「その人に、わたしまだ会ってない気がする。怖い人なの？」

「あんたがもう会ってたら、間違いなくあたしたちにその話をしてるよ」アイダ・ベルが言った。「ビューラーは身長が百九十センチ近くあってね、女装したアーノルド・シュワルツェネッガーみたいな外見なんだ。しゃべらせたら、外見なんてまだ感じのいいほうだったってわかるんだけど」

わたしはたじろいだ。

ガーティがうなずく。「ネイルサロンじゃ、彼女の脚に研磨機を使うって聞いたわ。それに足の爪を切ったら、切れ端がネイリストの目を直撃して、角膜に傷がついたんですって」

「で、そのビッグフット（大きな足跡を残し、全身が毛に覆われているとされる未確認の生物）みたいな女性は何をしたの？　車のルーフをはがしたとか？　子供を食べた？」

「キャットフィッシュされたのよ！」ガーティがものすごく得意げな顔になった。

わたしはアイダ・ベルを見たが、彼女もわたしに劣らずわけがわからないらしい。「誰かにナマズ《キャットフィッシュ》で引っぱたかれたわけ？」わたしは訊いてみた。

「違うわよ」とガーティ。「キャットフィッシュの被害……ほら、あのテレビ番組（映画版が高評を得たあと〈キャットフィッシュ～リアルレポートネット恋愛の落とし穴～〉というリアリティショーが制作されている）みたいな」

「ああ」アイダ・ベルが言った。「間抜けがインターネットを通じて知らない人間と恋に落ちるってやつか。みんな王子とかモデルとか言ってるけど、実際は独房棟にいる男がたばこを買う金のために詐欺を働いてるだけだったってな話なんだよね」

「あなたに言われて、一話だけ観た」わたしは言った。「これ以上ないってくらいの頭の悪さ。セレブがオンラインデートするなんて、誰も本気で信じるわけないじゃない」

アイダ・ベルが眉を片方つりあげた。「どうやら、ビューラー・ラトゥールは信じたようだね」

「そうなの」ガーティが言った。「若くてセクシーな男が中東に派遣されてる海兵隊員を名乗って、Facebookで彼女と友達になったのよ。その男、彼女に長い手紙と詩と、それから全裸の写真まで送ってきたらしいわ」

「またブラをつけはじめるほどの価値があることじゃない気がするけど」とアイダ・ベル。

「それがね」ガーティが答えた。「ビューラーのために言っておくと、彼女、男性器を見るのってその写真が初めてだったんじゃないかと思うのよ」

「冗談でしょ?」わたしは言った。「インターネットに溢《あふ》れてるじゃない。まるで男性器のスーパーマーケットみたいに」

アイダ・ベルとガーティがこちらをまじまじと見た。

「検索結果をクリックしてびっくりしたことがないなんて言っても無駄」

ガーティが目を丸くした。「ついこのあいだね、ペカンパイを焼こうと思って、ディー《Dee》ズ・ナッツ《Nuts》っていう業者を検索したんだけど、アポストロフィを打ち忘れたの。そうしたらリスのものすごく不適切な画像が出てきて。その……おっきな……(dees nut は男性器の俗語)」

「わかったわかった」アイダ・ベルがガーティに向かって手を振った。「リスのアソコの話はいいよ。ビューラーについて聞かせておくれ」

「ゴシップ好きの話によると」ガーティは続けた。「ビューラーは舞いあがっちゃったらしいわ。その男に下着まで送ったそうよ」

「その男が本当に海兵隊員なら」アイダ・ベルが言った。「それをパラシュート代わりに使えるよ」

「あら、話を全部は聞いてなかったとしても、あたし、彼は絶対に海兵隊員じゃないってわかったわ。少なくとも国外には派遣されてない。だって、ビューラーに下着を送らせたのがニューオーリンズの私書箱なんだもの」

「それじゃ、そいつはビューラーから下着をだましとったわけだ」とアイダ・ベル。「それは、いくつかの要素が重なると、一生気まずい思いをすることになるかもしれないね――その下着がマルディグラ（謝肉祭最終日に行われる祭り。仮装して楽しむ人が多い）のころにまだニューオーリンズにあると特に。だからって、いったいなんであんたが心臓発作を起こしそうなほど走ってくる必要があったんだよ」

「あなたがいちいちさえぎらなかったらとっくに話せてたんだけど、その男、ビューラーから二万ドルだましとったのよ」

「ええっ」わたしは言った。「下着の次はそんな大金って、すごい飛躍じゃない」

「そいつ、どうやったんだい？」

「もうすぐ休暇が取れるから、イタリアで会ってロマンティックな一週間を過ごしたいって、言ってきたんですって。それから、最高のリゾートを予約したいんだけど、自分が派遣されている場所からじゃ銀行口座にアクセスができないって」

「で、彼女はお金を送ったわけね」わたしは首を振った。「信じられないって言いたいところだけど、それを言うのはシンフルに来て二日でやめた」

「いや、あたしは言うよ」とアイダ・ベル。「ビューラーは頭脳明晰ってわけじゃないけど、救いようもない間抜けってタイプじゃないからね」

「愛って、人におかしなことをさせるから」ガーティが言った。

「一部の人間はそうかもしれないけど」アイダ・ベルが言った。「男にたわごとを言われたら、それと気づく分別のある女はおおぜいいる」

わたしは眉を寄せた。カーターにたわごとを言われた経験はないけれど、自分で自分に言ったことは間違いなくある。そのときは自覚していなかったにしても。「彼女、信じたい気持ちが強すぎて、真実を見ようとしなかったのかも」そっと言ってみた。

アイダ・ベルとガーティが顔を見合わせ、ガーティがうなずいた。「この手の詐欺師って、まさにそういう気持ちにつけこむんだと思うわ」

「残念だけど」アイダ・ベルが言った。「ビューラーの金はとっくにどこか外国の銀行口座に送られちまって、二度と戻ってくることはないだろうね。どうやって送金したんだい？」

「FexPa[illegible]」ガーティが答えた。「でもね、それだけじゃないのよ」

「ほかに何を送らされたの？」わたしは訊いた。「脚一本？　それとも腎臓？」

「そうじゃなくて」とガーティ。「つまりね、被害者はビューラーだけじゃないのよ。マートルによると、ベッシー・トンプソンとウィラ・メイプルズがけさ保安官事務所へ来て、カーターに悪党をつかまえてお金を取りもどしてくれって要求したんですって」

「みんな同じ男にだまされたの？」わたしは訊いた。

ガーティが肩をすくめた。「プロフィールは違ったそうだけど、でもねえ、正体は誰だかわからないでしょ。だから、そこはあんまり重要じゃないんじゃないかしら」

「それで、全員が金を送ったのかい？」そう尋ねたアイダ・ベルは、返ってくる答えを見越してすでに首を左右に振りはじめていた。

「そ」ガーティが答えた。「額は知らないわ。マートルはちょっと邪魔が入っちゃったんですって。マーカンテルのじいさんのヤギが留置場に入れられてたんだけど、そこの鍵を食べちゃって、今度はファイルキャビネットの書類を食べはじめたんだとか」

「なんでヤギが留置場に入ってたの？」わたしは訊いた。

どうでもいいとばかりに、ガーティが手を払った。「いつもの違反行為。とにかく、あたしが言いたいのは、何者かがシンフルの孤独な女性からお金を巻きあげてるってことなの」パチパチと手を叩く。「あたしたちが捜査すべき犯罪よ」

すぐに反論しようとしたものの、この町へ来て初めて、わたしは実際に思いとどまった。これまでは——あまり本気とは言えなかったけれど——法執行機関が扱う事件に首を突っこむことは避けようとしてきた。偽装がばれないように気をつけなければならなかったから。でも、秘密がばれてしまったいま、わたしはもう法に従う司書のふりを続ける必要がなくなった。少なくともカーターに対しては。つまり、以前はなかった選択肢が加わったわけだ。

アイダ・ベルとガーティが期待に満ちた表情でわたしを見た。ふたりとも、わたしが捜査に飛びこむことを期待している——わたしをいまのふさぎこみから引っぱりだしたいというのが大きな理由にちがいないが、彼女たち自身、肉体的にも精神的にも首を突っこまずにいられないからでもあった。

「やってやろうじゃない」とわたしは言った。

第2章

「イェイ！」ガーティが歓声をあげ、アイダ・ベルは顔をほころばせた。

わたしの宣言は大歓迎されたようだ。

片手をあげて、わたしは言った。「ただし……どこから手をつけたらいいのかすらわからない。Facebookはほとんど見たことないし、キャットフィッシュ詐欺とやらについてもぼんやりとしか知らない。あなたたちふたりがリードして」

「それなら大丈夫よ」ガーティが言った。「あたしが全部考えてあるから」

「おっと」アイダ・ベルが言った。

ガーティはアイダ・ベルをキッとにらみつけてから、わたしに目を戻した。「あたしがフィッシングするわ」

わたしは眉を寄せた。「それもまた比喩表現よね」

「あたしがキャットフィッシュを釣《フィッシング》るってこと」ガーティが得意げに答えた。「わかる？」

「で、何を餌《えさ》にするつもりだい？」とアイダ・ベル。

「あたしに決まってるでしょ。男なら誰でも、それだけで充分」

アイダ・ベルがフンと鼻を鳴らした。「〝手に余る〟じゃないかね」

ガーティは聞こえなかったふりをした。「でも、これはふつうの恋愛とは違うから、あたしの持ち前の美しさと魅力にプラスアルファが要ると思うの。だからお金を使って、さらにお得な取引に見せようと思って」

「どういう金だい？」アイダ・ベルが訊いた。「あんた、シンフルの皇帝ってわけじゃないよね」

「本当にお金を送ったりしないわよ」とガーティ。「詐欺師をおびきよせてお金を無心させることができればいいんだから。そうしたら、男の正体を突きとめられるかもしれないでしょ」

「そうは言っても、そもそもどうやってそいつの気を惹《ひ》くつもりだい？　三人とも同じ男にカモられたとはかぎらないし、同じ男だったとしても、向こうがどうやってカモを選んでるか、わからないじゃないか」

「きっとこの町に住んでるんだと思う」わたしは言った。「あるいは、このあたりについてすごく詳しいか。住民のことをよく知るぐらいに。だって、そうでしょ、この男は完璧なカモを選んでる――自由になる現金がある孤独な女性たち。内情をよく知る人間じゃなかったら、そんなことできないはず」

「つまり、あたしたちにはますます不利になる。有利にじゃなくね」アイダ・ベルが言った。

「シンプルの人間はみんな、ガーティが筋金入りの独身主義者だって知ってる。定年後もお金に困っちゃいないけど、余るほど持ってるわけじゃないってことも含めてね」

アイダ・ベルの言うとおりだ。ガーティはすでにFacebookにアカウントを持っている。シンプルの女性たちをだました犯人は被害者について事前に知識を持っていたと考えるなら、ガーティの暮らしぶりや財力についてもすでによく知っているだろう。

「お金についてはなんとかできるわ」ガーティが言った。

アイダ・ベルが鼻で笑った。「魔法みたいにお金を作る方法を知ってるなら、もっと前に教えてほしかったねえ」

「本当に作る必要はないもの」とガーティ。「あたしはお金を持ってるって詐欺師に思わせればいいだけ。たとえば、あたしの大おばさんが死んで、財産を残してくれたって噂を流したらどう?」

「あんたにまだ生きてる大おばさんがいたらね」アイダ・ベルが言った。「そのことだけで、その人は大金持ちになれるし、加えてリプレーの『世界奇談集』に取りあげられてるよ」

「それってうまくいくかも」わたしは言った。

ふたりがそろってこちらを見た。

「真剣に。ルイジアナってやたら遠縁やら、裏庭に現金を隠してる人やらが多いじゃない？　わたしが大おばさんの遺産を相続しにきたって言ったら、誰も疑わなかったし。ガーティが、近々お金が入るって話したとして、疑う理由がある？」

「ないだろうね」アイダ・ベルが答えた。「本当に問題なのはお金じゃない。ガーティが突然、男漁《あさ》りを始めたってことのほうだよ」

「そこはうまくごまかせるわ」とガーティ。「独身の大おばが亡くなったせいで人生を省みて、自分のした選択を考えなおしたってことにすればいいでしょ。でもって、考えなおしたなかのひとつが男についてだったわけ。それで、死ぬまでに大恋愛がしたくなったのよ」

ため息が出た。出そうと思ったわけではなかったけれど、悲鳴みたいに聞こえたはずだ。ガーティとアイダ・ベルがそろって口をつぐみ、最近しょっちゅう浮かべる心配そうな表情でこちらを見た。「ごめん」わたしは言った。「楽しい気分に水を差すつもりはなかったんだけど」

「何もかも内にためこむのは駄目よ」ガーティが言った。「健康によくないわ」

「この娘《こ》はコーヒーの宣伝を見て泣いたそうだよ」とアイダ・ベル。「だから全部ためこんでるわけじゃない」

「ああ、ハニー！」ガーティが手を伸ばしてきて、わたしの手をぎゅっと握った。「そのうちのりこえられるわ。見てらっしゃい。あなたに必要なのは気持ちを紛らす対象よ」

「あなたの言うとおりだってわかってる。いまはまだちょっと信じられないだけ」

口ではそう言ったものの、いまひとつ確信がなかった。いまの言葉はアイダ・ベルとガーティを安心させるためだったのか、それとも自分は大丈夫だとわたし自身を安心させるためだったのか。

わたしはクッキーをもうひとつ口にほうりこみ、アイダ・ベルが階段の下まで歩いていって二階にいるガーティを大声で呼ぶのを眺めた。この三十分で五回目。

「急がないと、あたしたちも詐欺師もみんな死んで、この事件は未解決のままになっちまうよ」

「慌てないで！」ガーティが大声で返した。「かなりのセクシー度にするには時間がかかるんだから」

「タイムマシンを使うんなら別だけど、あんた、時間を無駄にしてるよ」

思わずにやついた。わたしたちがガーティの家に来て二時間になる。まずFacebookに載せる彼女の新しいプロフィール写真のために完璧な背景を用意し、次にガーティが別の日に投稿するためのスナップ写真を撮る準備をした。この一時間ほど、アイダ・ベルとわたしはキッチンをうろうろし、ガーティは二階にあがってキャットフィッシュの釣餌となるための変身をしている。彼女がどんな格好でおりてくるか、早く見たくてたまらない。なぜなら、きっとふつうじゃないし、年齢的にふさわしいとも絶対に言えないはずだから。

アイダ・ベルがのしのしとキッチンに戻ってきて、グラスにワインをついだ。「もしガーティがランジェリー姿でおりてきたら、あたしは帰るからね。親友でも、頼んでいいことには限界がある」

クッキーをもうひとつ口に入れようとしていたわたしは、手をとめた。ランジェリー姿というのはちらりとも予想していなかったが、いまやその姿を想像させたアイダ・ベルを声には出さずに罵《ののし》っていた。

「寂しそうに見せるのが目的かと思ったんだけど、死に物狂いじゃなく」わたしはそう言ってから祈った。もしガーティがナイトウェアを着て現れるなら、猫柄のパジャマでありますように。

アイダ・ベルがため息をついた。「ガーティはね、きっとビックリハウスにあるみたいな鏡を二階に置いてるんだよ――ほら、自分のすぐ後ろに誰かが立ってない限り、ほかのみんなに見えてるのとはまったく違った自分が映しだされるやつ」

「もっとまずい可能性だってある」わたしは言った。「ガーティはレースの縁取りがされた花柄のワンピースを着ておりてくるかもしれない。シーリアみたいな。あれほど彼女の人格にふさわしくない服ってないけど」

アイダ・ベルとガーティの仇敵《きゅうてき》は特別に不愉快な女で、わたしのことを即座に嫌いになり、シンプルで犯罪が起きるたびにわたしを逮捕させようとする。いつうちの玄関がノックされ、そこに立つカーターからキャットフィッシュ詐欺の犯人はきみだろうと言われてもおかしくない。残念なことに、シーリアは現在町長であり――選挙の無効申し立てがされてはいるものの――以前よりも大きな混乱を起こす力を持っている。わたしたちが祈っているのは、監査によって選挙結果が覆《くつがえ》され、シーリアがまもなく失脚すること。そしてアイダ・ベルとガーティの友人であり、シーリアの対立候補だったマリーが町長の座に就いてくれること。けれど、それが実現するまで、シーリアはわたしたち三人の生活を邪魔しつづけるだろう。

「シーリアの人格にふさわしい服なんて存在しないよ」とアイダ・ベル。「ハロウィーンのときによく見る悪魔の衣装は別だけど」

「彼女にTシャツを作ってあげるといいかも。たとえば胸に〝イヤなやつ〟ってプリントして、その上に上向き矢印をプラスするとか」

アイダ・ベルがわたしの顔をまじまじと見た。「悪くない思いつきだね」

「それを彼女に着せるには薬を盛る必要があるかもしれないけど、睡眠薬を一錠犠牲にする価値はあるかもしれない」

アイダ・ベルが階段を振り返った。「あんまり大きな声で言うんじゃないよ。誰かさんに聞こえたら、本気で計画するからね。こっちが刺激しなくても、シーリアは充分面倒な相手だ。あたしはかかわらずにいるほうを選ぶよ。少なくとも票の数えなおしが終わるまでは」

「数えなおしの結果、マリーが負けたら、あなたたち、地獄の四年間を過ごすことになる」

「そうなったら、ハリケーン・カトリーナのときより大規模な人口流出が起きるだろうよ。みんなかなり不満を募らせてるからね、シーリアに投票した住民も含めて」

「身から出た錆《さび》ってやつよ。でも、よく言うように〝ばかは治せない〟から」

アイダ・ベルがうなずいた。「治せたら、あたしは世界一の金持ちになってるよ」

「ジャジャーン！」ガーティの大きな声が背後から聞こえたので、わたしたちは振り返った。

これまでに見たことのあるガーティの衣装のなかで、最悪とは言えなかった。でもそれは、わたしがかなりいろいろ見てきたからか。今回彼女がはいている黒いフェイクレザーのパンツはピチピチのローライズだった。ホットピンクのタンクトップは金ラメの髑髏《スカル&クロスボーンズ》マークが描かれていて、丈は肋骨の下まで。だから、そのあいだの目にしたくない柔らかな白いお肉が見えている。髪は八〇年代のストリッパーみたいにふくらませたスタイルで、メイクは高齢女性が自宅でくつろぐときよりも、ヘビメタのミュージックビデオかゴスパーティに出るときのほうがしっくりきそうだ。装いの仕上げが赤いカウボーイ・ブーツ……なぜなら、人の手を借りないと脱げない靴こそ、自宅でくつろぐときにぴったりなのだろう。

アイダ・ベルは無言でガーティを見つめていた。言う言葉が見つからないのか、言いだしたらとまらなくなるのが心配なのか。

「タンクトップの下のほうはどうしたんだい？」ようやくそう尋ねた。どうやら問題はひとつずつ片づけることにしたらしい。

「どうもしないわよ。最初からこういうデザインなの」ガーティが答えた。

「あんたが十八歳で、アスリートみたいな体つきだったら、それでいいかもしれないけどね」

「もっと丈が長いのを着たら、タトゥーを見せびらかせないでしょ」ガーティが説明した。

「ああ、嘘」わたしはつぶやいた。わたしは数日間家に閉じこもっていた。そのあいだに、ガーティが何をしていてもおかしくない。

彼女はくるっと後ろを向くと、背中の下のほうに描かれた渦巻く円盤みたいなものの歪んだイラストを指差した。「消えるタトゥーよ――前にフォーチュンと〈スワンプ・バー〉へ出かけたときに使ったみたいな」

アイダ・ベルがぞっとした顔になった。「神よ、助けたまえ。トランプ・スタンプ（腰あたりに入れるタトゥー。ローライズジーンズなどからチラ見せするのが二〇〇〇年代に流行した）を入れるなんて」

「心配しないで」とガーティ。「洗えば落ちるから」

わたしは顔をしかめた。〈スワンプ・バー〉へ遠征したとき、ガーティがわたしに入れたタトゥーは、彼女の言うほどすぐには消えなかった。少なくとも、今回はわたしの体に入れられたわけではないし、ふつうの状況なら、人目に触れることもない。もちろん、シンフルというこのすてきな町が、近いうちにふつうへ戻ると仮定してだけれど。

「とっとと終わらせちまおう」アイダ・ベルが言った。「あたしはバイクの手入れをする必要があるんだ。それと酒を飲む必要も。飲まずにゃいられないよ」

「わかったわ」ガーティが答えた。「まず最初は居間でくつろいでいるところを撮ってもらいたいの。ムード音楽をかけるわね」

彼女がキッチンから出ていくとき、お尻の上のほうでトランプ・スタンプが左右に揺れていた。少しして、ステレオから大音量でメタリカの曲が聞こえてきた。アイダ・ベルがやれやれといった様子でカメラをつかんだので、わたしも一緒に居間へと歩いていった。部屋の入口でアイダ・ベルが急に立ちどまったせいで、彼女にぶつかりそうになった。どうしたのか尋ねようとしたものの、横から居間をのぞきこむと、急に立ちどまった理由がわかった。

ガーティがリクライニングチェアに座っているのだが、その座り方がふつうではなかった。片側に寄って片脚を肘掛けにのせ、片腕を頭の後ろにまわしている。〈風と共に去りぬ〉の世界——不適切な高齢者バージョンの。いまにも〝ああ、なんてこと〟とか言いだしそう。

「そんな座り方してたら写真は撮らないからね」アイダ・ベルが言った。音楽に負けないようほぼ叫び声で。「あんた滑稽《こっけい》だよ」

「そんなことありません」ガーティが反論した。

「カジュアルな雰囲気じゃないと駄目だよ。誰もそんな座り方してテレビを観たりしない。映画のなか以外じゃね。しゃきっとするか、ふつうの人間のだらけた座り方をしな。そんなセクシーな子猫ちゃんスタイルは絶対却下だよ。それだけじゃない。そもそもその衣装が寂しい高齢女性って設定に合ってない。そんなポーズ取ってたら、あんたのFacebookアカウントは売春の客引き容疑で停止されるよ」

ガーティがこちらを見た。どうやらわたしに意見を言ってほしいらしい。もうっ。

「アイダ・ベルが言ったことにほぼ賛成」テレビを観るとき、わたしはリクライニングチェアの横に脚をたらす習慣があるのだが、いまそれを言うのは適切な判断に思えなかった。

ガーティは肘掛けにのせていた脚を戻し、ふつうの座り方になった。「白ける人たち」

アイダ・ベルがカメラを持ちあげ、一枚撮った。

「まだ準備できてなかったのに!」ガーティが文句を言った。

「わかってるよ」アイダ・ベルが答えた。「だから撮ったんだ。あんたにポーズを取らせたくないんでね」

彼女はもう二、三枚、座っているガーティを撮り、なかにはテレビのリモコンを持ち、孤独で寂しそうにしている写真もあった。それを撮り終わると、ガーティが勢いよく椅子から立ちあがった。

「さて、今度はお友達ショットを撮りましょ」彼女が言った。

「なんだって?」とアイダ・ベル。「嫌だよ」

わたしは慌てた。「無理」そう言ってから、絶対に反論されない口実を思いついた。「インターネットに写真が出るような危険は冒せない。アーマドが使ってる顔認識ソフトはCIA級の性能だし。もしかしたら上をいくかも」

「それじゃ、あたしとあなたで決まりね」ガーティがアイダ・ベルに言った。「フォーチュンにカメラを渡して」

アイダ・ベルはわたしたちふたりをにらんだが、わたしはカメラをよこすようにと手を振った。「ほら。正義のためなんだから」

しぶしぶながら、アイダ・ベルは折れてソファに腰をおろした。わたしは小道具として用意してあったポップコーン入りの深皿を彼女に渡し、缶ビール二本のプルトップを開けた。

「さ、ふたりとも笑って」写真を撮りはじめた。

ガーティは大きな笑顔を浮かべ、乾杯するようにビールを掲げた。アイダ・ベルはしかめ面になるのをぎりぎりこらえたあと、ビールをひと息で半分ほど飲んだ。わたしが十枚くらい撮ると、ガーティがここでの撮影は終了、次はキッチンに場所を移して撮ると宣言した。

「あれでおしまいだと思ったんだけど」キッチンへ戻る途中、アイダ・ベルがわたしにぶつくさ言った。

わたしはカメラを返した。「違ったみたい」

「聞こえてますからね」ガーティが言った。「これから撮るのはキャットフィッシュを引っかける決め手の写真よ。男が食べものに釣られるのは誰でも知ってるでしょ。だからお菓子を焼いてるあたしの写真があれば、成功間違いなしってわけ」

ガーティの焼き菓子が大好きな身としては、彼女の理屈に反論はできなかった。問題はその諸要素をいかに実行に移すかだ。ガーティがキッチンミトンをはめ、カウンターにのせてあったパイをつかむとオーヴンを開けた。

「待って」とガーティ。「まだ位置についてないから」パイを持ったまま体を曲げる。「後ろから撮ってちょうだい。タトゥーを写してほしいの」

「あんたのケツの写真を撮る気はないよ」アイダ・ベルが言った。「それは絶対だ」

彼女の言い分はわかる。いっぽう、写真を撮らなければ、ガーティはオーヴンから離れないし、あの服を脱ぎもしないだろう。「こっちに貸して」わたしはアイダ・ベルに言った。

彼女はわたしにカメラを手渡すと、キッチンカウンターにもたれて首を振った。わたしはガーティの後ろにまわり、タトゥーとパイの両方が写真に入る位置から数枚撮った。

「タトゥーのアップの写真も忘れないでね」ガーティが言った。

口論する価値もないので、近くまで寄って彼女のお尻の上のほうにカメラの焦点を合わせた。

「ノックしたんだが、誰も出てこなかったんで。ドアに鍵はかかってなかった」カーターの声がキッチンの入口から響いた。

わたしは驚いて後ずさりし、もう少しでカメラを落としそうになった。ガーティはとっさに体を伸ばしたが、きつすぎるパンツとふだんより長く腰を曲げていたせいでバランスを崩し、後ろによろけた。わたしが支えるわけにはいかなかった。カメラを落としてしまう。だから、賢明な人ならそうするように飛びのいた。ガーティはひっくり返るのを避けようとして両手をあげたため、パイがカーターに向かってまっすぐ飛んでいった。

反射的に、彼はパイをキャッチしようとしたが、パイとフリスビーでは事情が異なる。どうにか片手でパイをつかんだものの、トレイが真ん中で折れ、パイの大半は前進運動を続けてカーターの胸を直撃したので、彼はクラストとフィリング、そしてメレンゲまみれになった。

絶好のチャンスを逃さないタイプのわたしは、カメラを構えると写真を撮った。

「よくやった」アイダ・ベルが満足げにうなずいてみせた。

カーターはわたしたち三人をまじまじと見つめたが、わたしが彼と知り合ってから初めて、読むことのできない表情を浮かべた。笑おうが、わめこうが、わたしたちを逮捕しようが、こちらは驚かなかったけれど。片手とシャツがパイまみれになったまま、彼はただこちらを見つめていたが、ややあって手を口まで持っていくと親指についたパイのかけらを食べた。

「洗面所を使わせてもらう」彼は言った。「そのあと、フォーチュンと話がしたい」

くるりと向きを変えるとキッチンから出ていった。後ろにパイのかけらを点々と残しながら。

「彼、いまの写真を撮ったせいでわたしを逮捕する気よね」

「逮捕するとしたら」アイダ・ベルが言った。「パイでカーターを襲撃したガーティのほうだろうね」

ガーティはデザートの残骸を悲しそうに見た。「今晩夕食のあとに食べるのを楽しみにしてたのに」

「夕食の心配なんてしてる場合じゃないよ」アイダ・ベルがガーティを肘でつつき、頭をわたしのほうに振った。ガーティは一瞬困惑の表情を浮かべたものの、すぐに目を大きく見開いた。カーターの言った〝そのあと、フォーチュンと話がしたい〟の部分が意識にのぼったのだ。

「言ったでしょ、そのうち正気に戻るって」ガーティは言った。「男はね、いつだってマッチョな態度をとるけど、相手が理想の女性となると、あっさり折れるんだから」

アイダ・ベルが眉をひそめた。「そういう話じゃないと思うよ」

「わたしも。個人的な話をしたいなら、わたしが自宅でひとりになるまで待つはずだから」

アイダ・ベルがうなずいた。「何かほかのことだよ」

「でも何？」ガーティが尋ねた。「ああ、嘘！　アーマドがこの国から出ていってなかったら？　フォーチュンの身がまだ危険にさらされてるとしたら？」

「それなら、ハリソンが電話してきてるはず」わたしは携帯電話を引っぱりだし、うめいた。ハリソンからの不在着信が三回。メッセージはなし。「消音モードにしたのを忘れてた」

わたしの過去の生活との接点はＣＩＡにおけるパートナーただひとり。わたしの身の安全を考えてのことだ。ただし、約一週間前アーマドを倒そうとしたときに、彼とカーターの道が交差し、いまやカーターはわたしの秘密を知り、ハリソンは緊急事態が起きた場合はカーターに連絡できると知っている。二日間で三回電話に出なかったら、ハリソンからすれば緊急事態のうちに入るだろう。

「ハリソンからかい？」アイダ・ベルが訊いた。

わたしはうなずいた。

「もしかしたら、彼はあなたの様子を確認したかったけど、電話に出なかったから心配してるんじゃないかしら」とガーティ。「深刻な事態じゃないかもしれないわ」

ガーティの声には期待がにじんでいたし、わたしも彼女の言うとおりであるようにとすばやく祈った。洗面所のドアが開く音がしたので、心の準備をした。どういう事態にしろ、これから明らかになる。カーターがキッチンに戻ってきて、アイダ・ベルとガーティをちらっと見た。

「あたしたちははずそうじゃないか」アイダ・ベルが言った。

「え？」とガーティ。「あら、そうね、そうよね」

「その必要はない」カーターが言った。「どのみちおれが帰ったらすぐ、彼女は何もかも話すだろうから。それに、彼女がわめきださないなら、ふたりにはずしていてもらいたいけど、これから伝える内容を考えると、わめきだす可能性が高いんで」

わたしは彼の顔をまじまじと見た。いったいどういうこと？　カーターは嘘をついていたわたしを、アイダ・ベルとガーティの前で叱るつもり？　まさか。わたしのとった行動が彼を傷つけたのは知ってるし、だまされたせいで、彼はかなりの屈辱を味わったにちがいない。でも、そこまで無神経なことをする人じゃない。

カーターがため息をついた。「聞きつけてるかどうか知らないが、インターネット上でこのあたりのご婦人から金をだましとっているやつがいるんだ」

どういうこと？　わたしが予想もしなかった方向に話が進みはじめた。

「ナマズ《キャットフィッシュ》のことを言ってるの？」わたしは訊いた。

「意味がわからないんだが」とカーター。

「テレビ番組にあるでしょ」ガーティが言った。

「ああ。番組の宣伝なら見たことがある。犯人をそう呼ぶんだったか？　キャットフィッシユって？　どうしてそう呼ぶのかわからないが、そう、話はその件だ」

「ええと」わたしは言った。「わたしは誰にもお金をだましとられてないし、この件に関して力になれるとは思えないんだけど」

カーターは足で床をこすり、視線を下に落としていたが、少ししてわたしの顔に目を戻した。「ある人々が、その、あー、キャットフィッシュはきみじゃないかと言ってるんだ」

わたしはひとしきり罵りの言葉を吐いたが、その最後は〝シーリア・アルセノーめ〟で締めくくられた。

カーターの腹立たしげな表情を見れば、わたしは間違っていなかったとわかった。

「信じられない。ちょっと前に考えてたところなの、あなたがうちの玄関をノックして、わたしをキャットフィッシュだって言いださないのが不思議だって。そうしたら本当に来た」

「ふざけるんじゃないよ」アイダ・ベルが言った。「フォーチュンが高齢女性たちからお金を奪うなんて、あるわけないじゃないか。あんた、いかれちまったのかい？」

カーターはアイダ・ベルを見たが、疲れきっているのがわかった。「もちろんあるわけないのはわかってる。でも、町長選挙の結果が覆らない限り、シーリアが訴えたら、おれはフォーチュンから事情聴取しないわけにいかない。職を失いたくなければ」

「こんなのまったくのナンセンスだし、あんたもそれはわかってるだろ」アイダ・ベルは明らかに受けいれられない様子だった。

顔が真っ赤になっている。ちょっと気分を害したどころではなく、カーターを大目に見る気はさらさらなさそうだった。彼がプライドを傷つけられたうえに失恋しようがなんだろうが。アイダ・ベルはどこまでも戦士だ。必ずミッションと工作員を守る側につく。仕事なら、たとえ自分が好きな人間に巻き添え被害が及んでも仕方がないという考え方。

それでも、わたしはカーターが怒るのを責めることができなかった。もちろん、わたしが正体を隠しつづけたのは至極当然だったし、もう一度最初からやりなおせるとしても、カーターに本当の身元を明かすことはないだろう。とはいえ、やりなおしができるなら、彼とはつき合わない。それは百パーセント間違いなしだ。わたしは不慣れな感情に押し流され、シンフルに来る前なら絶対にしなかった選択をしてしまった。そのツケをいま払わされている。残念ながら、カーターも。

「カーターが悪いわけじゃない」わたしは言った。「彼をクビにする口実をシーリアに与えようものなら、向こうが勝つ。それこそ彼女が期待していること。あっちだって、この件にわたしがかかわってるとはこれっぽっちも考えてないんだから」

「報告書に書く材料が必要なだけなんだ」カーターは言った。

「それなら手っ取り早く終わらせてあげる。わたしが例の事件に対応するためにニューオーリンズにいたあいだ、この強欲なロミオとチャットした被害者はいた?」

カーターがうなずいた。「その期間にやりとりをした被害者がふたりいる」

「それなら簡単。報告書に、わたしはニューオーリンズで警察に勾留されてたって書けばいい。嘘とは言えないでしょ――FBIもCIAも警察みたいなものだから――そうしたら、シーリアも黙るはず。警察に勾留されていた人間がオンラインでチャットなんてできるわけないもの」

「で、勾留の理由は具体的になんて書いたらいい？」

「横断禁止の場所で道路を渡ったとか？　公共の場での酩酊？　バーボン・ストリートを裸で歩いた？」

ガーティが首を横に振った。「そのうちのどれも、ニューオーリンズじゃ振り向きもされないわ、ましてや逮捕なんてされないわよ」

「わかった。だったら、クラブで男ふたりとけんかになって、バーカウンターに火をつけたってことで」

ガーティが満足げにうなずいた。「それなら楽しそう。あたしたち、あなたと現場にいられてよかったわ」

このやりとりのあいだ、アイダ・ベルは腕を組み、首をかしげて妙に静かにカーターを観察していた。「不思議なのはさ、なんでシーリアが保安官事務所に訴えたのかってことだよ。人を犯罪者として訴えられるのは、被害者だけだろう」

カーターがアイダ・ベルをじっと見つめたのは一瞬だったが、そんなふうに躊躇《ちゅうちょ》したことがすなわち真相を物語っていた。

「わかった！」アイダ・ベルが言った。「あの間抜けな女、その男にだまされたんだね」

「おれはそんなこと言ってないぞ」とカーター。

「言わなくてもわかるよ。これで完璧に筋が通るし、いやあ、痛快この上ないね。実のところ、気味がよすぎて、フォーチュンを尋問しにここまで来たあんたを許してもいいって気になりそうだ。なりそう、だよ」

カーターが動揺しているのは見るからに明らかだったので、ちょっと同情した。秘密を漏らしてしまったことがシーリアにばれたら、彼は悲惨な毎日を送ることになるだろう。そして、シンフルにおいてはばれずに済むことなどひとつもないように思える。

「心配しないで」ガーティが彼を安心させようとした。「あたしたち、誰にも話さないから。夕食のときにちょっぴりシャンパンを飲むぐらいよ」

そんなことをカーターは一瞬たりとも信じなかったのが見てとれた。

「これでもうわたしに用はなし？」

そっけない言い方だったのはわかっている。カーターの目がほんのわずかにだが見開かれたから、彼もそう感じたにちがいない。自分たちの宿敵が愚かにも詐欺師に引っかかったと知って、アイダ・ベルが大喜びなのはよかったけれど、カーターと同じ空間にいると、わたしは居心地悪さのあまり、胸が苦しくなってきた。まだ彼と会う心の準備ができていない。こんな間近ではなおのこと。それに、よそ者の北部人《ヤンキー》というだけで犯罪者として訴えられることにも、間違いなく心の準備ができていなかった。

「ああ、おしまいだ」そう言ってから、カーターは険しい目つきでわたしたちを見た。「よからぬことを考えてるといけないから、いまここで言っておく。この件にはかかわるな」

「いったいなんの話かしら」ガーティが答えた。

「シーリアの手助けをすることになんか、興味ないよ」アイダ・ベルがつけ足した。

「本気だからな」カーターは言った。「この案件に首を突っこんでると疑いが生じただけでも、あんたたちを逮捕して、二週間留置場で過ごさせる。おれが書類仕事を片づけるあいだ」

くるっと向きを変えると大股に歩いていき、玄関から出てドアをバタンと閉めた。

「いったいなんなの？」ガーティが訊いた。「カーターは前からあたしたちにいらついてたけど、あそこまで怒ったのは初めて見たわ」

「むかついてるんだね」アイダ・ベルが言った。「傷ついてもいる。フォーチュンに夢中で恋愛関係にあったときは、それほど害がないと思うことなら大目に見てきたんだよ。前にあいつが怒ったときは、こっちの安全を心配してのことがほとんどだったんじゃないかね」

「それにわたしたちが無力な女たちじゃないってわかったいまは、手玉に取られたことをあらためて悔しく感じてるんだと思う」わたしは言った。

「あたしたちが人をひとりかふたり殺したことがあったからって、あんなけんか腰になる必要はないのに」ガーティが憤慨した。

「そうだね」アイダ・ベルが同意した。「必要はない。でも、ああすることで気分が少し晴れるんだろう」

「地獄に落ちろ」わたしは言った。

ふたりがこちらをまじまじと見た。

「真面目によ。カーターなんて地獄に落ちればいい。わたしが正体を隠しつづけたからって――そんなの海兵隊時代に自分もやってたにちがいないのに――いつまでもご機嫌斜めでそばをうろつくつもりなら、勝手にすればいい。でも、こっちはそんな彼を相手にする義務なんてなし。カーターに嘘をつかざるをえなかったことは残念に思ってるし、そのせいで傷つけたことは申し訳なくも思うけど、嘘をついたこと自体を悪かったとは思わない。もう一度同じ境遇に置かれたら、わたしは同じ行動をとる」

「当然だよ」とアイダ・ベル。「まったくあんたの言うとおりだ」

ガーティもうなずいた。

「なぜなら、わたしはプロだから」わたしは静かに言った。

殺しのプロ。

第3章

家まで送ろうかと言うアイダ・ベルを断ったのは、怒りのせいか頭痛のせいかわからない。ただ突然走りたくなったのだ。抑えこまれていた五日分のエネルギーを発散させないと、体が爆発してしまいそうだった。そんなわけで、ガーティの家を出ると速いペースでブロックを二周ジョギングし、それからメインストリートへ向かった。アリーが自宅に帰ってしまったので、自分でどうにかできるものをキッチンにたくわえておく必要がある。それはつまり、電子レンジに入れるものということだ。

週に二、三食はガーティを当てにできるし、アリーがしょっちゅうデザートを届けてくれるけれど、どちらもわたし専属のケータリング係として頼るわけにはいかない。アイダ・ベルに関しては、パンと豆の缶詰で生きているのではないかとかなり確信している。彼女は手間と時間をかけるものよりもシンプルで効率的なものを好む。過去のわたしもかなりのあいだ、一、二種類の食べものだけで生きていたことがあったが、ウォルターが雑貨店に夕食になる電子レンジ食品をそこそこそろえてくれているので、毎日ピーナッツバター・サンドウィッチで済ます理由はない。

雑貨店は混んでいた。カフェでよく見かける男性ふたりが、出ていくときにうなずいてあいさつしてきた。教会の聖歌隊メンバーの女性ふたりもいる。ベビーカーに赤ん坊をのせた若い女性がレジのところに立っていたが、知らない人だ。車椅子の男性と一緒の女性がポテトチップスを選んでいる。

わたしはベビーカーの女性をあらためて見た。

二十歳前後、身長百六十三センチ、細身だけど筋肉はあまりついていない。わたしのようなタイプにとっては、赤ん坊のほうがかなりの脅威。

ポテトチップスのコーナーの前にいる男女にもさっと目を走らせる。

四十代後半の男性。車椅子に座っているので身長は判断しづらいが、高くはない。上半身にしっかり筋肉がついているのを見ると、おそらく車椅子生活になってある程度たっている。脅威度はゼロ。

四十代半ばの女性。身長百六十八センチ。引きしまった体つきだけれど、これといった脅威はなし。

カウンター奥の定位置にいるウォルターに手を振ってから、わたしはプラスチックの買いものかごをつかんだ。

メインディッシュになる冷凍食品一週間分を選んでから、スナックのコーナーに移ろうとしたとき、正面の入口のドアベルが鳴った。ややあって、背後からシーリアの声が響いた。

「あんたがこの町を自由に歩きまわるのは犯罪のはずよ」

店内がしんと静まり返り、わたしはため息をついて振り向いた。彼女がほかの誰かに話しかけている可能性は、百にひとつもない。シーリアとばからしい口論をしたい気持ちなどさらさらなかったが、臆病者よろしく店から退散する以外、避ける方法はなさそうだった。彼女は太い腰に両手を置いて店の真ん中に立っていた。花柄のワンピースの裾が右だけちょっとあがっている。顔は、わたしが視界に入ると必ず浮かべるしかめ面。

「ルブランク保安官助手はまた仕事を怠けているようね」彼女が言った。

「証拠がなければ逮捕はできない」わたしは言った。「あなたがどれほどカーターにそうさせたくても」

「証拠なんてなくても、あんたが嘘つきの狡猾《こうかつ》なよそ者なのは間違いなしよ。あんたが来るまで、この町ではよくないことなんて一度も起きなかったんだから」

「前にも聞いた主張」わたしは言った。「あなたと議論して時間を浪費するのはお断り。結論を言っておく――わたしが犯人ということはありえない。なぜなら、先週インターネット・ロミオが悪巧みを実行していたとき、わたしはニューオーリンズで警察に勾留されてたから」

「それはあんたの主張でしょ」

「カーターが確認した主張です。それから、信じてちょうだい。ネットで秘密の恋人やなんかのふりをするとしても、あなたを相手に選ぶことは何があろうと絶対にないから。そんなこと思いつきもしないし、あなたを見ると顔をしかめずにいられない。あなたにちょっとでもやさしい言葉をかけようものなら――ロマンティックな言葉どころじゃない――わたしは自分の舌をバターナイフで切り落とす」

赤ん坊連れの女性は噴きだしそうになるのをこらえ、ウォルターはにやついた。シーリアはハッと息を呑んだかと思うと、怒りで顔が紅潮した。レジのほうを刺すような目で見てから、わたしをにらみつけた。「あんたは嘘つきで泥棒のあばずれよ。何がなんでも、あんたをこの町から追いだしてみせるから――」

くるっと向きを変え、派手な退場を決めるつもりだったようだが、一歩踏みだしたとたん、向こうずねが男性客の車椅子の足置き台にぶつかり、彼女はよろけながら洗面化粧用品の並んだ棚に突っこんでしまった。棚が倒れ、シャンプーやローションが彼女の上につぎつぎ降ってきた。棚の上で横倒しになったシャンプーのボトルから中身が漏れ、側面を伝ってシーリアの頭のてっぺんにたらりとしたたる。

「四番通路、清掃の必要あり」わたしは言った。

商品が散らばったなかでシーリアはもがき、ようやくなんとか立ちあがった。車椅子の男性に怒りの視線をくれると、のしのしと戸口から出ていった。

「ノーラン！」連れの女性が言った。「いまの、わざとやったでしょ」

車椅子の男性はにっこり笑った。「彼女には我慢がならなくてね。まったく不愉快だ」

女性のほうはマナーとおかしさの板挟みになっているらしく、手で口を覆った。住民に共通のシーリアを嫌う気持ちが勝ったようで、彼女は手をさげると、笑顔をさらけだした。

ウォルターが慌ててやってきた。「大丈夫か？」ノーランに尋ねた。「ぶつかられなかったか？」

ノーランは心配するなと言うように手を振った。「まったく問題なしだ。とはいえ、僕がふざけたせいで少々散らかってしまったな。売れなくなったものは僕につけておいてくれ」

「ばか言わんでくれよ」とウォルター。「こっちが金を払ってでもやってほしかったことだ」

女性が前へ出て、わたしに手を差しだした。「ゲイル・ビショップよ。こちらのならず者は夫のノーラン」

わたしは彼女と握手を交わしてから、夫のほうに手を差しだした。彼はわたしの手をぎゅっと握り、力強く振った。こちらを見あげてにやりと笑う。「面倒を増やしたわけじゃないといいんだが。あの女はすべてきみのせいと考えるにちがいない」

「ご心配なく」わたしは言った。「なんでもわたしのせいにするのがシーリアの新しい気晴らしになってるんです。彼女の非難に根拠があったためしはなし」

　ゲイルがやれやれと首を振った。「まったく恥ずべきよ、人に対するあの態度。彼女に投票した住民って、いったい何を考えていたのかしら」

「なんにも考えてなかったんじゃないかな」赤ん坊連れの女性が言った。片手を差しだす。「ペネロピ・デュガスよ。でもみんなにはピーチズって呼ばれてる」

　ゲイルが笑顔になった。「気立てがいいから」

　ピーチズはいたずらっぽく笑った。「みんなうまくだまされてるだけ。さてと、あたしはそろそろ家に帰ってブランドンの夕食を用意しないと」手を振って、彼女は店から出ていった。

「ここを片づけるの、手伝わせてちょうだい」ゲイルが言った。

「気にせんでいいよ」とウォルター。「どのみち、あの棚は奥の壁に寄せようと考えていたんだ。そのうち誰かがひっくり返すだろうと前から思っていてね。シーリアだったのはもっけの幸いだ」

「それなら、会計をお願いするわ。わたしもこの男《ひと》に夕食を作らなきゃ」

　彼女たちがレジへ向かったので、わたしは商品が散らばっている箇所をよけて歩き、クラッカーひと箱とポテトチップスひと袋をかごに入れた。甘いものはアリーのおかげでいつも不足することはないとわかっていたけれど、箱入りクッキーがわたしに買ってもらいたがっている気がしてそれも入れた。レジまで戻ると、ゲイルとノーランの会計がちょうど済んだところだった。

「会えて嬉しかったわ」ゲイルが言った。「あなたの噂はいっぱい聞いてたから。そのうちお茶を飲みながらおしゃべりでもできれば」

「すてきです」となんとか答えたが、わたしにとってはなかなか怖い誘いだった。

ノーランがウィンクしてほほえんだ。こちらもほほえみ返さずにいられなかった。車椅子を使った彼の妙技のおかげで、わたしの午後の気分は大いに改善された。

かごをカウンターに置いた。「これと、ダイエットコークをふた箱、それからフレーバーウォーターをひと箱ちょうだい。あればブラックベリーのを」

ウォルターはうなずいた。「ちょうど入荷したところだ。ジープかい？」

「ううん。ジョギングしてて、買いものに来るのは途中で思いついたの。あとで引きとりにくる」

「その必要はないよ。スクーターに届けさせよう」

スクーターはウォルターの右腕だ。おもな仕事は自動車のメンテナンスとちょっとした修理だが、それだけでは暇な時間ができるので、雑貨店のこまごました用事もしょっちゅう手伝っている。彼はわたしにのぼせてもいるのだけれど、害のあるのぼせ方ではないし、こちらから焚きつけたりはしないように気をつけている。

ウォルターは商品の合計金額を出し、わたしの勘定につけた。それが終わると顔をあげて目をすがめた。「調子はどうだい？」

「いいわ」元気に聞こえるよう精いっぱい努力して答えた。

彼はほんのわずかも信じなかった。

「なるほどな。まあ、なんか用があったら知らせてくれ。必ずだぞ」

彼が本心から言ってくれてるのはわかっていたので、わたしはほほえんでみせた。こちらがあと三十歳くらい年上か、ウォルターがもっと若かったら、わたしは彼にぞっこんになっていただろう。いや、本当のところ、すでに少し惚《ほ》れている。どうやら家系らしく、ウォルターはカーターとよく似たいかつい顔立ちをしているし、彼が気にかけている相手の世話を静かに焼く様子には心惹かれずにいられない。シンフルに来た当初、わたしはウォルターが売約済みでないことを不思議に思ったが、すぐに彼は幼いときからアイダ・ベルにどうしようもなく、救いようなく首ったけなのだとわかった。

「ありがとう」わたしは言った。

彼はうなずき、わたしは首を横に振りながら店を出た。アイダ・ベルはわたしの知るなかで最も賢明な女性のひとりだが、この件に関しては機を逸してしまったのではと考えずにいられない。つかまえるべき男がいるとすれば、ウォルターなのに。

あのおじにして、あの甥っ子あり。

わたしは顔をしかめ、いま考えたことを頭から追いだした。

わたしには関係ないことだ。

家まで半分ほど走ったところで、ハリソンからの電話について思いだした。すぐにジョギングをやめて携帯電話を取りだした。彼から何度も電話がかかってきていたのに、シーリア絡みの騒ぎのせいで忘れてしまっていた。わたしの頭ときたら、真剣にポンコツになりつつある。大事なことで使う必要が生じる前に、ましになってもらいたいものだ。ハリソンの番号にかけてから、家に向かってゆっくり歩きだした。

「ふざけるなよ、レディング!」呼び出し音が鳴るやいなや、ハリソンが出た。「騎兵隊を送りこむか、少なくともおまえのお友達の保安官助手に電話をかけようかと思ってたところだ」

後ろめたさを感じずにいられなかった。ハリソンはすばらしいパートナーだし、いい人間だ。わたしにとって本当の生活との唯一の接点であり、彼はわたしを通常の状態に戻すために、たいへんな重荷を背負ってくれている。不要な心配を増やされるいわれはない。

「ごめん。わたし……その、あらゆることからちょっと離れてたから」

電話の向こうが静かになり、ハリソンがわたしの言葉だけでなく、口調も分析しようとしているのがわかった。鋭い洞察力がなければCIA工作員にはなれないし、パートナーはたいてい誰よりも相手のことを知っている。

「シンフルに戻ったら、あれこれうまくいかなかったってわけか」ハリソンは静かに尋ねた。

「それを聞いて残念だ」

「そう」

胸が締めつけられた。わたしは彼に叱責されてもおかしくない。そもそもカーターとつき合ってしまったし、正体を知られてしまった。ほかにもここへ来て以来、かかわってはいけないのに首を突っこんでしまったことが数えきれないほどある。それなのに、ハリソンはそれについてはひと言も口にしなかった。彼の短いけれど心からの同情の言葉に、わたしはもう少しで泣きそうになった。

「ありがと。何か問題が起きたの？」

「いや。つまり、おまえがすでに知ってること以外ではという意味だ。工作員のひとりがアーマドをブラジルで見つけたが、やつはチャーター機で出国した。足取りはイラクまでたどれたが、そこから先は現地の工作員がまだつかんでいない」

「ニューオーリンズで、あいつの組織はその後動きなし？」

「ほんのわずかも。全員が撤収したようだ」

「モローはどうしてる？」

モロー長官はわたしの上司であり、故意の轢《ひ》き逃げに遭って負傷した。その事件はわたしを見つけだすための試みだったと思われる。

「死ぬほど文句たらたらだ。つまり、回復してきてるってことだな」

「文句たらたらじゃないモローなんて、ありえないと思ってた」

「はん。そうだな、おまえがそばにいると、確かにそうだ」

モローにとってのわたしは、公私両面における継続的な試練だ。若かりしころ、彼はわたしの父、すなわちCIA史上最も評判の高かった暗殺者のひとりと共に働いた。父の死後は、できる限りわたしに目を配ってくれた。わたしは見守るのが簡単なタイプではないし、就いた仕事からしても保護者的な役割を果たすのはむずかしい相手だった。そのうえ、命令に逆らい、まずいときに正体がばれる危険を冒した。でも、それはもうみんな過ぎたこと。シンフルに来た当初、わたしは自分ではない人間のふりをしていた。いまは、過去の自分が本当の自分をわかっていたのかさえ自信がない。

「おまえに話しておきたいことがある」ハリソンが言った。

わたしは眉を寄せた。彼の口調は深刻だったが、アーマドとモローの最新情報はすでに教えてくれたあとだ。「いいけど。何？」

「このアーマド絡みの状況が解決したら、おれは異動する」

わたしは歩くのをやめ、携帯電話を握る手に力がこもった。ハリソンの口からそんな言葉を聞く日が来ようとは、夢にも思わなかった。何かあったにちがいない。彼は幼いころからCIAの工作員になることを目指してきた。全力で仕事に打ちこんできたし、すばらしい適性を持っている。

「体調が悪いの？」急に心配になって尋ねた。

「いや。健康にはまったく問題ないし、今後もそれを維持するつもりだ」

「それじゃ、なんで……」

「キャシディを覚えてるか？」

「あなたの向かいの部屋に住んでる娘《こ》？」

ハリソンに借りた照準器を返しにいったとき、一度会ったことがある。若くてチャーミング、そして感じがよかった。緊急治療室の看護師。

「ああ、そうだ」ハリソンは答えた。「実は少し前からつき合っていて、こんなことを言う日が来るとは思わなかったんだが、おれ、本気で彼女のことが好きなんだ」

「よかったじゃない。でしょ？」

「よかった。おれが何を生業《なりわい》にしてるかってところを除けば。正直言って、自分が腰を落ち着けるような男だとは思ってなかったんだが、キャシディといるとしっくりくるんだ。どう説明したらいいかわからない。とにかくしっくりくる」

「でも？」

「でも、ニューオーリンズに行って、おまえがどれだけあの保安官助手のことを思い、向こうもどれだけおまえを思っているかを目《ま》の当たりにした。同時に、おまえたちのあいだの緊張感も見て、おれたちの仕事の現実について考えだした。この仕事を続けながら、誰かとつき合うってのはフェアじゃないと思うんだ。相手はこっちのことが絶えず心配だし、こっちも相手のことが絶えず心配になる。今度のアーマド絡みの件を見れば、なんでもすぐに私生活にかかわってくるのは明らかだ。家族がいれば……」

最後まで言う必要はなかった。ハリソンの言おうとしていることはよくわかっている。わたしにまだ生きている親族がいたら、とっくにアーマドの手が及んでいただろう。わたしを見つけだすために。

「わたしたちは愛する人を危険にさらしてしまう」わたしは静かに言った。

「キャシディをそんな目には遭わせられない。最初は、距離を置いてそのまま……自然消滅させればいいと考えたんだが、ことはそんなに簡単じゃなかった」

「そうね。簡単じゃない」

「これについてはずっと前から考えていたんだが、ニューオーリンズでおまえとカーターを見てはっきりした。おれはどちらかの人生を選べるが、両方は選べない。どんなにいまの仕事を愛していても、仕事とキャシディの両方を愛することはできない。そうしようとするのは間違ってる」

「それじゃ、どうするつもり?」

「ほかの部署へ移る。CIAを辞めるつもりはない。おれが知っているのは諜報の仕事だ。しかし、今後はワシントンDCのオフィスから自分の役割を果たしたい。だが、それはおまえが無事に戻ってこられるようになってからだ。おまえを宙ぶらりんなままにしていなくなったりはしない。たくさんのことを一緒に経験してきた仲だからな、最後も一緒にのりきるぞ」

「よかったね、ハリソン。心からそう思う」

「ありがとう」少しのあいだ無言になってから、彼は言った。「いまおまえが逆境にあるのはわかってるが、もうひとつ確かなのはおまえはそこから無事に抜けだすってことだ。いつものように」

わたしは驚き、混乱しながら携帯電話をポケットに戻した。ハリソンからの知らせは不意打ちだったけれど、本人にとっても不意打ちだったはずだ。彼はこれまで恋愛に夢中になるタイプではなかった。

でも、人としてはふつうだった。

ため息が漏れた。それは間違いない。ハリソンには愛情深い両親がそろっているし、リトルリーグに入って、ペットはラブラドール・レトリバーというごくふつうの子供時代を過ごした。大学時代に一緒にポーカーを楽しんだ友人がいるし、アパートメント近くのビリヤード場の常連だ。仕事熱心ではあっても、それ以外の生活も彼にはある。最近、わたしはどうしたらそれができるかを学びはじめた。

そして無残に失敗した。

第4章

自宅の私道に足を踏みいれたちょうどそのとき、後ろでタイヤを軋《きし》らせ、車がとまる音がした。振り向くとガーティの年季の入ったキャデラックで、アイダ・ベルが助手席から手招きしていた。「急ぎな」彼女は言った。

なんで急ぐのか見当もつかなかったが、しんとした家にひとりで座っていなくても済むので、構うものかと思った。わたしがのりこむとガーティが車を発進させた。後部座席に座ったわたしの横にキャセロール皿が二枚置いてあったため、どうやら慈善活動に関するミッションらしいと当たりをつけた。

「この料理は誰に持っていくの？」ひと皿は誰か具合の悪い人の分、もうひと皿はわたしの分であることを期待した。ガーティのキャセロール料理は大好物である。

「ちょいと運に恵まれてね」アイダ・ベルが答えた。「ビューラーがあたしたちにキャットフィッシュの話をしてくれることになったんだ」

「キャセロール料理を賄賂《わいろ》にしたの？」賄賂としては、かなりささやかだ。

「そんな必要なかったわ」とガーティ。「ほかの女性が同じ目に遭うのを防げるなら、どんなに恥ずかしい思いをしようとも自分の話をするって言ってくれたの。キャセロール料理を持っていくのは、ビューラーのことが気の毒に思えるし、彼女は食べることが好きだからよ」

「で、ふた皿目は？」わたしはまだ望みを捨てていなかった。

「予備の計画」ガーティが答えた。「もしものときのため」

「もしものときって？」

アイダ・ベルが首を横に振った。「心配するのはそれが起きてからでいいよ。いまはビューラーから余すところなく話を聞きだすことに集中しよう」

なんだか嫌な予感がしたが、アイダ・ベルがいったん口を閉ざしたら、彼女から情報を引きだすのは不可能とわかっていた。車は住宅地を抜けると、農道を一キロ弱ほど走った。ガーティは白い小さな母屋《おもや》に続く長い砂利道へと曲がり、でこぼこした道をゆっくりと走りはじめた。母屋の鎧戸《よろいど》は青く塗られ、家の前にはバラがこんもりと茂っている。清潔感があって目に心地よい。

「すてきな家」わたしはそう言って、青々とした背景幕さながら家の後ろに立つオークの巨木を眺めた。

ガーティがうなずいた。「ビューラーのお父さんが建てたのよ。すばらしく腕のいい大工でね。バプティスト教会を建てたのも彼。カトリック教徒のおばかさんたちが自分たちの教会の建築を彼にまかせてたら、あそこはあんなにいくつも問題を抱えずに済んだのに」

「彼はバプティスト信者だったわけね?」わたしは訊いた。

「もっとたちが悪かったんだよ」アイダ・ベルが答えた。「無神論者。神のような存在が雲からおりてきて、おれとビールを飲み交わしたら信じることにするって言ってたね」

「その人、このあたりで大人気だったでしょ」

「当時は言語道断に近かったね」アイダ・ベルが言葉を継いだ。「でも、だからって教会を建てなおすときに仕事を依頼するのを、ドナルド・シニアは思いとどまったりしなかった。ドン牧師のお父さんだよ」

ドン牧師は現在の牧師だ。真面目ではあるが退屈な人で、彼にかかると、興味をそそる話題でも法律専門誌を暗唱しているみたいに聞こえてしまう。わたしは教会で何度も居眠りをしている。

ガーティがうなずいた。「信徒は最上のものを得るにふさわしいって、ドン・シニア牧師は言ったの。さらに、教会建築中に神がひとりふたりを転向させようとお考えになったら、それはよいことだってね」

「つまり、教会を建てたら、ビューラーのお父さんは改宗すると考えたわけ？」

「あら、そんなことは考えてなかったと思うわ」ガーティは家の正面に車をとめた。「ただ、そう言って建築委員会を納得させたのよ。ドン・シニアはビューラーのお父さんがこのあたりで一番腕のいい大工だと知っていた。長持ちする教会を建てられるなら、大工が何を信じていようとかまわなかったわけ」

「で、長持ちしてるよ」とアイダ・ベル。「ハリケーンが来るたび、最小限の被害で済んでる」

最近、ハリケーンが通りすぎるまで教会に避難した経験があるので、わたし自身、あの建物の強度は間違いないと証言できる。ドン・シニアはよい大工を選んだ。わたしはキャセロール皿を一枚持って車から降りた。「それで、ビューラーのお父さんは改宗したの？」

「改宗したとは言えなかったわね」ガーティが答えた。「いったん教会が完成してしまうと、二度と足を踏みいれなかったわ。でもビューラーを毎週、日曜学校に連れてくるようになったの」

「ビューラーは一度も結婚しなかったって話だったわよね？　彼女、どうして〈シンフル《S》・レディース《L》・ソサエティ《S》〉のメンバーじゃないの？」

「ビューラーが四十歳になってもまだ結婚してなかった時点で」アイダ・ベルが言った。

「誘ったんだけどね、彼女は入会しなかったんだ」

「どうして？」

ポーチへあがりながら、ガーティが声をひそめて言った。「まだ望みを捨ててなかったんだと思うわ。ビューラーは寂しい少女時代を過ごしたのよ。八歳のときにお母さんが亡くなってしまって。お父さんはいい人だったけど、よくいるたくましくて無口なタイプだった。彼女は大柄で、かわいい子じゃなかった。だからほかの子からからかわれた。友達はいなかったし、近くには身内もいなかった。人生のほとんどを孤独に過ごしてきたんじゃないかしら」

「おかげでキャットフィッシュの完璧な標的になった」わたしは言った。

「そのようだね」アイダ・ベルが同意しながら網戸を開け、青く塗られた木製の玄関ドアをノックした。

なかから布のこすれる音が聞こえ、ややあってドアが開くと、ものすごく大きな女性がこちらをのぞいた。

五十代半ば。身長百八十八センチ、体重百四十五キロ。たぶん自動車でベンチプレスができる。この人につかまったら、人は小枝みたいにポキンと折られてしまうだろう。

わたしはアイダ・ベルをちらりと見た。彼女が言ったことは冗談ではなかった。ビューラーが男ものの服を着て髪を短く切り、メイクを落としたら、シュワルツェネッガーの弟で通るはずだ。男性としても最高に魅力的とは言えない。女性となるとさらにきびしい。

「こんにちは、ビューラー」ガーティが言った。「友達のフォーチュンも一緒に連れてきたの。あたしたちよりも若いから、最近の事情に通じてることもあるかと思って。よかったかしら」

ビューラーはわたしにはほとんど目もくれずにドアを大きく引き開け、入るようにと手振りで示した。泣いていたらしく目と鼻が赤くなっている。まるでエネルギーをすべて抜きとられてしまったかのように、足を引きずりながら居間へと入っていった。古びたリクライニングチェアにドスンと腰をおろすと、椅子が抗議するように軋った。アイダ・ベルとガーティはリクライニングチェアの横のソファに座ったので、わたしは不格好なアンティーク風の椅子に腰かけたが、見た目どおりに座り心地が悪かった。

ガーティとアイダ・ベルを見ると、ふたりともビューラーの様子をうかがっていたので、わたしはガーティが話の口火を切るのを待った。ふたりのうちで感情に訴えるのがうまいのはガーティだ。具体的な話になったらアイダ・ベルがやる気を出すはずだけれど、孤独な独身者の心を動かせるのはガーティだろう。

「チキン・キャセロールを持ってきたの」わたしがコーヒーテーブルに料理を置くと、ガーティが言った。「あなたが好きだって思いだして」

食べものの話から始めるのは賢い。

「ありがとう」ビューラーが答えた。「あたし、あんまり料理をする気にならなくて。正直に言うなら、何もする気になれない」

「そりゃそうよ」とガーティ。「つらい思いをしてるんだから。ひどいショックを受けたのは言うまでもなく」

ビューラーがうなずいた。「そうなの。ものすごく驚かされた……いまでも信じられないくらい。こんなことをする人がいるなんて。いったいなんのために？　きっと人を犠牲にして楽しんでるんでしょうね」

「いや、楽しみのためじゃない」アイダ・ベルが言った。「どこかの恥知らずな怠け者が、仕事としてやってるのさ。商売を覚えて一日八時間働くよりもずっと簡単だから」

「要するに邪悪なのよね」ビューラーが言った。「人の気持ちをもてあそんでる。あれこれ約束をして、昔から夢見ていた人生が手に入ると信じこませる」

ため息が漏れそうになった。アイダ・ベルとガーティは正しかった。ビューラーは燃えるような恋をするという希望を捨てていなかったのだ。残念ながら、その希望のせいで、彼女は大火傷を負うことになった。

「人が人にする行為として卑《いや》しむべきよ」ガーティが同意した。「本当に気の毒に思うわ、こんなことに巻きこまれて」

ビューラーは顔を赤らめた。「もっと分別を持つべきだった。男は誰ひとり、あたしに興味を示したことなんてなかったんだから。いったいどうして信じたりしたんだろう。年下のすごくハンサムな男《ひと》があたしみたいな女とつき合いたいと思うなんて。ばかよね」

「ばかなんかじゃないわ」ガーティが言った。「あなたは人とタイプが違うというだけ。シンフルにいると、なんでも額面どおりに受けとりがちになるでしょ。悪辣《あくらつ》な男を疑わなかったことからわかるのは、あなたの性格よ。そんなひどいこと、自分ではしようなんて考えもしないから、ほかの人もそうだろうと思っただけ」

いまのちょっとした演説を真顔でしてのけたガーティに感心した。シンフルでなんでも額面どおりに受けとっていたら、自分から災難に突っこんでいくようなものだ。シンフルに来てからというもの、わたしは何がどうなっているのか判断に迷うことが多いけれど、その事実がこの町について雄弁に物語っているはずだ。わたしの職業を考えれば。

ビューラーはいまの話を真に受けたにちがいない。ガーティを感謝の目で見た。「やさしくしてくれてありがとう。あたし、自分が昔から扱いやすい人間じゃないってことはわかってるの。それなのに力になろうとしてくれるなんて、あなたとアイダ・ベルは聖人ね」

「今後は大丈夫かい?」アイダ・ベルが訊いた。「経済的にって意味だけど?」

「大丈夫」ビューラーは答えた。「しばらくは余裕がなくなるだろうし、あと一年はエアコンと屋根が無事でいてくれるよう祈るけど、この家を売ったりしなきゃいけなくなることはない」

アイダ・ベルが言った。

「何があったのか、話す心の準備はできたかい?」

ビューラーはうなずいた。「早く終わったほうがいい。

「いま以上に恥ずかしいと思うことなんてないだろうし、いまのところ恥で死んだりしてないし」

「それじゃ、ことの始まりから話しておくれよ」アイダ・ベルが言った。

ビューラーは一度深呼吸をしてから話しはじめた。「始まりはFacebookだった。マリアンに言われたの、あなたもアカウントを作ったほうがいい、そうすれば友達や身内やなんかの近況を知ることができるからって。最初は意味がないと思った。あたしの場合、残っているのは遠い親戚だけで、もう何年も連絡を取ってないし。うちを訪ねてきたとしても、誰だかわからない人がほとんど。友達はここ、シンフルにいて、それぞれがどんな毎日を送ってるかをあたしは知ってる。直接見てるから。それにあけすけに言えば、わざわざ文章にしてインターネットに投稿するほどおもしろい生活なんて、誰も送ってやしない」

ビューラーの身になって考えると、彼女の言いたいこともわかる。Facebookはちらっとのぞいたことがあるだけだけど、ときどき誰かの食事の写真、不平不満がいっぱい、あとは何か酸っぱいものを食べたみたいに口をとがらせて頬をすぼめた変顔写真といった具合だった。いっぽう、もしアイダ・ベルやガーティが日々の出来事を文章にしてそれを投稿したら、ふたりとも逮捕されるか、病院へ連れていかれるかだろう。わたしは後者に一票。誰も真実とは思わないだろうから。

「でも、マリアンがしつこくて」ビューラーが言葉を継いだ。「インターネット上ではいろんなグループの人と知り合えるって言って……バラを育てる人や料理好きな人とか。あたし、バラの交配について中身のある話をするのは大好きだし、昔ながらのレシピを新しくアレンジする方法はいつだってさがしてるから。それで、ついに根負けしてアカウントを作ったわけ」

「マリアンがFacebookについて言ったのはそれだけ？」わたしは尋ねた。

ビューラーはこちらを見て目をしばたたいた。この人は何者か、なぜここにいるのか思いだそうとしているように見えた。わたしは説明した。「好奇心から訊いているだけなの。ガーティに絶対アカウントを作ったほうがいいって言われてるんだけど、身内や友達に関して、わたしは多かれ少なかれあなたと同じような境遇だから」

「マリアンの言ったことに嘘はなかったと思う」ビューラーは答えた。「花の栽培を趣味にしてる人たちのグループをいくつか見つけられたし、そのうちのひとつにはとても豊富な知識を持つ園芸家がいたし。その人に教えてもらったらうまくいったことが、何度もあった」

ビューラーの顔がしかめられた。「そのグループにソーンが入ってきたのよ」

「ソーン？」わたしは聞き返した。

ビューラーの表情がしかめ面から嫌悪の表情へと変わった。「ソーン・トンプソン。あたしの心とお金を盗んだ男」

「その男、ソーンって名前なの？」なんて名前だ（ソーンには〝棘〟という意味がある）。

ビューラーがうなずいた。「お母さんが大好きなメロドラマのシリーズにそういう名前の人が出てきたんですって。皮肉が効いてると思ったわ、バラの栽培のグループにソーンって名前の人が入ってくるなんて。彼、それについて冗談を言ったりもしてた」

「ソーンって何歳なの？」ガーティが尋ねた。「ていうより、何歳だと言ってたのって訊いたほうがいいんでしょうね」

「三十八歳と言ってた」ビューラーが答えた。

「そんなのおかしいと思わなかったのかい？」とアイダ・ベル。「比較的若い男がさ、軍務で海外にいるってのに、年配女性が圧倒的に多そうなグループに参加するなんて」

「最初はね」ビューラーが答えた。「でも彼、どんなことでもうまく説明したから。お母さんが大の園芸好きで、すばらしいバラを育ててる。でも目が悪くなってきて、もうコンピューター画面の文字がよく読めない。だから、お母さんが必要とする情報を自分が見つけては、毎週電話で話すときに教えるんだって」

アイダ・ベルをちらっと見ると、反吐《へど》が出るという顔をしていた。同感だ。キャットフィッシュは非の打ちどころのない人物像をつくりあげていた――若く、きっとハンサムで、そのうえ老いてきた母親に献身的。年を重ねた独身女性からすれば、あらがいがたい組み合わせだ。ビューラーのように人生の大半をひとりで過ごしてきた人だったらなおのこと。狡猾で残酷。突然、わたしは何よりもこの事件の犯人に罰を受けさせたいと思った。

「詳しいことは省かせてもらう」ビューラーが言った。「いまはとても話す気になれないから。もしかしたら、死ぬまで無理かもしれない。ソーンはほとんど毎日グループチャットで、交配について質問したりしていたんだけど、ある日あたしにメッセージを送ってきたのよ、あたしが写真を投稿した紫と白の交配種について、すばらしい、どうやってその色の組み合わせを成功させたのかって」

ビューラーはグスンと言って、指で鼻をこすった。「それがすべての始まり。そのメッセージが会話になって、すぐに毎日何時間もやりとりするようになった。バラじゃなくて、私生活の話が多くなったわ。彼はイラクに派遣されていること、わが国の兵士が毎日どんな苦難と向き合っているかについて話した。状況のひどさを聞くと、気持ちが滅入ったものよ。そんな生活をしているんだと思うと、ソーンに同情せずにいられなかった」

「そんなの当然よ」ガーティが言った。「まともな人なら誰だって同情するわ」

「それこそ彼の狙いだったんだと思う」とビューラー。「あたしからお金を巻きあげるために」

「お金が要るって言ってきたのはいつ？」わたしは訊いた。

「すぐにじゃなかった、当然だけど」ビューラーは答えた。「毎日会話するようになって半年ほどたってから、向こうが結婚をほのめかしはじめたの。そりゃ最初は真面目に受けとったりしなかったけど、ずっとあきらめようとしないし、だから最後には信じたのよ。あるいは、信じてはいなかったかもしれない。ただ、送金してしまうぐらいには信じたかった」

「で、そのあとどうなったんだい？」アイダ・ベルが訊いた。

「翌朝いつもどおりにインターネットに接続してから、ソーンにメッセージを送ろうとしたんだけど、彼のアカウントが消えてた。最初は間違いだって……Facebookが誤って彼のアカウントを削除してしまったんだろうって考えた。そこで、PayPalで送金するときに教えてもらったアドレスにメールを送ったわけ」

アイダ・ベルがやれやれと首を横に振った。「でも、返信はなかったんだね」

「そう。それが二週間前。最初は通報するつもりはなかった。彼が戦闘で死んでしまったのだとしたら？と思って。でもそれなら、誰が彼のアカウントを削除したのか？　自分はだまされたんだっていう事実とようやく向き合えるようになってからは、保安官事務所へ行くべきだってわかってた。でも、ものすごく恥ずかしくて。通報する勇気を出すには、さらにもう一週間かかってしまった」

「あなたが恥ずかしく思うことなんてひとつもないわ」とガーティ。「恥ずべきは犯罪者のほう。地獄にはね、ソーンみたいな人間のために特別に暑くて苦しい場所があるのよ」

「あなたの言うとおりであるよう祈るわ」ビューラーも言った。「でも、神さまがかまわなければ、あたしはあの男にまずこの世で報いを受けさせたい」

「当然よ」わたしは言った。「ソーンの写真は持ってます？」

ビューラーがうなずいた。「コンピューターにダウンロードしたから。よくある画像編集ソフトで自分とのツーショットを作成したの」ため息をつく。「そんなことして、恥の上塗りよね」

「あんたが持ってる情報はどんなもんでも役に立つ」アイダ・ベルが言った。「たとえ嘘かもしれないと思うやつでもね。郵送先住所、メール、Facebookアカウントの名前」

「それと彼が挙げた固有名詞」わたしは言った。「都市名や人名、学校、教会なんかも」

わたしは身元を偽装してシンフルに滞在しているが、住民にはふだんわたしが呼ばれたときにすぐ反応できる名前を使ってくれるよう頼んである。この名前について嘘の説明をしたら、これまでのところ誰にも疑問を持たれていない。嘘をついている場合でも、会話に真実が紛れている可能性はある。

「アイダ・ベルと話したあと、全部書きだしておいた」とビューラー。「こんなことに巻きこんであつかましいのはわかってるけど、あなたたちのほうがカーターよりもうまくいく確率が高いと思うの。カーターは保安官助手として優秀だけど、男でしょ。これは女に向いた仕事よ」

彼女が言いたいのは、キャットフィッシュをさがしだすには、平均的な男性よりも、こそこそとずる賢く立ちまわれる女性のほうが向いているということだろう。それについては同感しかない。アイダ・ベルとガーティなら死刑囚からでも真実を聞きだせるというだけでなく、今回の被害者は全員女性だし、同性相手のほうが詳しく話してくれる可能性がぐっと高くなる。カーターに話すときは、詳細を省くはずだ。

ビューラーはいったん席をはずしてから、ノートパソコンを持って戻ってきた。「全部、フォルダにまとめてあるわ。誰に送信したらいい？」

「あたしに送っとくれ」アイダ・ベルが答えた。「今夜三人で見てみて、わかったことをあんたに知らせるよ」

ビューラーはキーボードを叩いてからノートパソコンを閉じた。「どんなにありがたいと思ってるか、言葉にできないくらい。あのお金がなくても、あたしは大丈夫だけど、こんなことやっていいわけがない。彼はあたしの胸を張り裂けさせた。そのうえ預金にも大きな穴をあけさせるなんて、もってのほかよ」

「まったくだ」アイダ・ベルが言った。「あたしたちにできることがあったら必ずやってやるから、安心しな」

四人とも立ちあがると、ガーティがビューラーをぎこちなくハグした。ぎこちなかったのはおもに身長差のせいで、ガーティの顔がビューラーの胸の真ん中に押しつけられる格好になったからだ。わたしは握手するほうを選び、そのあと三人そろって家の外に出た。

そして、カーターと鉢合わせした。

第５章

ビューラーの家から出てきたわたしたちを認めた瞬間、カーターの顔に浮かんだのは驚きだったが、それはすぐにいらだちへと変わった。玄関前の階段をあがってくると、こちらをにらみつけた。「首を突っこむなと言ったはずだ」わたしたちを叱った。

「言われたとおりにしてるよ」とアイダ・ベル。

「それなら、ここで何をしてる？　ビューラーと親しいわけでもないだろう」

ガーティが両手を腰に置いた。「あなた、まったく鼻持ちならない男になったわね。いったいいつから、親友じゃなきゃ具合の悪い人にキャセロール料理を持ってきちゃいけなくなったの？　あたしの車には、痔《じ》の手術をしたハーバート・マイヤーに届ける分がもうひと皿のってるわよ。彼に届けちゃいけない理由はある？」

カーターが眉を片方つりあげた。「ビューラーの具合が悪いなんて話を信じろって？」

「彼女は傷心で落ちこんでるのよ」とガーティ。「あたしの意見では、それってお尻から何かを取ったのと同じくらいたいへんなことだわ」

「おれの意見は違う」カーターが言った。

「あら、あたしはあんたの意見なんてどうでもいいんだけど」ビューラーの声が背後から響いた。「彼女たちはキャセロール料理を持ってきてくれて、バラについてのおしゃべりにつき合ってくれたの、あたしがあれこれ思い悩まないように。そんな人たちに言いがかりをつけるなんて、恥を知りなさい。あんたのお母さんなら、息子がもうちょっとましな慈悲の心を持つように育てたかと思ってたわ」

カーターは見るからにうろたえた。南部男にとって、母親の期待に応えられていないと批判されるのは何よりもきつい。その母親が町のみなから好かれ、尊敬されているとあってはなおのこと。「失礼しました、ミズ・ラトゥール。ただ、こちらのご婦人方は法執行機関の仕事によく首を突っこんでくるんですが、それは法に反することなんで」

「ここじゃ法に反することなんて何も起きてないわよ」とビューラー。「あんたね、あたしに何か訊きたいことがあるなら、なかに入って話を始めましょうよ。あたしはガーティのキャセロール料理をオーヴンに入れるから、それができあがるころには、あんたは姿を消していて、こっちはリクライニングチェアに座って〈ジャスティファイド　俺の正義〉を観られるんじゃないかと思うんだけど……それもいまは違法になってたりしなければ」

ビューラーはくるっと背を向け、家のなかに入っていった。網戸がピシャリと閉まる。わたしたちはポーチの階段をおりると、ガーティの車にのりこんだ。カーターはこちらを向いてわたしたちをしかめ面で見てからビューラーの家に入っていった。

「いまの話、カーターはひと言も信じなかった」わたしはガーティが車を出すのと同時にそう言った。

「あの男がどう考えるかなんて関係ないさ」とアイダ・ベル。「大事なのは証明できることだけ。でもってビューラーは話したりしない」

「で、これからどうする?」わたしは訊いた。

「そうだね、ガーティがもうひと皿のことをしゃべっちまったから、ハーバートのとこへそれを持っていかないとだね、カーターが確認するのは間違いないから」

「ああ」わたしは言った。「予備の計画」

アイダ・ベルがうなずいた。「あんたはじいさんのおケツの話なんて聞きたかないだろうから、先に家まで送るよ。インターネットでできる捜査を始められるように。ビューラーのメールをあんたに転送する」

「それがよさそう」きょうの午後のお尻《ハインド・エンド》のほうはパスできるとわかってほっとした。

家の前で降ろしてもらうと、キッチンへ直行して、ノートパソコンを起動した。アイダ・ベルがビューラーのファイルを転送してくれていたので、情報をダウンロードしてから飲みものと軽食を用意するために立ちあがった。動いたせいでおなかが減った。あるいは、キャセロール料理の話がいっぱい出たのに、自分の分はなかったせいか。

サンドウィッチを作り終えたちょうどそのとき、ドアをノックする音が聞こえた。一瞬、体がこわばったが、すぐに安心した。ドンドンという怒った叩き方ではなかったから、たぶんカーターではないだろう。ドアを開けると、そこに立っていたのは大きな箱を抱えたウォルターだった。

「配達してくれたのね。すっかり忘れてた」

後ろにさがって彼を招きいれると、玄関の横に置いてあったフレーバーウォーターの箱を持って、わたしもキッチンへ向かった。ウォルターはカウンターに箱を置き、フレーバーウォーターの横に置いてあったコークを取りにいってから戻ってきた。

「配達がスクーターじゃないのはどうして？」わたしは訊いた。

「あいつにレジを任せてきたんだ。ちょっと外に出たくてな。あのカウンターの奥に座って、地元のやつらが持病やら家族の問題やらでブーたれるのを聞いてるといらつくときがあるんだよ」

「わたしだったら五分でもう駄目」

ウォルターが声をあげて笑った。「うん、あんたは人づき合いがいいタイプとは言えないな」

「南部スタンダードからすると特にね。料理もしないし」

彼はうなずいた。「用意してあるのが冷凍食品だけじゃ、病人に食べものを持っていけないからな。とはいえ、冷凍食品もそんなに悪くない。グリルであれこれ焼くのは好きだからやるが、おれは料理をすることそのものが好きってわけじゃない。食べるためにするってほうだ」

「わたしも同じ口。口と言えば、ビール飲む？　ニューオーリンズで買ってきたの。だから買い置きがたっぷり」

「そいつは断れないな」

冷蔵庫からビールを二本出し、一本をウォルターに渡すと、彼はキッチンテーブルの前に腰をおろした。わたしはクッキーののったお皿の覆いを取り、テーブルの真ん中に置いた。

「これもつままずにいられないはず」と言って、お皿を指差す。

ウォルターはクッキーを一枚取ってひと口食べた。「こいつはうまい！　いままで食ったなかで一番だ」

「アリー作」

「あの娘は才能があるな。これを商品にしたら、うちの店じゃほんの数分で売り切れになるぞ」

わたしはうなずいてクッキーをひと口食べた。サンドウィッチはあとまわしだ。ウォルターはビールをひと口飲んでから、考えこむような顔でわたしを見た。言いたいことがあるが、言っていいかどうか確信が持てないという表情。わたしはウォルターのことが好きで尊敬もしているから、彼が言わなければと思うことならなんでも気にならない。そこで、手間を省いてあげることにした。

「あなたが配達に来たのにはほかにも理由があったの？　何か気になってることがあるみたいだけど」

「ああ、そうなんだ。鋭いな、フォーチュン。それは出会ったときからわかってたが。あんたがアイダ・ベルとガーティと行動を共にするようになったもんで、神よ、あの哀れな美人さんを助けたまえって思ったもんさ。自分がどんなことに首を突っこもうとしてるか、まったくわかってないぞって」目をすがめてこちらを見る。「でも、あのふたりのせいで何に引っぱりこまれても、あんたは動じないようだったんで、考えなおした。もしかしたら、彼女は母親が言ってたよりもタフかもしれないってな」

「わたしの母？」少し慌てた。本物のサンディ＝スーの母親はシンフルに住んでいたことがないし、昔何度か訪ねてきただけで、サンディ＝スーが生まれてからは一度も訪れていない。この計画がうまくいくとモロー長官が考えた理由のひとつはそれだ。誰もサンディ＝スーを知らないから、わたしは彼女ではないと言える人間がひとりもいない。

「そうだ。オフィーリアは強引な女だった。とはいえ、そんなことはあんたはもう知ってるよな」

彼にじっと見つめられて、わたしはあらためて強烈に落ち着かなくなった。「いいえ。知らないと思う」

「二十歳かそれぐらいのころ、彼女はマージを訪ねてここへ来た……あんたの父親と出会う前にな。当時、おれはこの辺じゃ若くていい結婚相手として評判だった、いまの甥っ子みたいなもんさ」

わたしはほほえんだ。「想像できる」

「だろ。それでまあ、オフィーリアはおれに好意を持つようになって、おれは彼女を避けるようになった。まったく興味が湧かなかったからだ。オフィーリアは感じがよかったが、おたがい、おれが惹かれるのは感じのよさじゃないとわかっていた」

彼がウィンクしたので、わたしは声をあげて笑った。「そうね。アイダ・ベルを言い表すのに〝感じがいい〟は絶対に使わないもの」

「おれがグッとくるのは、熱い輝きなんだ。強さと知性。言ってみりゃ、最高にセクシーなもんだ、女が身にまとうものとして」

〝最高にセクシー〟という言葉を口にしたとき、ウォルターは顔を赤らめたので、わたしのなかで彼の株がますますあがった。この男《ひと》と結婚しないなんて、いったいアイダ・ベルは何を考えているのか。近いうちに問いつめて説明させなければ。

「とにかく」ウォルターが言葉を継いだ。「ようやく夏が終わると、オフィーリアは大学を卒業するために北部に戻っていき、その後結婚することになる男と出会ったってわけだ」

「おかげで、あなたは難を免《まぬが》れたってわけね」

「一見そう見えただろうが、結婚指輪をはめても、彼女はもう少しがんばったんだよ。ときどきおれに手紙を送ってきちゃ、自分がいかに不幸せかとか、夫は自分が考えていたのとはぜんぜん違う人だったとか書いてきた」

「それはなんだかひどいわね」

ウォルターがうなずいた。「夫のことをいい稼ぎ手と考えたから結婚したんじゃないかな。大学は両親が行けって言うから行ったが、オフィーリアはキャリアウーマンになる気はなかったはずだ。やりたかったのは一日家にいて、人の人生をコントロールする手を考えるほうだったと思う。ひとり娘の人生とかな」

「当たってそう」わたしは言った。サンディ＝スーが支配的な母親の言うなりになったというのは理にかなった推測だ。〝超〟のつく優秀工作員だった父にわたしが劣等感を抱いたのと同じように。

「彼女はよく写真を送ってきた」ウォルターが言った。「ビーチで撮った写真、裏庭でバラの木の横に座ってる写真。そうこうするうちにあんたが生まれて、オフィーリアは自分のじゃなく、あんたの写真を送ってくるようになって……おれが最後に受けとったのは十年前のだ」

わたしの顔から血の気が引いた。「へえ」

「実は、それについてはあまり考えてなかったんだ。しかし、アイダ・ベルとガーティのせいでゴタゴタに引っぱりこまれたとき、あんたがどうするかを見たところ、オフィーリアが娘は自分からは何もしようとしないってこぼしてたのと、どうもしっくりこなかった。確か〝引っ込み思案〟って言葉を使ってた気がするな。そんなわけで、二週間ほど前に昔の手紙を引っぱりだして写真を見てみたんだ」

わたしは彼の目を見ることができず、テーブルに目を落とした。このあと何を言われるかはわかっているものの、返す言葉をまったく思いつけない。

「あんたはサンディ＝スーじゃない」ウォルターが言った。「しばらく前から知っていた」

わたしはため息をついて彼の顔を見た。

「おれは確証を得たいわけじゃないんだ」彼は続けた。「それに説明してほしいとも思っとらん」

わたしは眉を寄せた。「どうして？」

「どっちにとっても、おれがこうじゃないかって思ってるだけのほうが都合がいいはずだからだ。あんたのことを女詐欺師みたいなもんだと思ったら、おれはもっと違う対応をしていた。しかし、どうやら違うらしい。証人保護プログラムに入れられてるなら、あんたはもっと目立たないようにしていたはずだ。一番ありそうなのは法執行機関か軍の人間ってとこだな。あんたがどうしてここに来たのか、どうして他人のふりをしてるのかは知らんし、知りたいとも思わない。おれはただ、ちゃんとした理由があるんだろうと考えて、最後にはあんたに一番いい形になるよう祈ろうと思ってるんだ」

「ちゃんとした理由があってのことなの」わたしは静かに言った。

ウォルターはしばらくわたしを見つめてからうなずいた。「おれはあんたのことが好きだよ、フォーチュン。初めて会ったとき——あんたがおせっかいなふたり組にのせられてナンバー・ツー（シンフルの北にある悪臭が強い島）へ行くことになったときからな。あのとき、あんたはどう見たって社交的な人間じゃないのに、正義感がたぎるあまり、本当なら身を隠さなきゃいけないにもかかわらずそうはしなかった」

「わたし、正義と公正さを求める気持ちが強いせいで、しょっちゅうまずいことになるの」

「だろうな」ウォルターはもうひと口飲んでからビールをテーブルに置いた。「おれにはほかにも当たりのついてることがある。あんたの隠してる秘密がなんにしろ、カーターはついにそれをつかんだ。だから、あんたらふたりはもう熱々のカップルじゃなくなったってわけだ」

わたしは口を開いたものの、なんと言ったらいいかわからなかった。ウォルターはわたしのことを好きかもしれないが、カーターは彼にとって身内だ。わたしは彼の甥に対して、ほかのみんなに対してと同様に嘘をついた。しかしカーターはほかのみんなとは違う感情をわたしに抱いていたし、そのせいではるかに深い痛手を負った。

「何も言わんでいいよ。そのつらそうな表情を見ればわかる。こういう結果になって残念だ。しかし、驚いたとは言えんな。カーターがあれほど早くあんたに夢中になるとわかってたら、ひと言言っといたかもしれんが。いや、どうかな。若いやつはおじき世代の言うことなんか耳を貸さないのがふつうだ。何を言ったところで、あいつとおれのあいだがぎくしゃくするだけだったろう。それに、あんたの秘密を暴露するような真似はしたくなかった。打ちあけるのはあんたの仕事だと思ってたんだ」

「黙っていてくれて感謝してる。それに、面倒な立場に立たせて申し訳なかったと思ってる」

「わかってるよ。あんたがそういう気持ちじゃなかったら、この話し合いは全然違う方向に進んでただろうからな」ウォルターはビールの残りを飲みほすと立ちあがった。「そろそろ店に戻ったほうがよさそうだ。きょうは忙しいし、スクーターのやつはあれこれヘマをやってるはずだし。だが、もうこれ以上、黙ったままじゃいられなくてな」

わたしがうなずくと、ウォルターはわたしの肩に手を置いた。「カーターは頑固な男だ。昔からな。あいつが決断したことには、間違いなくれっきとした理由がある。それでも、おれは期待してるよ、このゴタゴタがどういうことにしろ、遅かれ早かれもつれがほどけて、あんたらはほかの選択肢を考えはじめるってな」

「わたしも」そう答えた自分に驚いた。なぜなら、それは本心からの言葉だったから。

ウォルターがほほえんだ。「踏んばれ。で、何かおれにできることがあったら、知らせてくれ」

彼がキッチンから出ていこうとすると、わたしは座ったまま振り向いた。「ウォルター？」

彼は足をとめて振り返った。「ん？」

「あなたと結婚しないなんて、アイダ・ベルは頭がいかれてる」

ウォルターは悲しげにほほえんだ。「だよな」


アイダ・ベルが椅子をわたしに引きよせ、ガーティはわたしの肩越しにノートパソコンの画面をのぞきこんだ。「同じ写真ね」ガーティが言った。

「ほかのもそう」わたしは言った。「ほらね？」

ビューラーから提供された写真を画面につぎつぎ映しだしてから、オースティン・ジェニングスというわたしが見つけた若者のFacebookページに戻った。テキサス州ウェーコ在住。イラクでの軍務を終えたばかりで、いまは帰国して妻と子供ふたり、猫三匹、そしてラブラドール・レトリバーと暮らしている。

「この男なわけないよね」アイダ・ベルが言った。

「絶対に違う」わたしは答えた。「キャットフィッシュはこの人の写真を盗んだ。なぜなら、見た目がよくて、写真のなかには軍服姿で砂漠にいるとわかるのが何枚かあるから」

「確認したほうがいいかしら？」ガーティが尋ねた。

「確認するってどうやって?」アイダ・ベルが言った。「テキサスまで出かけて、あんた、年とったご婦人から老後の資金をだましとっただろなんて、この哀れな男を責めるわけにゃいかないよ。奥さんと子供がいるんだからさ。どんな面倒が起きるか、想像してみなよ」

「この人じゃない」わたしは言った。「何もかもが注意深く計画されてる。犯人が本当の自分の写真を使うはずはない。標的にされた女性たちはキャットフィッシュ詐欺がどういうものか知らないけど、犯人がよく心得てるのは明らか」

ガーティがうなずいた。「郵送先の住所は?」

「ニューオーリンズの私書箱」わたしは答えた。

ガーティが落胆の表情で首を振った。「ビューラーったら、どうしてだまされたのかしら。慈善活動で海外へ物資を送ったことがあるのに。軍は荷物を受けとるために専用の送付先を設けてるって知ってるわよ、彼女」

わたしはビューラーのメモがつけられたワード文書を画面に表示して指差した。「彼女によれば、犯人はこの私書箱は友人のものだと説明したみたい。その友人が自分たち数人の兵士のために、受けとったものを別ルートで送ってくれるって」

「別ルート?」ガーティがいぶかった。

「ビューラーはたぶん、その友達が彼らに禁制品を送る方法を知ってるって意味だと受けとったんじゃないかね」アイダ・ベルが言った。「ヌード雑誌だとか、もしかしたらドラッグとか」

「それでビューラーはその私書箱に自分の下着を送ったわけ」ガーティが言った。「その男、どこまでやるんだって感じだわ、この関係は本物だってビューラーに信じこませるために」

「よこしまだよね」アイダ・ベルが言った。「昔の言葉だってのは知ってるよ――うちの母親が好んで使ってたから――でも、ぴったりだと思う」

ガーティがうなずいた。「この男、絶対に見つけないと」

「ほかの被害者からも話を聞けそう？」わたしは尋ねた。

「ベッシーとウィラは駄目だね」アイダ・ベルが答えた。「ふたりともシーリアの仲間だ。ほかにも訴えがあったら、マートルが教えてくれるはずだけど、いまんとこまだ何も聞いてない」

「大半の人は声をあげないんじゃないかしら」とガーティ。

「おそらくそうだろうね」アイダ・ベルも同意した。

「わかった。それじゃ違う方向からアプローチしましょ。〈シンフル・レディース〉のメンバーはみんな独身で年齢もいってるわよね。誰か被害に遭ってると思う？」

「いいや」アイダ・ベルが答えた。「きょうメンバー全員にメールを送ったけど、全員から被害は受けてないって返信があった」

わたしは眉を寄せた。「で、みんな本当のことを言ってると思う？」

「間違いないよ」とアイダ・ベル。「情報提供の重要性を強調しといたからね。事態の重さはみんな承知してる。隠そうとするメンバーはいない。あたしがはっきりと尋ねたんだから」

「でも、ひとりもいないって変じゃない？」わたしは訊いた。

「それは」アイダ・ベルが答えた。「〈シンフル・レディース〉の面々がカモとして最適じゃないからさ。メンバーが独身なのは自分で選んだからで、選択肢がなかったからじゃない。若くして夫を失ったメンバーもいる。つき合い下手おばさんの集まりとは違う」

「そうよね」わたしは同意した。「でも、Ｆａｃｅｂｏｏｋのプロフィールを見ただけでそんなことわかる？　潜在的なカモって観点から、あなたたちのメンバーとビューラーが違うってわかったのはどうして？」

アイダ・ベルが眉間にしわを寄せた。「インターネットで見ただけじゃわからないだろうね」

「でしょ。やっぱりわたしの言ったとおり、この詐欺師はシンフルの住民について豊富な情報を持ってる。最初に考えたよりもずっと多くの」

「犯人は〈シンフル・レディース〉のメンバーを意図的に避けてると思うの？」ガーティが尋ねた。「でもどうして？　試してみたっていいのに」

「あなたたちふたりに知られたくなかったんだと思う。考えてみて。〈シンフル・レディース〉の誰かに詐欺を働いたら、その人はあなたたちに報告するでしょ」

「ほぼ確実にね」アイダ・ベルが認めた。

「そうしたら、あなたたちふたりはしかるべき通報をするようその人に促《うなが》したでしょ。でもって自分たちも犯人さがしにのりだす。いまこうしてやってるみたいに」

アイダ・ベルがうなずいた。「だから、誰にも話さないだろうと踏んだ相手を選んだってわけか。でもビューラーについては判断ミスだった」

「そのとおり」わたしは言った。「でもって、その件はいまごろ詐欺師の耳に入ってると考えて間違いなし」

「ああ、まずいわ！」とガーティ。「犯人が店じまいしちゃったら、こっちは正体をつかめなくなっちゃう」

「向こうとしちゃ、そうするのが賢いわよね」わたしは彼女に同意した。

「そこまで賢くないかもしれないよ」アイダ・ベルが言った。「あるいは成功したときの快感が癖になって、やめられないとかさ」

「そっちだといいけど」わたしは言った。「そうじゃないと、見つけるのがさらにむずかしくなる」

「犯人はあたしに誘いをかけてはこない。そうよね？」ガーティががっかりした表情になった。「タトゥーを入れてセクシーな写真を撮るのにあれだけ時間をかけたのに」

「見込みはほとんどなしね」わたしは認めた。「でも、犯人が実際に誘いをかけた相手は見つけられるかも。この町に住んでる年のいった独身女性なら、あなたたちがひとり残らず知ってるでしょ。〈シンフル・レディース〉のメンバーじゃない人のリストを作りましょうよ」

「で、どうするの？」ガーティが尋ねた。「一軒一軒ノックしてまわって、あなたはお金をだましとられましたかなんて訊けないわよ」

じゃないか」

「どうして？」とアイダ・ベル。「最悪でも、目の前でドアをピシャリと閉められるぐらい

「情報を得られる相手が多いほど」わたしは言った。「なんらかのパターンを見つけられる可能性が高くなる」

「すでにわかってる被害者がもうひとりいるわ」ガーティが言った。

わたしは首を横に振った。「シーリアがわたしたちに話すはずがない」

「彼女が話さなくても大丈夫」とガーティ。「あたし、たまたま知ったんだけど、選挙の監査人が捜査の一環として彼女のノートパソコンを押収したんですって。彼らはニューオーリンズに行く途中にある〈サザン・イン〉の会議室を使ってるの」

「それは駄目」わたしは言った。「つかまったら、監査に響く」

「それじゃ、つかまらないようにしましょ」ガーティが言った。「あたしの身内があのホテルの客室清掃の仕事をしてるの。彼女があたしたちをなかに入れられる」

「で、どうして彼女はそんなことをしてくれるの？」わたしは尋ねた。

「シャーリーンは昔からちょっとしたトラブルメーカーでね」とガーティ。「やっちゃいけないって理由があるだけでやるのよ」

わたしはアイダ・ベルを見た。「どう？」

彼女は肩をすくめた。「手がかりが増えるし、あたしたちがこれまでにやってきたことと比べて最悪ってわけでも、一番危険ってわけでもないのは確かだ」

「つまり、やるかやらないかの判断基準は、わたしたちが死ぬ確率が高いかどうかまでさがったってこと？」わたしは尋ねた。

「妥当じゃないかね」アイダ・ベルは答えた。

彼女をまじまじと見て、反論の言葉を用意しようとしているうちに突然気がついた。そもそもわたしは議論をしたいと思っていない。「まあいいか。ここ何日かは違法なことしてないし。やりましょ」

ガーティがパチパチと手を叩いた。「女友達と過ごす夜と言えば、やるのはちょっとした不法侵入よね」

第6章

午後十時。わたしが後部座席におさまると、ガーティのキャデラックはニューオーリンズ方面へとハイウェイを走りだした。わたしのジープを使ってはどうかと言ったのだが——ひとつにはジープのほうが乗りものとして当てになるから、ひとつにはわたしのほうが運転手として当てになるから——アイダ・ベルがガーティの車ならまわりに溶けこめる、わたしの車では人の記憶に残りやすいと主張したのだ。この辺の道路を走る車は五台に一台が年季の入ったキャデラックで、運転しているのは車よりも年季の入った女性に見えるため、議論の余地はなかった。

「シャーリーンとは駐車場で会うことになってるの」ガーティが言った。「彼女が裏口から忍びこんで、フロントにある客室清掃部の抽斗《ひきだし》から鍵を取ってきてくれるわ」

「フロントの人に気づかれない？」わたしは訊いた。

「夜勤のフロント係は昼間に別の仕事もしていて、だから勤務時間の大半は寝てるらしいのよ」とガーティ。「いびきが聞こえてる限り、危険はないって」

「完璧ね」わたしは言った。

ガーティが後ろめたそうな表情でアイダ・ベルをちらっと見た。「ひとつだけ小さな問題が」

「おっと」わたしが言った。

アイダ・ベルが目をすがめる。「どういう問題さ？」

「実はね、シャーリーンは夜勤のメンテナンス係とつき合ってるんだけど、その男が二股かけてるんじゃないかと疑ってるのよ」

「で、それがあたしたちとどんな関係があるって言うんだよ」アイダ・ベルが訊いた。

「シャーリーンは彼が勤務口にやってるとにらんでるの。ほら、部屋をただで使ってちょっとしたお楽しみってやつ。だからあたし、彼女に約束したのよ、その現場を押さえられるかどうかやってみるって」

「どうしてシャーリーンは自分でやらないの？」わたしは訊いた。

「ホテルの従業員はみんな彼女を知ってるわ」ガーティが説明した。「夜中にふらっと現れてホテル内をうろうろするなんて無理。どうしてこんな時間にいるんだって訊かれるもの。ウィンキーに気づかれずに、つけまわすなんてことも絶対にできないわ」

「ウィンキー？」わたしは聞き返した。

「目がぴくぴくするせいよ、きっと」ガーティが答えた。「あるいは、ひどい浮気者だからか（winkyには男性器という意味がある）。本当のところは不明」

「それじゃ、侵入を可能にしてもらう代わりに」わたしは言った。「こっちは浮気者のメンテナンス係ウィンキーのあともつけまわさなけりゃならないってわけ。なんかつまらない連続コメディドラマみたいなんですけど」

「断れなかったんだもの」とガーティ。「さもないとシャーリーンは鍵を持ってきてくれっこないわ」

「上首尾には終わらなそうだね」アイダ・ベルが言った。

「いつもそう」わたしも同意見だった。

ホテルにはすぐ着き、ガーティが駐車場の奥に並んでいるSUVの後ろにシャーリーンの車を見つけた。その隣に駐車すると、女性がひとり勢いよく車から降りてきた。わたしはトラブルメーカーのシャーリーンをひと目見たくて車から降りた。

五十代前半だが、それより年上に見える。身長百六十センチ、体重は五十四キロ。アイダ・ベルが活力旺盛と呼ぶタイプ。向こうに勝ち目はないけれど、きっと汚い戦い方をする。

活力が旺盛なのは立ち方からわかった。表情からも。タトゥーもそうだ。ひとつは〝トラブル〟、もうひとつは〝やったのはあたし〟と彫ってある。すばらしく正直で自分をよくわかっている。

シャーリーンがアイダ・ベルとわたしをじろじろ見たので、鍵を手に入れるには彼女と腕相撲でもすることになるのかと心配になった。ガーティがわたしたちを指した。「あたしの共犯者、アイダ・ベルとフォーチュンよ」

シャーリーンは〝共犯者〟という言葉が気に入ったにちがいない。なぜなら、うなずいてガーティに鍵を渡したからだ。「これはマスターキーだよ。ホテル内のどの部屋へでも入れる。それにしたって、なんであの会議室に入りたいんだい？　スーツ着た男たちがいて、あっちこっちに書類の山があるだけだよ。支配人の話じゃ、あいつらは会計士みたいなもんらしいけど」

「監査人よ」ガーティが説明した。「シンフルの町長選挙について調査してるの。異議が申し立てられたから」

「当選したあの意地悪女がなんか汚いことをやったんだよね？」シャーリーンが訊いた。「母さんが言ってたよ。あの女が足を踏みいれても教会が爆発しないのが不思議だって。あの女を町長の座から引きずりおろすつもりかい？」

「そういうわけじゃないわ」ガーティが答えた。

シャーリーンはうなずいた。「頭いいね。あたしに詳しい話をしないでおけば、こっちはあんたたちに都合の悪い証言はできないもんね。オッケー。そっちはそっちの仕事をしな。終わったら、ジェリーのビリヤード場に鍵を届けてくれればいい」

「ちょっと時間がかかるかもしれないんだけど」ガーティが前もって言った。

シャーリーンがにやりと笑った。「それはこっちもだよ」

わたしたちに手を振ると、彼女は車にのりこんだ。こちらはどうやってなかに入るのがベストか決めるためにホテルの正面を見つめた。

「どの部屋に行くにも正面ロビーを通らないと駄目だそうよ」とガーティ。

「つまり、フロントの近くを通るってことね」わたしは言った。「会議室は一階にあるの?」

ガーティがうなずいた。「シャーリーンによれば、エレベーターの先の廊下の端にあるって」

「最適な案じゃないけど」アイダ・ベルが言った。「夜勤のフロント係が本当に居眠り男なら、そばを通っても気づかれないかもしれないよ」

「わたしが心配なのは、フロント係より防犯カメラなんだけど」わたしは言った。

「防犯カメラの映像なんて、どうして見るわけ?」ガーティが訊いた。

「ふつうは見ない」わたしは答えた。「問題が起きない限り。でもって、問題はいつも起きる」

「だから変装用の衣装を持ってきたのよ」ガーティはそう言って車のトランク側にまわった。

「先週、注文しておいたの。そのうち役に立つかと思って。そうしたら案の定……」

わたしはアイダ・ベルを見たが、彼女も劣らず不安そうな顔をしていた。変装用衣装の購入について相談されていなかったのは明らかだ。ガーティがトランクから箱を三つ取りだし、アイダ・ベルとわたしにひとつずつ手渡してきた。箱にはってある写真を見るやいなや、わたしは首を横に振った。

「絶対になし。娼婦《フッカー》の格好はしない。いつもフッカーみたいな服を着させられるから」

「フッカーの衣装はあたしが着たかったの」ガーティが口をとがらせた。「でも、生地がスパンデックスだから、腿《もも》が困ったことになっちゃって」

「こっちはいったいなんなんだい？」アイダ・ベルがネルシャツとやけに大きな黒い野球帽を持ちあげた。

「それはトラック運転手の衣装」ガーティが答えた。「帽子を深くかぶってうつむき加減でいれば、誰にも顔を見られずに済むわよ」

「それなら自分の服で代用できたのに」とアイダ・ベル。「あたしはフッカーを買った男って設定なのかい？」

ガーティは眉を寄せた。「どうかしら。身元がばれない衣装ってことしか考えてなかったの。一緒にいるとどう見えるかまで気がまわってなかったわ」

「あなたはどんな衣装を着るの？」わたしは尋ねた。

彼女が自分の箱を持ちあげると、アイダ・ベルがため息をついた。

「フッカーにトラック運転手、それと修道女がホテルへ入ってくのかい。悪い冗談の始まりだね」

「修道女？」わたしは聞き返した。「ほんとに？」

「変装として完璧でしょ」とガーティ。「修道女が違法なことをするなんて、考える人いる？」

「法執行機関とか？」わたしは言った。「彼らは誰でも疑うわよ。それにあなた、バプティスト信者でしょ。こんなことしたら、炎に焼かれるか何かするんじゃない？」

「そんなことにはならないと思うわ」ガーティは答えた。「結局のところ、あたしたちがやってることは慈善活動だし」

歪んだ理論を受けいれれば、それで筋が通るのだろう。トラック運転手とフッカーと修道女がホテルへ一緒に入っていってもおかしくないと思うぐらいには。

「誰かひとりが先に入って、フロント係が眠ってるかどうか確認したほうがいいかも」わたしは言った。

ガーティがうなずいた。「誰が一番注意を惹きにくいかしら？」

アイダ・ベルがわたしを指差した。「こちらのフッカーねえさんだね」

「なんでいつもわたしが第一候補なわけ？」

「ここは時間単位で貸すホテルじゃないけど」ガーティが言った。「フッカーはあんまり目立たないって意見に、あたしも賛成よ」

わたしはふたりをまじまじと見た。「トラック運転手のほうがフッカーよりも目を惹くって言うの？　本気で？」

アイダ・ベルがうなずいた。「ホテルじゃね。ここは怪しげな場所じゃないけど、高級ホテルでもない。たいていのトラック運転手は自分の車で寝るよ」

「わかった。わたしが様子を見にいく」

「じゃ、着がえてちょうだい」とガーティ。

「駐車場で着がえるつもりはない」わたしは答えた。「その衣装には特にね。下着を着けていられないのは確実だから」

「もう、ぐだぐだ言わないの」ガーティはわたしから箱を奪いとると、衣装を引っぱりだし、わたしに持たせた。「Tシャツを脱いで、その衣装を頭からかぶって。そのあとジーンズを脱げばいいでしょ。ブラなんて水着とたいして変わらないわよ」

「ふつう、ホテルの駐車場で上半身ブラだけの人なんて誰も見かけないだろうけど」わたしは言った。

「マルディグラがある」アイダ・ベルとガーティが声をそろえて言った。

わたしはあきれながらTシャツを脱いだ。来年、任務中でなかったら、ルイジアナに戻ってきてマルディグラのお祭り騒ぎを見物するとしよう。わたしはワンピースを頭からかぶると、腰まで引っぱった。ジーンズを脱いでから、それまであらわになっていたお尻の下までワンピースの裾を引っぱりおろす。

「プッシュアップブラのほうがそれらしく見えるわよね」ガーティが言った。

「自動販売機で売ってるとは思えない」わたしは手を突きだした。「そのありえない靴とかつらをちょうだい。このワンピース、ちくちくする。ほんの少しでも必要より長く着ていたくない」

ガーティが靴――透明な素材にピンクのキラキラが散らされたありえないデザイン――を渡してきたので、それを履いて立った。

「あんた、それで歩けるかい？」アイダ・ベルが訊いた。

わたしは真っ赤なウェーブヘアのかつらをかぶった。「それはこれからわかる」

一歩前へ出ると足首がぐらついた。ガーティが腕をつかんでわたしを支えた。「わたしはこれから歩きだす。あなたたちは着がえて、正面玄関の前でわたしと合流して。あそこに見える鉢植えの後ろに隠れてくれれば、安全確認をしてからわたしが合図する」

「あたしは車のナンバープレートもはずしておかないと」とガーティ。「万が一のために」

万が一については考えたくなかった。わたしは一度に一歩ずつ集中しながら、ゆっくり歩きだした。ヒールがものすごく高くて細いため、まるでつま先立ちで歩いているような感じ。すぐれたバランス感覚を与えてくれた神に感謝だ。なぜなら、十歩ほど歩くとリズムがつかめて、いまにも顔からころぶなんてことはなさそうになったからだ。わたしが玄関までたどり着いたときには、アイダ・ベルとガーティも追いついてきて、玄関のひさしの下に置かれたフェイクグリーンの鉢植えの後ろに隠れた。修道女の衣装をまとったガーティがフェイクのイチジクの後ろに隠れているのを見ると、笑わずにいるのに苦労した。皮肉が効きすぎている（禁断の果実を食べたアダムとイヴが局部を隠すのに使ったのがイチジクの葉）。いっぽうアイダ・ベルはネルシャツにやたらと大きな野球帽、そしてワークブーツという格好がしっくりはまっていた。とはいえ考えてみれば、彼女がばかげた扮装をせずに済むのはいつものことだ。

　わたしが二歩前へ進みでると、自動ドアがスーッと開いた。わたしの到着を告げる音はほかにしなかったのでほっとした。ロビーに入るとフロントデスクを見やったが誰もいない。眉をひそめ、近づいてみて気がついた。デスクにフロント係は十時十五分に戻ると紙がはってある。腕時計で時刻を確かめた。十時四十分。夜勤はどこかで眠りこけているのかもしれない。〝緊急のときはこちらを押してください〟と書かれたボタンがカウンターの上にある。たぶん夜勤の男はこのボタンがあるのをいいことに、近くの事務室ででも寝ているのだろう。玄関まで戻り、アイダ・ベルとガーティに手を振ると、ふたりとも急いでなかに入ってきた。空っぽのデスクと張り紙を指してみせ、うなずいたふたりと一緒にデスクの前を通りすぎ、廊下を歩きだす。廊下の端まで来ると会議室という表示があったので、ガーティが鍵を取りだし、ドアを開けた。三人ともなかに入ってから鍵をかけなおし、照明をつける。

　明るい蛍光灯の下だと、ガーティは外のぼんやりした明かりのなかでよりもさらに滑稽に見えた。まず頭巾が彼女の頭には大きすぎ、目が隠れてしまうところまで何度もずり落ちてくる。カラーがきついらしく、繰り返し咳をしている。首にさげた十字架がやけに大きいせいで、上は首のつけ根、下はおなかのあたりまで届いている。

「その十字架はなんでそんなに大きいの？」わたしは訊いた。

「この衣装はよくあるヴァンパイア・ハンターのお店で買ったの」ガーティが答えた。

「その十字架でヴァンパイアを殴りたおすの？」わたしは訊いた。「で、手に持ってるのは何？」

「聖書よ」とガーティ。「聖書を持ってなきゃ、修道女とは言えないわ」

わたしはその黒い書物をじっと見た。「ふうん。それを両手で持たなきゃならないのはなんで？」

「なかにひとつふたつ隠してるものがあるかもしれないわね」

「ひとつふたつってなんだい？」アイダ・ベルが訊いた。

「あなたたちは知らなくていいものよ」ガーティが答えた。「すべて計画どおりにいったら、必要にはならないから」

アイダ・ベルは納得したように見えなかったが、ガーティが何を重そうに持ち運んでいるのか、確かめるには彼女が両手で持っている偽の聖書を奪いとるしかない。ガーティはバッグを車のなかに置いてきた。つまり、答えは〝可能性としてなんでもあり〟だ。

「とっとと始めよう」アイダ・ベルが言った。「フロント係が戻ってくる前に脱出できたら、それがベストだからね」

わたしたちはファイルボックスや書類がうずたかく積まれたテーブルまで行き、あれこれどかしてはパソコンをさがしはじめた。

「あったわ」ガーティが言った。

「シーリアのだって間違いない？」わたしは訊いた。

「大いに自信あり」ガーティが持ちあげたノートパソコンには〝シーリア・ザ・グレート〟というステッカーがはってあった。

「彼女、ステッカーなんて作ってるんだ」わたしは言った。「ワオ」

「何がグレートなんだろうねえ」とアイダ・ベル。「考えられる選択肢はいっぱいあるよ」

ガーティがうなずいた。「嫌なやつとしてグレートとか」

「嘘つきとしてグレートとか」アイダ・ベルが言った。

ふたりが本来の目的を忘れてしまわないうちにと、わたしはガーティからパソコンを取りあげた。〝シーリアを描写する言葉〟は長くて不愉快なリストになる。ノートパソコンを開くと、パスワードボックスが現れた。

「パスワードを設定してるに決まってた」ガーティが言った。

「大丈夫」わたしはそう言ってから、〝celiathegreat〟と打った。パスワードボックスが消え、オペレーティングシステムの起動が始まった。アイダ・ベルを見ると、彼女はぐるりと目をまわした。

「さてと」わたしはFacebookのアイコンをクリックした。「グレートなおばかさんがメッセージのやりとりをしてたのは誰か、見てみましょ」

突きとめるのに時間はかからなかった。ジミー・バーラスという伍長から受けとったメッセージしか残っていないのがおもな理由。やりとりが終わったメッセージをシーリアが削除したのか、あるいはほかの人たちはそもそも彼女にメッセージを送ったりしないのか。わたしは後者だと思う。

メッセージスレッドを開くと、三人そろって身をのりだし、やりとりを読んだ。

新しいグリーンのワンピースを着た写真、このあいだ送ったんだけど届いてるわよね。

うん。あのグリーンはきみの目の輝きを引きたてるね。最高にきれいだよ。きみはいつもあのワンピースを着るべきだ。

わたしは顔をあげた。「これって何度か見た悪趣味なグリーンのワンピースのこと？」

「たぶんね」ガーティが答えた。「彼女、ほかに新しいのは持ってないもの」

わたしは顔をしかめ、画面に目を戻した。

会うときは必ずあれを着ていくと約束するわ。もちろん、何も着ないときは別よ。

「吐きそう」わたしは言った。

「あたしもだよ」アイダ・ベルが同意した。「夕食にイタリア料理なんて食べるんじゃなかった」

「三人とも夕食は抜いてくるべきだったと思う」わたしは言った。

「見て」とガーティ。「お金の話を持ちだしてる」

もうすぐ休暇が取れるんだ。どうしてもきみに会いたいけど、いまは金欠でね。おふくろの治療のために給料を全部、実家に送ってるから。

なんて立派な息子なのかしら。お母さんはあなたをしっかり育てたのね。もし会いにこられない理由がお金だけなら、帰国のために必要な額を送金するわよ。

なんてやさしい人なんだ。母のところまでは軍が帰してくれる。ただ、アメリカに戻ったあと、きみに会いにいく金がないんだ。ヴァージニアまで会いにきてくれるかな。

町長としての仕事があるから、いまシンフルを離れるわけにはいかないわ。お金を送るから、あなたがこちらへ訪ねてくるというのはどう？　二日ぐらいなら、ニューオーリンズまで抜けだせると思うの。あなた、あの街を気に入るはずよ。

「さあ、いよいよよ」わたしは言った。

アイダ・ベルが首を振った。「ばかばかしいったらないよ。あの女はどうしてこんなに間抜けなんだい？」

　そうしてもらえるなら、すばらしいよ。五千ドルあれば、不足はない。

　わたしはフーッと息を吐いた。「五千ドル？　ヴァージニア州からニューオーリンズまで来るのに？　リチャード・ブランソン（ヴァージン・アトランティック航空などを創業した実業家）本人が送迎でもするの？」

「裏があるからよ」ガーティが画面を指して言った。

　五千ドルはずいぶん額が大きいように思えるけど。

　それだけ要るのは移動のためじゃないんだ。そっちへは車で行けるし、ガソリン代はほんの少ししかかからない。お金はおふくろのためなんだ。医療保険《メディケア》が使えないがん治療が必要でね。医者によれば、その治療で痛みが八割減らせるそうだ。費用は四千五百ドルで、おれにはそんな金はない。でも、おふくろが苦しんでいるのを知りながら、きみと会いにニューオーリンズへ出かけるわけにはいかない。帰国中に建設現場での仕事でも見つけて、金が作れるかどうかやってみるよ。

「この男には良心ってものがない」わたしは言った。

「この男の母親がすでに亡くなってるといいんだけど」とガーティ。「悪事を働くと、必ずわが身にしっぺ返しが来るものよ」

「因果応報《カルマ》ってのはなかなか皮肉が効いてるからね」とアイダ・ベル。

「まあ、これで決着あり」わたしはやりとりの最後のほうをざっと読んでから言った。男はPayPalに登録してあるアドレスを教え、シーリアは翌日送金をすると伝えた。その後は何もなし。シーリアは五回メッセージを送っていたが返信は一通もなかった。

「母親をだしに使ってるところが同じやり口だね」アイダ・ベルが言った。「ひとつだけ違うのは、こっちはプロフィールが削除されてないってこと。クリックしてのぞいてみようじゃないか」

ジミーの名前をクリックして現れたプロフィールページには、戦車の前に立つ兵士数人の写真があった。撮影場所は明らかに海外。

「ジミーは一番端の男だね」アイダ・ベルが言った。

わたしは彼のプロフィール写真をデスクトップに保存してから、検索ページを開いて逆画像検索を行った。すぐにFacebookのエディ・スペンサー伍長のページが画面に現れた。プロフィールをクリックし、公開されている写真をチェックした。

「ジミーだね」とアイダ・ベル。

わたしはうなずいた。「ただしエディは本物。友達が六百人いる。Facebookを使いはじめたのは三年前」

「それに妻帯者」アイダ・ベルが交際ステータスの項を指して言った。

「エディ・スペンサーはキャットフィッシュじゃないと考えて間違いないと思う。この人は単にもうひとりのハンサムな軍人ってだけ」

ガーティが眉をひそめた。「こういう人ってどれくらいいると思う？　ハンサムな軍人って意味じゃないわよ。こういう詐欺師って意味」

「数千人？」わたしは言った。「あるいは数万。見当もつかない」

「まあね、シンフルにいるのはひとりだけだよ」とアイダ・ベル。「とにかく、あたしたちの知る限りじゃ。だから、そのひとりに集中しよう」

「ただし、手がかりは何もないまま。わたしたちにできたのはビューラーの話が本当だってことと、どの女性も同じ男にだまされたんじゃないかって推測が合ってたことの確認だけ」

「ほかに何かわからないか、念のためにシーリアのメールも見ておこうよ」アイダ・ベルが言った。

わたしはクリックしてメールを開き、〝eddietheman〟というGメールアドレスへ送られたメールを見つけた。

「〝俺さまエディ《エディ・ザ・マン》〟だって？　この男、ふだんはエディって呼ばれてるとかなんとか言って、エディ・スペンサーに疑いがかかるようにしたにちがいない」アイダ・ベルが言った。「こいつを見つけたら、撃ち殺してやる。前もって言っておくよ」

「異議なし」わたしは答えた。

「あたしもよ」ガーティが言った。「それだけじゃなく、銃を装塡してあげる」

エディ、
先週話に出した写真を添付するわ。気に入ってくれるといいんだけど。
愛を込めて。
シーリア

添付ファイルをクリックすると、画面に写真が現れた。おぞましいグリーンのワンピースを着たシーリアの自撮り写真が二枚。一枚は緑のワンピースをほとんどまとっていない状態。

「目が！」ガーティが叫んだ。

アイダ・ベルを見ると、目をつぶり、何か腐ったにおいを嗅いだような顔をしている。

「こんなこと言う日が来るとは思わなかったけど」とガーティ。「でも、あのワンピースを着てるほうがまだまし。写真を閉じてちょうだい、あたしたちの誰かにセラピーが必要になる前に」

「もう遅いよ」アイダ・ベルがうめいた。

わたしは顔を少しそむけて目をすがめ、はっきりとは見えないようにしてから写真を閉じ、ノートパソコンのふたも閉じた。

「もしかしたらだけど」ガーティが言った。「いまの写真、コピーしておいたほうがいいかも。セキュリティ目的のために」

「セキュリティ目的ってどんな？」

「シーリアがあたしたちの邪魔をしなくなるようにとか」アイダ・ベルが言った。

わたしはそれについてしばし考えをめぐらした。シーリアが難癖をつけてくることがなくなれば最高だし、軽い脅迫だったら——とりわけ標的がシーリアなら——やってもかまわないという考えだが、付随するリスクのほうが大きい。「駄目」ややあって、わたしは答えた。「写真をメールで転送したら、誰がやったか簡単に突きとめられるからできない」

ガーティが聖書を開いてUSBメモリを取りだした。「万が一のために持ってきたの」

アイダ・ベルを見ると、彼女は肩をすくめた。「あの女を銃で撃つよりもずっとリスクが低いよ」

わたしはガーティからUSBメモリを受けとり、ノートパソコンを開くともう一度目をすがめた。写真の保存が終わると、USBメモリを返し、アプリケーションを全部閉じてから、もともと入っていた箱にパソコンを戻した。

「せっかく忍びこんだんだから」ガーティが言った。「監査についても確認していかない？」

「確認ってどうやって？」わたしはテーブルのほうに手を振った。「ここはひどく散らかってる。どこから手をつけたらいいかもわからない」

「フォーチュンの言うとおりだよ」アイダ・ベルが言った。「それに、パソコンはシーリアのしか見当たらないけど、票の集計をするのにそろばんを使ってるとも思えないからね。監査人たちは夜、自分の部屋に戻るときにノートパソコンも一緒に持ってあがってるにちがいないよ」

ガーティはがっかりした顔になったものの、反論はしなかった。「それじゃ、あとはウィンキーを見つけて、彼がほかの女と遊んでないことを確かめるだけね」

「そいつをひと晩中つけまわす気はないよ」とアイダ・ベル。「その男を見つけたら、若い女と寝てようが、一緒に酒を飲んでようが、踊ってようが知ったこっちゃない。そいつがひとりでいた場合も、こっちの仕事は完了だよ」

「シャーリーンだってあたしたちにウィンキーをひと晩中つけまわしてほしいなんて思ってないわよ」とガーティ。「彼が何をしてたか報告できるくらいの時間、見張ってれば、シャーリーンは満足すると思う」

「文句なし」わたしは言った。「で、ウィンキーはどこにいるの？」

「シャーリーンの話だと、メンテナンス室の入口はロビーの奥に置かれた屏風《びょうぶ》の後ろにあるそうよ」ガーティが答えた。

「フロント係がまだ寝てることを期待しよう」アイダ・ベルが言った。

わたしはうなずいた。「ウィンキーとじゃないこともね」

第7章

廊下を忍び足で戻り、壁に隠れてフロントデスクのほうをのぞきこんだ。フロント係は影も形も見えず、〝十時十五分に戻ります〟という紙はそのままだ。アイダ・ベルとガーティを手招きし、三人でロビーの奥へと急いだ。中国風のドラゴンが描かれている古ぼけた屏風の後ろに〝メンテナンス室〟と書かれたドアがあった。ここだ。

把手《とって》をまわそうとしたが、鍵がかかっている。ガーティに手振りで合図すると、マスターキーが手渡された。鍵を開け、ドアを二、三センチ押し開けるとなかをのぞきこんだ。部屋の大きさは五×六メートルぐらいで、両側にテーブルが置かれ、修理状況のまちまちな電気器具がのっている。奥の壁に寄せられた机には書類の束とライトが置いてあり、部屋を照らす光源はそれだけだった。

なかに入るとアイダ・ベルとガーティがすぐあとに続いたので、わたしは奥の角に見えるもうひとつのドアを指した。

「たぶん物置だろう」アイダ・ベルがささやいた。

「ウィンキーがなかにいるかどうか確かめましょ」わたしは言った。

「それで、もしいたらどうするの?」ガーティが尋ねた。「彼に気づかれたら、なんて言うつもり?」

「まず、フロント係をさがしてるって言えばいい」わたしは言った。

「確かにそうね」とガーティ。「どこかで死んでるんじゃないといいけど」

「わたしもそう願う。ロビーには防犯カメラがあるからなおのこと。ここで誰かが死んだら、警察はあらゆるものに目を通す」

「とっとと終わらせて退散しよう」アイダ・ベルが言った。「脅迫用にいい写真が手に入ったのを除けば、まったくのくたびれもうけだよ」

わたしは奥のドアへと向かったが、あと三十センチほどまで近づいたところで、物音が聞こえた。はっと立ちどまり、ガーティとアイダ・ベルを振り返ると唇に指を当てた。ドアを指差してからじりじりと近づき、耳を当てる。

このホテルは一番安もののドアを使ったか、ドアの向こうにいるカップルがとりわけ騒々しいかだ。わたしは両方だと思った。どちらにしろ、なかで何が行われているかは疑いの余地がなかった。ガーティとアイダ・ベルはちょっとのあいだ耳を澄ましてから、後ろにさがった。

「シャーリーンが正しかったようね」とガーティ。「ロビーで座ってふたりが出てくるのを待ちましょ。そこで写真を撮ればいいわ」

わたしは首を横に振った。「二人でいたら見た目がおかしすぎるし、フロント係もずっとは眠ってないでしょ。それにたぶん、メンテナンス係が使う裏口があるはず。汚れた部品なんかを運ぶとき、ホテル内を通らなくて済むように」

「何時間も座ってるなんて、あたしも嫌だよ」アイダ・ベルが言った。「ここに長くいるほど、面倒なことになる確率があがる。監査の結果を操作しようとしたなんて訴えられるのは、絶対に避けないとね。あたしたちがここにいるのを誰かに見られたら、みんなが考えるのは間違いなくそれだよ」

「わかった」わたしは言った。「それじゃこうしましょ。アイダ・ベル、あなたのほうが夜目がきくから、駐車場へ行って車を玄関前まで運転してきて。わたしはドアを開けて、机の上にあったライトを使って物置を照らす。ガーティは写真を撮って。そのあと一緒に大急ぎで逃げる」

「ウィンキーが追ってきたらどうするの?」ガーティが訊いた。

「裸で?」わたしも訊いた。

「いい指摘」ガーティが車のキーを渡すと、アイダ・ベルが急いで立ち去った。

わたしは机の上のライトをつかみ、ガーティは携帯電話で写真を撮る準備をした。彼女が位置につくのを待ってから、わたしは右手にライトを持ち、左手でドアノブをつかんだ。

「三で」ささやき声で言った。「一、二、三!」

ドアを勢いよく開けると、ライトを天井に向け、物置全体が照らされるようにした。

ウィンキーとお友達は真ん中に置かれた作業台の上にいたが、専念しているのは相手の体への作業だった。ふたりが慌てて身を起こすと、ガーティがシャッターボタンを押して一秒間に百枚くらい写真を撮った。

「なんなんだよ！」ウィンキーがわめいたので、それがわたしたちの脱出の合図になった。

わたしは後ろを向いて物置から走りでた。ガーティもすぐ後ろからついてくる。相変わらずウィンキーがわめいているのが聞こえたが、そのあと走る音が聞こえてきた。

メンテナンス室から飛びだしたわたしは屏風を倒し、その上を走りぬけた。ロビーのなかほどまで達したところで振り返ると、ドアを出たガーティが目までずり落ちてきた頭巾のせいで屏風につまずき、ロビーの床を三メートルぐらい滑った。すぐ後ろに迫っていたウィンキーが同じくつまずいて彼女の上に倒れこむ。

息を呑む声が聞こえたので振り返ると、行方の知れなかったフロント係がこういうときに限って持ち場に戻ってきていた。わたしは走って戻り、ガーティの肩をつかんで、彼女を動けなくしているたるんだ体のメンテナンス係の下から引きずりだそうとした。

「その携帯電話をこっちに寄こせ、このくそ女」ウィンキーがわめいてガーティの修道服のカラーをつかんだ。

わたしはガーティの肩を離し、ウィンキーの手を引っぱって修道服から離させようとしたが、そこでジジッと電気の流れる音が聞こえた。ウィンキーが悲鳴をあげて右のお尻をつかみ、後ろに倒れた。わたしはガーティを起きあがらせ、びっくりしているフロント係の前を彼女と一緒に走りぬけて表に出た。

わたしたちが車のドアを閉めもしないうちにアイダ・ベルがアクセルを踏みこんだ。車が前へ飛びだし、タイヤを軋らせながら駐車場の外へ出た。

「あの男、おケツを出したまま追っかけてきたね」アイダ・ベルは信じられないといった口調だった。「全部見たよ」

「全員が全部見た」わたしは言った。「フロント係はきっとカウンセリングが必要になる。裸のウィンキーが修道女の上にのっかるなんて、気弱な人間向きの光景じゃない」

アイダ・ベルがにやついた。「だね。事情を知らないと、実際よりかなり悪質なことに見えただろう。あの男、なんで急に飛びのいたんだい？　こっちはガーティが聖書のなかから拳銃を出してぶっぱなすんじゃないかと心配してたんだけど、叫び声しか聞こえなかった」

「電気ショックを与えてやったの」ガーティがそう言って、スタンガンを持ちあげ、アイダ・ベルに見せた。「自分が聖書の上にのっちゃってたから、これを出して後ろに手をまわすのがやっとだったけど、なんとかなったわ。あいつのどこに当たったのかはわからない。でも効き目はあったわね」

「右のお尻」わたしは言った。「もう少し長く電流を流してたら、ウィンキーは目を白黒させるだけじゃ済まなかったかも」

「写真は撮れたんだろうね」とアイダ・ベル。

「もちろんよ」ガーティがそう言って携帯電話を持ちあげた。「シャッターを押したままにして撮りまくったわ」

「そりゃやったたねえ」アイダ・ベルが言った。「あんたの携帯のなかには裸のウィンキーが数えきれないほどいて、そこからいいのを選べるってわけだ」

ガーティは顔をしかめて写真アプリを開いた。「ああ、嘘」

「お願いだから、天井や床の写真を撮りまくったわけじゃないって言って」

「大丈夫」ガーティが言った。「写ってるのはウィンキーと浮気相手。問題はその女なの」

「あんたの知ってる女なのかい？」アイダ・ベルが訊いた。

「そう。シャーリーンの妹」

「うわっ」とわたし。

アイダ・ベルがかぶりを振った。「あたしはいまだに理解できないんだよ、あの男を欲しいと思う女がひとりでもいるってことが。それがふたりもとはね。でも、そんなことはどうでもいいよ。こっちは頼まれたことをやって、シャーリーンは答えを手に入れた。本人が欲しかった答えじゃないのは間違いないけど、あたしたちの仕事は終わった。あとはあのフロント係が警察に通報しないよう祈るだけだ」

「残念だけど」わたしは言った。「通報されるのはもう決まりだと思う。誰かが防犯カメラの記録をチェックして、あの騒ぎの最中に彼があそこに立っているのを見たら、まず最初に浮かぶ疑問にどうして警察に通報しなかったんだってことだから。法的な責任やら何やらに問われる」

アイダ・ベルがため息をついた。「それじゃ、この衣装のおかげであたしたちの正体がばれないことを祈るとしよう。みんな、顔が映らないようにしてたかい？」

「してた」わたしは答えた。「ずっと胸を見つめるみたいにうつむいてた、走ってるときも。ガーティは頭巾のせいで大丈夫だったと思うから、三人ともたぶん危険なし」

ふたりを安心させるためにそう言ったが、確信は持てなかった。正体がばれないということについては。もうひとつの推測のほうは、ハイウェイをもう二、三キロ走ったところで確証が得られた。ライトを点滅させたパトカーが反対方向へ疾走していったから。

「ひょっとしたら、ほかにも何か起きたのかもしれないわよね」とガーティ。

「それは大いに怪しいね」アイダ・ベルが言った。「かなり遠くまで行かないと、このあたりにあるのはあのホテルとビリヤード場だけだし、パトカーはビリヤード場を通りこしてきた。さっさとシャーリーンにキーを返して退散するとしよう。誰か知ってる人間に見つからないうちに」

「ものには順序」わたしは言った。「まずこのばかげた衣装を脱がせてもらう」

わたしはかつらをはぎとってから、フッカー風のワンピースをずりずり引きあげ、ぐいぐい引っぱってなんとか頭から脱いだ。Tシャツとジーンズを身に着け、ソックスとテニスシューズを履くと、ほっとため息が漏れた。「このかつら、暑かった。頭が汗びっしょり」

「このネルシャツもだよ」アイダ・ベルが言った。「ビリヤード場に着いたらすぐ、これとブーツを脱ぐからね」野球帽はとっくに脱いで、後部の床にほうってあった。

ガーティが修道服のカラーをあっちに引いたり、こっちに引いたりしていたが、まったく効果がないようだった。「これ、引っかかっちゃって取れない」

「ルームランプつけて」わたしはアイダ・ベルに言ってから身をのりだし、どうしてカラーが取れないのか見ようとした。「これ、どうやってとめてあるの？」

「紐を結ぶところがあるの」ガーティが答えた。「でも、それがほどけないのよ」

わたしはガーティの頭巾の後ろをまくりあげて結び目を引っぱった。「ウィンキーに首を絞められそうになったとき、きつく引っぱられすぎちゃったんだと思う。ナイフで切らないと取れない。聖書のなかにナイフは入ってないわよね？」

「もうっ」ガーティが言った。「唯一持ってこなかったものよ」

「フォーチュンの家に着いたら取ればいいじゃないか」とアイダ・ベル。

「あなたはいいわよね」ガーティが文句を言った。「着てるもののせいで息がとまりそうなのは自分じゃないもの」

「言わせてもらうけどね、あんたが着てるその服はあんたが選んだんだよ」

ガーティはアイダ・ベルをにらみつけたが、それぐらいしか彼女にできることはなかった。

五分ほどして、アイダ・ベルはビリヤード場の駐車場に車をとめた。古ぼけた赤レンガの建物で、角の腐った木のひさしが突きだしている。なかからカントリーミュージックが大音量で聞こえてきて、壁や窓の覆いの隙間から細い光が漏れている。わたしたちは車から降り、アイダ・ベルはネルシャツを脱いでワークブーツを自分のテニスシューズに履きかえた。三人で入口へ向かう。

店内は駐車場にいたときの十倍くらいうるさかったが、わたしたちが足を踏みいれるやいなや、あらゆる会話がとまり、不気味な静けさと言えるほど騒音レベルがさがった。カウンターの奥にいる大柄のでっぷりした男が首を横に振った。

「おかしなやつらはお断りだ。ニューオーリンズまで行ってくれ、そのいかれた格好のやつを連れて」

シャーリーンがバースツールから飛びおり、急いで近づいてきた。「あたしが知ってるクラブまで、行き方を教えるよ」彼女は言った。バーテンダーはしかめ面でシャーリーンを見たが、ビールをつぎに戻っていった。わたしたちは足早に外へと出た。そのほうが声が聞こえやすい。

「なんで修道女みたいな格好してるわけ?」シャーリーンがガーティに訊いた。

「変装よ」ガーティが説明した。「まずいことになった場合、誰にもあたしたちだってわからないように。脱ごうとしたんだけど、カラーの結び目がきつく締まりすぎちゃって」

シャーリーンがポケットからナイフを取りだし、カラーをつかんで切った。「ほら。これで首を絞められてるみたいな声で話さずに済むでしょ。何か見つかった?」

ガーティはマスターキーを返した。「今晩、それを戻すのはやめといたほうがいいわ。ちょっとした、えーと……騒ぎが起きたから。いまは間違いなく警察が来てる」

シャーリーンが目をみはった。「あんたたち、いったい何したの?」

「あなたに頼まれたことよ」ガーティが答えた。「ウィンキーが女といるところを写真に撮ったわ」

シャーリーンの顔が赤くなった。「あの嘘つき浮気野郎！　でも、どうして警官が来てるのさ」

「彼は素っ裸でわたしたちを追ってロビーまで出てきたの」わたしは言った。「それで、ころんで倒れたガーティの上にのっかったのよ。フロント係の目の前でね、つけ加えておくと」

シャーリーンはわたしたちの顔を交互に見て、冗談のオチが来るのを待っている様子だったが、それが来ないとわかると、息を吐いた。「それじゃ、ウィンキーは修道女を襲ったってわけ？　素っ裸で？」

わたしはうなずいた。「彼が身に着けてたのは怒りの形相だけ」

シャーリーンはいまだに百パーセントは信じてはいない様子だったが、同時にわたしたちがそんな作り話をする理由も思いつかなかったのだろう。「写真を見せて」と言った。

ガーティは携帯電話を持ちあげ、シャーリーンのほうへ向けた。「気に入らないと思うけど」

「あのくそ女《ビッチ》！」シャーリーンはそう叫ぶと、ガーティから携帯電話を奪いとった。「何かあると思ってたんだよ、今夜はあたしがおごるって言ったのに、一緒に来なかったからさ。気分がよくないとか言っちゃって。ビールをただで飲めるってチャンス、断ったことなんて一度もなかったからね、気分がよくないなんて理由で。手術を受けたときだって、あたしがこっそり病院にビールを持っていってやったんだ」

「写真はメッセージで送るわ」とガーティ。「でも、あなたは写真を保存したら、メッセージを削除してね。そこからあたしまでたどられると困るから。あなたが受けとったらすぐ、こっちは写真を削除するわ」

「あたしは密告屋じゃない」シャーリーンが言った。「それに、あんたたちはあたしに必要な答えを手に入れてくれた。あたしが欲しかった答えとは言わないよ。それじゃ嘘になるから。でもおかげで、あたしは自分がどういうやつと一緒に働いてるか、わかったのは確かだ」

シャーリーンはポケットから携帯電話を取りだし、メッセージを確認した。写真を保存してからメッセージを削除し、わたしたちに証拠を見せた。「これであんたたちは安全だよ」

「誰かが防犯カメラの録画でわたしたちに気がついたりしなければね」

シャーリーンがばからしいと言うように手を振った。「ホテルのカメラはもう何年も前から動いてない。支配人があれをそのままにしてるのは従業員に防犯カメラが作動してるって思わせたいから。誰かに見られてるかもって思ったら、盗みを働かないからね」

「でも、作動してないってわかってるなら、盗むのをやめる?」わたしは尋ねた。

「そりゃ、みんなが知ってるわけじゃないもん」シャーリーンが答えた。「あたしと昼間のフロント係だけ。ふたりとも、防犯カメラを設置した警備会社の男とねんごろになってね。その男から聞いたんだよ、支配人はあれの修理費用を払おうとしないって。でも、あたしたちはほかの従業員には話さない。だって、そんなことしたら、こっちがくすねられるもんが減っちゃうからさ」

「なるほど」たぶん完璧に理にかなった考え方なのだろう。モラルという重荷を背負っていなければ。

「ありがとね」とシャーリーン。「あたしはなかに戻ったほうがよさそう。ビリヤードで金を稼がなきゃ。新しい部屋を借りるキャッシュを手に入れて、引っ越さないと」

「妹と一緒に住んでるの？」わたしは訊いた。

「もうすぐおしまいになるけどね」シャーリーンが答えた。「あっ、そうそう、その前にシャンプーのボトルの中身を除毛クリームにかえとくかな。世の中、いろんなことが起きるからねえ」にんまりと笑ってみせると、彼女は店のなかにもどっていった。

「早くここから引きあげましょ」わたしは言った。

　アイダ・ベルがわたしを自宅の前で降ろしてくれたときには、周囲の家々は明かりが消え、静まりかえっていた。なかに入って飲みものとクッキーはどうかと誘ったが、ふたりともシャワーを浴びてベッドに入りたいと言って断った。ガーティは万が一に備えて衣装はすべて暖炉で燃やすと約束した。わたしもシャワーは絶対に浴びなければと思った。何しろ、ウィンキーの手にさわってしまったし、あの手がどこをさわっていたかは疑問の余地なしだ。でも、最近寝てばかりいたから、すぐにベッドに行きたくなるとは思えなかった。

　熱いシャワーをゆっくり浴びてから一階におり、キッチンへ行った。また残りものが少しあったけれど、冷凍食品を出して電子レンジに入れた。加熱が終わるのを待つあいだに冷蔵庫のなかを眺めてビールに手を伸ばしたものの、考えなおしてワインのボトルを出した。コルクを抜き、大きなグラスにワインをたっぷりついだところでちょうど電子レンジがチンと鳴ったので、冷凍のソールズベリー・ステーキ（牛挽肉を成形して作るハンバーグに似たステーキ）とマカロニ・アンド・チーズを取りだした。塩胡椒がちょっと足りなかったし、ガーティやアリーが届けてくれる手作りの料理とは混同しようもない。でも、ワシントンDCで夜遅くによくやっていたみたいにひとりキッチンテーブルに向かって冷凍食品の夕食を食べるというのは、なんとなく気持ちが安らいだ。

ノートパソコンを引きよせて開くと、メールをチェックした。ハリソンからは何もなし。それはよいほうにも悪いほうにも受けとれる。コップ半分の水をわたしがどう考えるかしだい。Facebookに移動し、ガーティのアカウントを開いた。やれやれと首を振る。タトゥー入りのお尻が八十パーセントを占め、残り二十パーセントがパイとオーヴンという写真が投稿されている。その投稿にはコメントが二件ついていて、ひとつは恥を知りなさいというシーリアからのものだった。そんなことを言う資格が彼女にあるのか。自分の息子でもおかしくない年齢の相手に、とっておきのワンピースを脱ぎかけた写真を送っていたくせに。

画面をスクロールすると、次の投稿は写真なしの長文だった。ふだんガーティはインターネット上で長話はしない。でも、読みはじめると納得がいった。これは〝わたし、人生に疑問を感じているの〟という投稿だ。ガーティは架空のおばの死に触れ、お金はいいものだけど、人生でやらずにきたことすべてを埋め合わせてはくれないと書いていた。続いて、おばが一度も結婚せず、子供もおらず、ひとりで死んだと述べ、自分には大切に思ってくれる友達がいるけれど、それは誰かと毎日生活を共にするのとは違うと語っていた。文章のうまさに脱帽。嘘のつき方がみごとだ。彼女の目論見《もくろみ》を知らなければ、本心かと思ったかもしれない。

一部は本心かも。

そんな考えが銃弾のようにすばやく頭をよぎり、わたしはフォークを口元まで持っていったまま固まった。いや。そんなはずはない。ガーティは自分の人生に百パーセント満足している。自分の選択やいまの生き方を後悔しているなんて一度だってほのめかしたことはなかった。それに年齢のせいで身体能力は落ちているものの、その事実を本人の頭はまだ把握していない。まだ自分は二十歳だと考えている。

可能だろうか。若いときにひとつの道を選び、自分はそれでいいのだと確信して二度と疑問を抱かないなんてことは。かつてのわたしなら、もちろん可能だと答えただろう。でもそれは非常に限られた生き方しか知らなかったからだ。本当に知っているからではなく、無知だから出せた答えだったはず。異なる生き方に触れたいま、自分がこれまでにしてきた、あるいはこれからしようとしているあらゆる選択について、わたしは疑問を抱かずにいられなくなっている気がする。

そのうえ、わたしはあれこれ考えすぎだと、陰の英雄としてハリソンと共に悪者を倒し、自分の生きる場所はやっぱりワシントンＤＣだと自らを納得させかけたときに、ハリソンがひとりの女性のためにすべてを捨てると言いだした。シンフルに来てから彼に聞かされたことのなかで、何よりも衝撃的な知らせだった。

夫や父親としてのハリソンを、わたしは一度たりとも想像したことがなかった。彼がかわいらしい木造の家の私道で車を洗っているところとか、金曜の夜に射撃場ではなく子供の合唱発表会に出かけるところなんて思い浮かばない。ぴんとこない。

いや、くるのかもしれない。

シンフルに来る前のわたしは、打ち明け話をしたり信頼できたりする友人がひとりでもできるなんて思っていなかった。ましてや数人できるなんて。わたしのことをほかの人たちよりもよく知る人は確かにいた。でも、新しくできた友人たちはいまやわたしの人生の一部になっている。未来はわからないことが多すぎる。誰かきょうより先を見通して、どうしたらいいかをわたしに教えてくれないものか。

カーターに対してあんな感情を抱くようになったのも、まったくの予想外だった。予想外だったせいで、わたしは愚かな決断をいくつもしてしまい、そのためにおたがいを傷つける結果になってしまった。傷つけたことは後悔しているけれど、彼に抱いた感情そのものは悔やんでいない。それは絶対にない。

前触れもなく、母のことが思いだされた。驚くのは、これだけの年月がたったあとでも、まるで目の前に立っているかのようにありありと姿が目に浮かぶことだ。母がいつもつけていたココナッツのボディローションの香りがいまもよみがえってくる。わたしの前髪が目にかからないよう、そっとかきあげてくれた指の感触も。

母は父を愛していたのだろうか？　きっと愛していたのだろう。結婚してわたしを生んだのだから。母が亡くなったとき、わたしはまだ子供だったけれど、ふたりがけんかをしたり、意見が割れたりしたことすらなかったと記憶している。

わたしは顔をしかめた。

それが何よりの証拠かもしれない。カーターを思うわたしの気持ちは本物だったし、彼のほうも同じだったと信じているけれど、だからといってふたりともけんかするのを思いとどまったりしなかった。知性のある人間ふたりの意見が何ごとにおいても一致するなんてありえない。それなのに、どんなにがんばっても、何か両親の意見が対立したことを、わたしはひとつも思いだせなかった。わたしに聞かれないよう注意していたのだろうか？　違ったはずだ。どんなことでも、子供は結局耳にしてしまうものだ。それなら、ふたりは完璧な夫婦を演じていただけ？

記憶をたぐり、母が生きていたころの日常生活を思いだそうとした。父はたびたび仕事で家を空け、続けて二、三週間や一カ月ほどもいないことがあったので、ほとんどいつも母とわたしだけの生活だった。父が家にいたと記憶しているときのことを振り返っても、父がわたしたち、あるいは母と何か一緒にしたという思い出はない。一度、ふたりが葬儀に出席するために子守り《シッター》が来たのを覚えているが、それを除くと、わたしは母の手の届かないところに置かれたことが一度もなかった。

椅子の背にもたれて息を吐く。これまでどうして両親の結婚生活について考えてみなかったのだろう？　父は冷たい人で、自分の子供を育てることに興味がなかった。興味がなかったのは母についてもだったのではと、考えてみることをわたしはしなかったけれど、いまこうして考えをめぐらせてみると、そうだったにちがいない。

ドワイト・レディングはそうしたいと思えば魅力的になることができ、その魅力が母を惹きよせた。それに最初は父も本当に母を求めていた、もしくはそう思っていたのかもしれない。でも、途中で何よりもナルシズムが大きくなり、すべて自分中心になってしまった。あるいは昔からそうで、それをしばらくのあいだは隠しおおせたというだけか。愛情深い夫かつ父親という役の演技。仕事で、父は日々役を演じていた。違いは、夫かつ父親役には期限がなかったということ。母が亡くなるまで。

グラスに手を伸ばすと、半分ほどひと息に飲んだ。これ以上考えるのはやめておこう。真実がわかるわけはないし、くよくよ考えていたらさらに気持ちが落ちこむだけだ。わたしが覚えている母はやさしくて幸せな人だった。その思い出を、誰にも、何にも変えられたくない。

第8章

「フォーチュン、起きとくれ」

夢のなかでアイダ・ベルの声が聞こえたが、姿は見えない。部屋は真っ暗。とそのとき誰かが肩に触れたため、わたしはがばっと起きあがった。アイダ・ベルが心配そうな顔でベッドの横に立っていた。

「どうかしたの？　ガーティはどこ？」

「あたしが電話したとき、シャワーを浴びてたみたいでね」アイダ・ベルが答えた。「ここで会おうってメッセージを残してきた」

わたしは時計を見た。午前七時。夜明けというわけではないけれど、人の家を訪問するのにふつう適切とされる時刻よりかなり早い。「ホテルの誰かがわたしたちの正体に気がついた？」

「あたしの知る限り、それはない。服を着て一階におりとくれ。いまにもガーティが来るからさ。何が起きたか話すのは、全員そろってからにしたいんだ」

アイダ・ベルが部屋から出ていくと、続いて階段をおりる音が聞こえてきた。わたしはすばやくベッドから出てヨガパンツをはき、Tシャツをかぶり、急いで彼女のあとを追った。キッチンに入るとアイダ・ベルがコーヒーを淹《い》れようとしていた。わたしは冷蔵庫からベーグルを出した。

「あなたも食べる？」

アイダ・ベルはかぶりを振った。「卵とトーストを食べてきた」テーブルに置いたままの空になったワインボトルを指差す。「ひとりでパーティかい？」

「ほかに考えられる?」

アイダ・ベルはボトルをごみ箱に、グラスを食洗機に入れた。「ちゃんと眠れたかね?」

「考えてみましょ。わたしは裸の男から命懸けで逃げて、熱いシャワーを浴びたあとクッキーを何枚も食べてワインを一本空にした。それだけやってもし眠れなかったら、おかしいでしょ」

アイダ・ベルが返事をしようとしたとき、玄関のドアがバタンと閉まる音が聞こえた。数秒後、頭にカーラーを巻いたままのガーティがキッチンに入ってきた。「どうして何か起きるのは、あたしがまだ髪をセットしてないときなわけ?」

「そのほうが都合がいいからだよ」アイダ・ベルが言った。「コーヒー飲みな。ニュースがあるんだ」

わたしはベーグルを皿にのせ、コーヒーをつぐとアイダ・ベルの向かいの椅子に腰をおろした。ちらりとガーティを見たが、彼女も劣らず何がなんだかわからないという顔をしている。

「けさ早くマートルから電話があった」アイダ・ベルが言った。「ゲイル・ビショップが昨夜殺されたそうだ」

ガーティがマグカップを落とし、割れた磁器の破片とコーヒーがキッチン全体に飛び散った。

「わたしがやるから」すぐに立ちあがると、わたしはガーティにコーヒーをつぎなおした。

ガーティは震える手で新しいカップを受けとった。「信じられない。マートルは間違いなく殺人事件だって？」

「寝ているあいだに額を撃たれたそうだ」

わたしは眉を寄せ、雑貨店で会った女性について思いだそうとした。誰かに殺したいと思われそうなところがあっただろうか。「四十代ぐらいの感じのいい人よね？　だんなさんが車椅子にのってる？」

「そうだよ」アイダ・ベルが答えた。「雑貨店で会ったんだね」

「そう。だんなさんが車椅子を使ってシーリアをころばせたの」

「ノーランはどうしてるの？」ガーティが訊いた。

「いくつかあざができてるけど、それ以外は大丈夫だそうだ。とにかく、体のほうはね。救急隊員からゲイルが死んだと聞かされたとき、ノーランは打ちのめされちまったって、マートルが言ってたよ」

「彼は何か見たの？」わたしは訊いた。「詳しいこと聞いてる？」

アイダ・ベルがうなずいた。「あたしが聞いた話じゃ、ゲイルは頭痛がすると言ってノーランより先にベッドに行ったそうなんだ。寝室は二階。階段にはノーランの車椅子を二階まであげるリフトみたいなのがつけてある。ノーランが一階の居間でテレビを観ていると、電気が落ちた。悲鳴が、続いてパンッという音が聞こえたけれど、すぐにはそれがなんの音かわからなかったとノーランは言ってる」

「それはうなずけるわ」とガーティ。「誰だって自宅の二階で銃声がするなんて予期しないもの。電気が落ちたことを考えると、電球が破裂したとかそういう音だと思ったかもしれない」

「ただし悲鳴のことがある」わたしは指摘した。

「そのとおり」アイダ・ベルが言った。「ノーランは階段の下まで車椅子で行って、ゲイルを呼んだけど、返事がなかった。とそのとき、懐中電灯を持った男が階段を駆けおりてきた。そいつはノーランの車椅子を突き倒して玄関から逃げ去った」

「その男はどうやって家のなかに入ったの？」ガーティが尋ねた。

「主寝室の窓が開いてた。掛け金がちゃんとかからなくなってたんだ。どうやらちょっと揺するだけではずれちまうらしい。家の裏の壁にはその窓の下までトレリスがかかってるんだって」

「防犯アラームは？」わたしが訊いた。

「防犯システムは使ってないそうだ」アイダ・ベルが答えた。「でもノーランがしてるネックレスに救急隊員を呼ぶためのボタンがついていてね。隊員たちは飛んできた。もちろんノーランに何かあったと考えたからだけど、救急隊員たちはノーランに言われて二階にあがると、即座に法執行機関へ通報したってわけ」

ガーティは首を振り、はなをすすった。「ひどい事件。ゲイルは本当にすてきな女性だったのに。これはあたし、本心から言ってるのよ。彼女が亡くなったからじゃなく」

アイダ・ベルがうなずいた。「ゲイルは本当にいい人だった。見せかけじゃなくね」

「保安官事務所は強盗と考えてるの？」わたしは尋ねた。

「それはわからない」アイダ・ベルが答えた。「カーターはもちろん現場に行ったけど、まだ報告書を仕上げてない。こうじゃないかって考えてることがあったとしても、すべてはカーターの頭のなかだ。マートルの話のほとんどは、救急隊員から聞いたのと、カーターがブロー保安官助手に話してるのが聞こえたことをもとにしてる」

「ゲイルは高価な宝石なんてひとつも持っていなかったはずだけど」ガーティが言った。「少なくとも、あたしは見たことないわ、彼女が高価なものを身に着けてるところって。結婚指輪だって飾り気のないゴールドの指輪よ。それにいまどき、現金を自宅に置いとくほど間抜けな人はいないわ。とにかく、人を殺す価値があるような金額はね」

わたしは眉を寄せた。「でも、何かあったはずよ。正真正銘のいい人が、なんの理由もなしに殺されるわけがない」

「あたしもそこが一番気がかりなんだよ」アイダ・ベルが言った。

「もっと情報が要るわね」とガーティ。

「きょう、もう少し時間がたてばいくらかわかるはずだよ」アイダ・ベルが言った。「マリーはゲイルが運営していた慈善団体に多額の寄付をしてる。チャーリーのいる施設は、ゲイルがさがすのを手伝ってくれたんだ。マリーは前から彼女たちと親しかったし、ノーランの性格や障害についてシンフル住民の誰よりよく知ってる。きょう朝一でノーランに会いにいったそうだ。彼には支えてくれる人が必要だよ。体の面でも心の面でも」

マリーはアイダ・ベルとガーティの親友のひとりで、チャーリーという自閉症のある弟がいる。つねに変わらず親切で、さまざまなことが公正に行われているかいつも気にかけている。町長選挙の監査を求めた候補者でもある。投票に不正が見つかれば、マリーがシンフルの新町長に就任する。町にとってはこれ以上なくよい結果となるだろう。少なくともわたしはそう思う。

「ノーランにとってはマリーがいてくれてよかったわね」わたしは言った。

「あたしたちにとってもマリーがいてくれてよかったわよ」とガーティ。「いまはキャットフィッシュ詐欺の件もあるけど、あたしたち、殺人事件を優先するべきだと思うわ」

「法執行機関が解決してくれるかもしれない。わたしたちが事実を収集するより先に」わたしはそう言ったけれど、そうなることを実際に信じているというよりもそうあってほしいとの期待からだった。事実は急行列車にのってアイダ・ベルとガーティのところへ集まってくる傾向があり、ふたりがこの事件をほうっておくわけはない。

「そうなったらいいけど」アイダ・ベルが言った。「あたしは期待してないよ。いまにもカーターがここに現れるだろうね、余計なことはするなって念押しするために」

ため息が出そうになるのをこらえた。たぶん彼女の言うとおりだろう。

わたしは立ちあがってコーヒーのお代わりをついだ。砂糖をふた袋入れ終わるか終わらないうちに、ドアをノックする音が聞こえた。あのノックの仕方は知っている。アイダ・ベル

「そう、何もかもが残念で不快きわまる事件だ」カーターは同意した。「これは法執行機関

かわいそうに、ノーランはまたひとりになってしまった」

「なんて痛ましいことかしら」ガーティが言った。「ゲイルは本当にすてきな女性だったし、

わたしたちはそろってうなずいた。

もう耳に挟んでるはずだが」

「三人とも早起きだな」カーターが言った。「意外じゃない。ゲイル・ビショップのことは

けれど、本当はしたくないという人が浮かべるたぐいの。

た。歯を見せた大きな笑顔ではなく、感じのよい小さな笑顔。礼儀正しくしようとしている

つかの間だけれど、わたしは顔から笑みが消えるのを感じた。でも、すぐにはりつけなおし

そう考えた次の瞬間、アイダ・ベルの後ろからカーターがキッチンに入ってきて、ほんの

もう関係ない。

れだけつらく思っているか、知られてなるものか。わたしの人生もわたしの気持ちも彼には

わたしはほほえんでうなずいた。ガーティの言うとおりだ。彼と別れたことをわたしがど

いで傷ついたりしちゃ駄目よ。少なくとも、傷ついてるところを見せちゃ駄目」

テーブル越しにガーティが手を伸ばしてきてわたしの腕をぎゅっと握った。「カーターのせ

彼女が出ていくと、わたしは腰をおろした。感情がそのまま顔に出ていたにちがいない。

「あたしが出るよ」アイダ・ベルが言った。「あんたは座ってコーヒーを飲んでな」

とガーティのほうを見ると、さっきはこらえたため息が漏れた。

が扱うべき事件、それも重大なものだ。だから、三人とも首を突っこまないように。おれは本気で言ってる。これは無情な犯罪だ。自分の身を守るためなら、犯人は三人のうち誰でも躊躇せず始末するだろう」

それまで無理やり保っていた感じのよさがいきなり吹き飛び、わたしは嫌気と怒りしか感じられなくなった。

「わたしたちだってばかじゃないの、わかってるわよね？　ていうか、あなたはこの町の誰よりもわたしたちのことをよく知ってるから、ばかじゃないって絶対に心得てる。あなた、ほかの人の家に寄って、おれたちの捜査にちょっかいを出すなって言う？　それとも自分たちより先に事件を解決しちゃいそうな相手だけ？」

ガーティがはっと息を呑んだ。

カーターの目が大きくなり、唖然としたように口が小さく開いた。彼がさまざま予想していたなかに、いまの返事が入っていなかったのは明らかだった。

「もうね、ばかげたごまかしには飽き飽きなの」いったんぶちまけだしたら、とまらなくなってしまった。「あなたに正体を知られる前は、無力で無知な女のふりをしなければならなかった。ガーティとアイダ・ベルが長年やってきたみたいにね。だけど、いまはもうあなたにも真実を知られたわけだから、わたしは自分じゃない誰かみたいにふるまいつづける気は毛頭なし。少なくともあなたの前ではね。逮捕したけりゃすればいい。手錠でソファにつないでもいいわよ。でも、今後わたしを見くだすような真似は許さない。ふたりに対しても」

わたしは立ちあがると足を踏み鳴らして勝手口から庭へと出た。家の裏を流れるバイユー（アメリカ南部特有の濁った川）の水際まで来てようやく立ちどまった。顔が熱くなっているのがわかったので、なんとか自分の感情をコントロールしようとした。川の流れをじっと見つめる。とても平和な光景。実のところ、町全体がそう見える。でも、いくつもの不幸な出来事が起きた。いくつもの秘密が暴かれ、いくつもの命が失われた。

もう何もかも飽き飽きだ。自分ではない何者かのふりをするのも、自分でこうだと考えていた人間でいるのも。自分が何を求めているのかわからない状態も、他人の考えを気にするのも、そして何より、過去にしてきたことのせいで決めつけられるのも。

「大丈夫かい？」アイダ・ベルの声が後ろから聞こえた。

〝大丈夫〟と答えかけたが、嘘をついても意味はないと思いなおした。「ううん」

「あんたが悪いんじゃない」彼女はそう言ってわたしの隣に立った。「あたしも同じだったよ」

わたしは彼女の顔を見た。「どういう意味？」

アイダ・ベルはしばらく水面を見つめていたが、心はどこかよそにあるのが見てとれた。返事はしないのではないかと思ったが、ややあって彼女はようやく口を開いた。

「ヴェトナムから帰ってきた当初、あたしはこのあと、言わば〝いつまでも幸せに〟暮らすんだろうなと思ったんだけど、決してそうはならなかった。そりゃみんなは、あたしが地獄のような場所から帰れて感動してる、無傷で生還できて感謝してると思っただろう。そうでもあり、そうではなかった。わかるだろ、戦争から帰ってきた若い女は、戦争に行ったときの若い女とはずいぶん変わってたからね」

わたしはうなずいた。そうなるものだ、必ず。

「あたしが従軍したのは」アイダ・ベルは言葉を継いだ。「貢献がしたかったからだ。アメリカの兵士を救いたかったし、知ってたんだ。自分には傷に包帯を巻いたり、おまるをかえたりする以外のこともできる頭があるって。あたしは正しかったよ。立派に任務をこなしたからね――あんたみたいに――そうしたら、その自覚と一緒に感じるようになったんだ、精神的な強さと……どう言ったら正確かわからないけど、こう言っておこうか、自分の存在意義を」

「いい言葉の選び方だと思う」

「あんたならわかってくれるかもって思ってた。あたしたちみたいな女はほかの人たちとは生まれたときから違うんだよ。ガーティだってさ、編みものやお菓子作りなんて家庭的なことが好きなくせに、女としての平均的な考え方はしない。たいていの女は平均的な考え方をしてふつうの生活に入っていく。成功したキャリアウーマンでさえ、ほとんどは結婚して子供を産んで、家族とバーベキューをするよね。でも、あたしたちみたいな女は、そういう単純な生活が理解できないんだ」

「並はずれたことをしたいって気持ちを捨てられないのよ。それがわたしたちをわたしたちたらしめている」

アイダ・ベルはうなずいた。「天性なんだよ、あたしたちがこういうことがとっても得意なのはさ。おかげで、おおぜいの命を救ったり、ほかのおおぜいの暮らしをよくしたりできる。たいていの人には最後まで気がつかれないけど。麻薬みたいなもんだよね、自分は最高に腕がいいから、おおぜいの人生を変えられるってわかってるのは。自分はこのために生まれてきた、このためだけにって感じる」

「そう！　まさしくそれ」

「ところがある日、もうそれはできないという事態に直面する。本質とは異なる自分になる必要に迫られる。人生最悪の日だ。なぜなら、自分がそれまでにした選択、これからする選択すべてについて疑問を抱くことになるから。なぜなら、自分は本当に生きているのか、それともきちんと油の差された機械にすぎないのかと自問するようになるから」

目に涙がこみあげてきて、わたしはうなずいた。「答えはどうしたらわかる？」

「自然とわかるよ。約束する。それを信じてなきゃ、あたしはこんなこと言わない。時間がかかるから、行動派にとっちゃ、死にも等しいけどね。でもある日、真実がわかる。疑う余地なく明らかだから、そもそもどうしてわからなかったのか不思議に思うだろうよ」

彼女はわたしの肩に手を置いた。

「あんたは存在意義があって生まれてきたんだからね、フォーチュン・レディング」

わたしは長いことそこに立ったままバイユーを眺めていた。アイダ・ベルが自然とわかると言った答えは全然現れそうになかった。とはいえ、期待していたわけではない。単純な疑問ではないのだから、答えが単純であるわけがない。家のなかに戻ると、ガーティが書き置きを残していて、アイダ・ベルと一緒にランチの時間にまた来るから話し合おうと書いてあった。チキン・キャセロールを持ってきてくれるとのこと。

わたしの顔に笑みが浮かんだ。南部風の言い方をすれば、ガーティは本当に〝愛すべき人《ディア》〟だ。きのうおみやげに持っていったチキン・キャセロールをわたしも食べたくて仕方がなかったことに気づいて、だからいま家に帰ったらチキンを茹《ゆ》で、卵をすりつぶすなりなんなり必要なことをして、わたしの気分をあげようとしてくれているのだ。あのふたりみたいな人たちに、わたしはこれまで会ったことがなかったし、これからも出会うことがないだろうと大いに確信している。ふたりとも誰よりもわたしを理解してくれていて、そのおかげで強い絆《きずな》が結ばれた。こんな友達ができるなんて、わたしは想像もしなかったけれど、いざできてみると、彼女たちのいない自分が想像できない。

テニスシューズを履いて野球帽をかぶるとジョギングに出た。きのうエクササイズしたせいで調子がいい。長いこと運動していなかったから少し筋肉痛を感じたけれど、いったん走りだすと体はふだんどおりに動いてくれた。速いペースで近所を走った。湿地へと延びる農道を走ることもできたけれど、近所の様子を眺めたかった。

新しい芝刈り機にのったミスター・ハートウェルが手を振ってきた。彼が操作を誤って花壇のガーベラを少し轢いてしまうと、正面ポーチに立っていた夫人が怒鳴った。パーキンズ・ストリートのミセス・ブードローが――なぜ通りの名前をつけたかというと、ルイジアナ州にはブードロー姓の人が蚊に劣らずおおぜいいるからだ――正面ポーチに置いてあるロッキング・チェアを青色に塗っていた。羽目板張りの真っ白な壁にとてもよく映える。

「きれいな色！」わたしは走りすぎながら声をかけた。

夫人は顔をあげて手を振った。「今度寄ってちょうだい」

シンフルに住む人々が日常的に口にする招待の言葉。ミセス・ブードローにとっては、わたしと話したのはたった一回、それもわたしが教会でうっかり彼女の足を踏んでしまったときだったなんてことは関係ない。褒《ほ》められたら、おしゃべりしに寄ってと誘うのが礼儀。それがすてきに思える日もあれば、煩《わずら》わしく感じる日もある。

きょうのわたしは、それについてまったく考えなかった。思考がすぐゲイル・ビショップへと戻っていった。ゲイルみたいな人を殺したいと思うのは誰か？　彼女はみんなからいい人と言われていた。ふつういい人に敵はいない。人はねたむことがあるものの、ちょっとしたねたみ程度で殺人に至るなんてありえない。それにノーランが哀れだ。彼はシーリアにひどくいらだち、彼女をころばせてとても喜んでいた。ゲイルはああいうことをしようと思わなかったはずだけど、性格のよさにもかかわらず、あの一件をそれほど気にしてはいなかったようだ。

ノーランはこれからどうするのだろう？　ゲイルがいないと日常生活に困るのか、それともひとりでこなせるのか。ランチのときに、アイダ・ベルとガーティが全部教えてくれるはず。ノーランの身体障害とゲイルの殺人とのあいだに関係があるとは思えないけれど、理論にもとづいて考えるには、全体像を知る必要がある。これまでにシンフルで起きたことの多くは過去に端緒があった。人について知るほど、起きていることの真相が見えてくると、わたしはこの町へ来てからすばやく学んだ。わかっていることが少なければ、どつぼにはまる可能性が高くなる。

「フォーチュン?」わたしを呼ぶ女性の声が聞こえた。

走る速度を落とし、声の聞こえた公園のほうを見る。

きのう雑貨店で会った若い女性がブランコのところから手を振っていた。ペネロピ。でもほかの呼び方があったはず。果物の名前。リンゴ、ナシ……ピーチズ!

わたしは手を振りながらそのまま通りすぎようとしたが、考えなおして方向を変え、公園のなかに入っていった。ピーチズもわたしも、生きているゲイルに会った最後の数人に入るはず。彼女もその話をしたいだろうし、話をすれば、こちらは何か手がかりが得られるかもしれない。シンフルでどんなゴシップがささやかれているかわからないし、若い世代はアイダ・ベルの高齢な情報提供者たちとは違ったあれこれを知っていそうだ。

「公園で遊ぶにはいい日ね」近づいていきながら、わたしは言った。

ピーチズは赤ん坊を幼児用ブランコにのせ、それをやさしく押してやっていた。赤ん坊はブランコが前へ揺れるたび嬉しそうな叫び声をあげている。

「この子、外が好きなの」ピーチズは言った。「雨の日は機嫌が悪くてたいへん」

「小学校に入ったら、ますます楽しくなりそう」何より外に出て遊びたいのに、教室に閉じこめられていた日々のことが思いだされた。欲求不満と退屈から、わたしはよく問題を起こしたものだった。

「それ、考えたくもない」ピーチズはそう言ってからしばらく口をつぐんだ。「ゲイル・ビショップのこと、聞いた？」

わたしはうなずいた。「信じられない」

「あたしもまったく同じこと言ったの！　ブランドンに──あたしの夫──話したのよ、きのう雑貨店で彼女に会ったばかりだって。こんなことになるなんて思いもしなかった……」

「そりゃそうよ。わかるわけない」

「そうよね。ばかみたいに聞こえるわよね。見ただけで、その人がそのあと殺されるなんてわかるわけない。でも、殺されたのがシーリア・アルセノーみたいな人だったら、ショックは受けても驚きはしなかったはず。筋が通ってないかもしれないけど」

「わかるわ。わたしはきのう初めて会ったばかりだったけど、ゲイルは人が暴力を振るいたいと思うような相手に見えなかった」

「そうなのよ！　彼女はシンプルで最高にいい人のひとりだった。チャリティの催しに何度か一緒にかかわったことがあるの。彼女、ニニー・ノーリンズでの仕事とノーランのことがあるから、使える時間は限られてたのに、町で何かやるとなると必ず手伝ってくれた。たとえ一時間か二時間だけでも。すべての時間をほかの人のために使ってた。そんな人にいったいどうして危害を加えようなんて思うの？」

「理解できないわよね」わたしは言った。「誰か何か言ってる？」

ピーチズは視線を落とした。「それはちょっと、言いづらい」

わたしがもうひとつ学んだのは、南部における〝言いづらい〟はたいてい〝教えたら下品になってしまう発言を聞いた〟を意味するということ。

「証拠はなくてもいいの」わたしは言った。「それは警察のすることでしょ。わたしはただ、誰か何か言ってたのかなって思って。こんなこと尋ねるのはぶしつけだろうけど、ゲイルのこともシンフルの町自体についても、わたしほとんど知らないから」演出効果を狙って、ちょっと口をつぐんだ。「その、ちょっとね……不安って言ったらいいのかな。何が起きたのかわからないってのは、ひとり暮らしの身からすると」

「ああ、そうよね！　すごくよくわかる。父が亡くなったとき、母は家を売ってフロリダによくある退職者向けアパートメントに引っ越すことに決めたの。あたしがブランドンとつき合っててカフェで働いてたとき。彼とのつき合いが真剣になってたから、ここから離れたくなくて、家が売れるまでそのまま住んでたんだけど。慣れるのに時間がかかった。日が落ちるとすぐ、誰かがそばにいたときには聞こえなかった音が急に聞こえはじめる感じで。何も起きなかったけど、誰かが何か悪いことをしようとしたら、あたしはあっさりやられちゃうってわかってた」

わたしはうなずいた。「まさにそう。何か特別な理由、わたしには当てはまらない理由があったってわかればと思って。自己中心的に聞こえるだろうけど、怖いって気持ちは理屈じゃないでしょ？」

「理屈じゃない。あたしね、クモがすっごく怖いの。大っ嫌い。この辺にいるクモはたいして害のないのがほとんどだけど、なんだかゾーッとするのよね。見つけるたびに大声でブランドンを呼んで、そうすると彼がハエたたきを持って飛んできてくれるの」

ピーチズは少しのあいだわたしをじっと見つめた。自分が小耳に挟んだゴシップを話そうかどうしようか迷っているのだ。どうやら、いまできあがった〝女同士協力しなきゃ〟という雰囲気が勝ったようだ。彼女はついにフーッと息を吐いた。

「これ、ほかの人には言わないでほしいの、絶対に」

「絶対言わない。わたしが安心したいだけだから」

ピーチズは周囲を見まわし——聞こえる範囲に人がいないことを確認するためだろう——わたしのほうに体を寄せた。「噂ではね、彼女、浮気をしてたんですって」

それは、予想していた噂話のリストに含まれてすらいなかったことだった。「冗談でしょ」

「と思うわよね。ありえないって感じで。だって、ゲイルよ？　彼女は魅力がないってわけじゃないけど、人目を惹くってタイプじゃなかったし」

「感じはいいけど、記憶には残りにくい」

「そうなの。そりゃ、平凡な外見の人だって浮気をするのは知ってるけど、とにかく想像できないっていうか。そういうタイプにはまったく見えなかったから」

「確かにかなり信じがたい話に聞こえる。信頼できる筋から聞いたの？　その人はいったいどこから？」

「あたしは友達から聞いたんだけど、彼女はフローレンス・トンプソンからって言ってた気がする。友達はフローレンスの家のハウスクリーニングをしてるの」

フローレンス・トンプソンという名前はぼんやりとだが聞きおぼえがあった。思いだされたのはとても背が高くてやせた女性。きつすぎる下着をつけているみたいにむっつりした顔をしていた。

「フローレンスは誰から聞いたのかしら」わたしは尋ねた。

「友達は言わなかった。たぶんフローレンスも言わなかったんじゃないかな」

「おそらく言わなかったわね。まあ、もしそれが本当だったら、痴情犯罪ってことになるかもしれない。それならわたしは潜在的な被害者枠からはずれる」

「そう？　だって、あなたはあの食べちゃいたいくらいセクシーなカーター・ルブランクとつき合ってるって聞いたけど」彼女はにやついた。

食べちゃいたい？　わたしは体をすくめないように努力した。

「少しのあいだ一緒に過ごしたけど」わたしは言った。「最終的にはうまくいかなかったの」

ピーチズががっかりした顔になった。「わあ、とっても残念。お似合いだと思ってたのに。カーターがシンフルに戻ってきてからっていうもの、若い女はみんな彼の気を惹こうと躍起になってたのよ。でも、カーターが興味を示したのはあなたが最初だった」

「たぶんこれでよかったのよ。結局のところ、わたしがこっちにいるのは夏のあいだだけだし」

「そうなんでしょうね」

赤ん坊が大きな声をあげはじめたけれど、今度は不機嫌な叫び声だった。ピーチズは腕時計を見て、子供をブランコから抱きあげた。「おなかが空いたんだわ。この子がわめき声でこの辺の家を倒しちゃったりしないうちに、連れて帰ったほうがよさそう。あなたと話せてよかった。あの大きな家にひとりでいるときに何か変な音が聞こえたら、電話して。ブランドンをやるから。ショットガン持って」

「あるいはハエたたきとか？」

彼女は声をあげて笑った。「それもね。じゃあまた」

赤ん坊をベビーカーにのせると、ピーチズは通りを遠ざかっていった。

ゲイルは浮気をしていた。

ぴんとこないけれど、人なんて本当にはわからないものなのだろう。一日二十四時間、はりついてでもいない限り。

とはいえ、いまの話はひとつの切り口として有効だ。アイダ・ベルとガーティに話してみよう。

ふたりなら、ありえそうかどうかわかるはず。

第9章

ピーチズとのおしゃべりのせいで帰るのが遅くなったため、わたしがシャワーを浴びて一階へおりたときには、ガーティがチキン・キャセロールを少し温めなおすためにオーヴンに入れ、アイダ・ベルがウィスキー・グラスを三人分出して、コーラと強い酒とをついでいた。

ガーティがアイダ・ベルを見て、あきれた様子で首を振った。「あなたのお母さんもあたしの母も、お墓のなかでのたうってるわよ。ランチタイムにウィスキーだなんて」

アイダ・ベルが片方の眉をつりあげた。「娘がレディの〝べからず集〟に違反するたびのたうつとしたらね、ふたりとも埋葬初日から手負いの獣みたいに七転八倒してるよ」

ガーティが顔を輝かせた。「それもそうね。あたしのは、ウィスキーをダブルにしてちょうだい」

「シングルにしとくよ、あんたが食事をして、三人での話し合いも終わりになるまではね。午後はウィスキー漬けになって過ごしたいって言うなら、一日の仕事を済ませてからにしな」

「いいわよ、それならシングルで。でも、そのあとビールを飲むことにする」

「それって名案」わたしはそう言って冷蔵庫を開けた。「アイダ・ベルは?」

「あたしも頼む」

わたしはビールを三本つかむとテーブルに出した。ガーティがオーヴンからチキン・キャセロールを取りだし、テーブルの上のバゲットが入れられたバスケットの隣に置いた。わたしはお皿を引きよせ、三人とも食事を開始した。

「さてと」信じられないほどおいしいキャセロールを大きくひと口食べ、呑みこんでからわたしは言った。「最初にやるべきは、ビショップ夫妻についてわかってることをひとつ残らず挙げてみることだと思う。何か事件が起きるたび、関係者の私生活って大きくかかわってくるじゃない。だからわたしに情報をちょうだい」

「ゲイルは地元出身」とガーティが言った。「両親はもう引退生活に入っていて、アリゾナ州に引っ越したわ。そのほうが関節炎にいいはずだとかで。ゲイルは両親から家を買いとって、そのままそこに住んでる。ニューオーリンズで慈善団体を運営しているんだけど、そこはホームレスや障害のある人が仕事や住むところを見つけるのに手を貸してるの。あたしも寄付はしたことあるけど、事務所は一度も訪ねたことがなくて。確かそこそこ大きな団体よ」

アイダ・ベルがうなずいた。「フルタイムの職員が二十人いるって聞いたね。連邦政府と州から助成金をもらってて、それにもちろん、個人で継続的に寄付をしてくれる人たちもいるし、資金集めのための催しもやってる。ゲイルはお金のやりくりや助成金なんかを得るための書類作りがとてもうまいんだよ――うまかったんだ。苦労するんじゃないかねえ、あの団体をゲイルみたいにうまく運営できる人を見つけるには」

「彼女とノーランのなれそめは？　高校時代からの恋人同士とか？」

「ゲイルとノーランは二年前、彼女が主催したチャリティの催しで出会ったの」ガーティが答えた。

「ゲイルは前に結婚したことってあったの？」わたしは訊いた。

「ええ。そっちは高校時代の恋人だったわ」とガーティ。「でもって大失敗。問題を起こしてばっかりの男子でね、でもゲイルは彼を救えると考えたのよ。ティーンエイジャーの女の子がどんなだか、あなたも知ってるでしょ」

ティーンエイジャーの女の子がどんなかなんて、見当もつかなかったけれど、ガーティの言葉を信じることにした。教師としての長年の経験が意見の裏づけになっているはずだから。

「当時ゲイルはまだティーンだった」アイダ・ベルが言った。「そのあと相手を救おうとして残念な結果になるってことを何度か繰り返したあと、負けを認めたんだ。あきらめてたんだろうね、ノーランに出会うまでは」

「ノーランは生まれつき歩けなかったの？　それとも何かの事故で？」わたしは尋ねた。

「ゲイルが出会ったときはすでに車椅子の生活だったわ」ガーティが答えた。「何年か前に自動車事故に遭ってって話だったと思うけど」

「飲酒運転だよ」アイダ・ベルが言った。「ノーランがじゃなく、加害者のほうが」

「そうだったわね」とガーティ。「とにかく、ノーランはグループミーティングで話をすると申してたのよ、車椅子での生活に慣れることや、仕事と私生活の両面でどんなふうに変えていくことが必要になるかとか」

「それじゃ、彼はゲイルに生活の面倒を見てもらってたわけじゃないの？」

「百パーセントじゃないね」アイダ・ベルが答えた。「編集者だか校正者だかで……産業新聞のね、確か。それか法律関係の文書だったか。前にノーランが話してくれたんだけど、正直言って退屈でしょうがない話題だったから、ちゃんと聞いてなかったんだよ。とにかく、事故に遭う前はどこかの企業で同じような仕事をしてたんだ。でも、編集にしろなんにしろ、家でもできるから、毎日通勤するよりもいいってことで働き方を変えたらしい。たぶん収入は大幅に減っただろうけど。仕事は契約になるから、いつもあるとはかぎらないんだと思うよ」

「身体的にはどうなの？」わたしは訊いた。「ゲイルと結婚する前はひとりで暮らしてたんでしょ？」

「ニューオーリンズのアパートメントで暮らしてたそうよ」ガーティが言った。「週に何度かあれこれ手伝ってくれるヘルパーさんが来てたとか。ただ、早くひとりでこなせるようになろうとしたって話してたわね、保険金も多くはなかったし、それを使ってしまったら、続けてヘルパーを頼むのは無理だったからって」

「つまり彼は事故について和解してお金を受けとったけど、医療費や在宅ケアのためにそれをすぐ使いきってしまったってわけね」

「おそらくね」ガーティが言った。「このごろ医療に関することはなんでもひどくお金がかかるように思えるもの。とにかく、前にゲイルから聞いたんだけど、ノーランはたいていのことは自分でできるんですって。車椅子で動きまわれるように家をリフォームしたから、ずいぶん勝手がよくなったみたい。唯一問題なのが体力。事故に遭ってからというもの、発作的に強い疲労感に襲われるときがあって、そんなときは起きあがることもできないらしいわ」

「それじゃ、完全に自立して暮らせるってわけじゃないわね。少なくともいつもってわけじゃ」わたしはため息をついた。「気の毒に」

アイダ・ベルがうなずいた。「新常態《ニューノーマル》の生活ができるようになったと思ったら、新たな悲劇が起きて、つらい状況に逆戻りってわけだ。そりゃいまはできることが増えてるにしても——時間がたってるからね——ひどく大きな打撃であることに変わりはない」

「ゲイルは財産を持ってた？」

「言うほどのものはないね」アイダ・ベルが答えた。「両親は存命で、少ない年金で暮らしてる。ゲイルは両親の家を買いとるのに貯金のほとんどを使った。倹約家だけど、給料をいっぱいもらってるってわけでもないしね」

「ふつう」わたしは言った。「女性が死んだ場合、第一容疑者は夫になるけど、今回はそれじゃ筋が通らない。財産なし、動機なし。むしろノーランは前よりも生活が苦しくなる」

ガーティがうなずいた。「それに羽が生えて二階まで飛んでいったり、窓を通りぬけたりできたなら別だけど、この犯行に及ぶのは身体的に無理」

「つまり、いい人ということで名高い女性がいて」わたしは言った。「障害のある人やホームレスを助け、夫は車椅子の生活をしていたけれど、何者かが彼女を殺したってことよね」

「筋が通らなすぎるわ。でしょ？」とガーティ。

「いまのところはね」わたしは同意した。「でも、理由はあるにちがいない。なぜならゲイルは死んだわけだから。午前中、ジョギングに出たとき、公園でピーチズ・デュガスにばったり会ったの。ふたりとも彼女を知ってるわよね？」

「もちろんよ」ガーティが答えた。「ピーチズはとても感じのいい子だったし、そのままやさしい女性へと成長したわ」

「彼女、きのうノーランがシーリアをころばせたとき、雑貨店にいたの」わたしは言った。

「それじゃ、ピーチズは当然ゲイルの話をしたがったろうね」とアイダ・ベル。

わたしはうなずいた。「彼女もあなたたちと同じこと言ってた──ゲイルはすごくいい人だったから、どうして彼女を殺したいと思う人がいるのかわからないって。でもわたしから見て、ピーチズは何か黙ってることがあった」

ガーティが食べるのをやめて身をのりだした。「彼女からそれを聞きだしたの？」

「当然。わたしは人から情報を引きだす訓練を受けてるんだから」

「はん」アイダ・ベルが言った。「そうだね、軍隊式なら……」

「公園で拷問なんてできるわけないでしょ。それに、自分から提供させたほうがずっと有益な情報が手に入る」

「で、提供されたのはなんだったの？」ガーティが尋ねた。

「ピーチズはゲイルが浮気をしてたって聞いたって」

アイダ・ベルもガーティも目を丸くし、どちらもひと言も発しなかった。ようやく、ガーティが首を左右に振った。「ありえないわ」

「でも、確信は持てないでしょ」わたしは指摘した。

「誰も確信は持てないわ」とガーティ。「本人が自分で言わない限り。でもゲイルの人柄にまったく合わないもの。誰がピーチズにそんな話をしたの？」

「フローレンス・トンプソンのところのハウスクリーニングをしてる友達だって。その友達の名前は聞いてない。ピーチズは、フローレンスが友達に話したんだって言ってた」

「その友達ってのはヴァレリー・ギドリーだね」アイダ・ベルが言った。「何軒か、夫に先立たれた人の家に掃除に行ってる」

「信頼できる娘《こ》？」

「そおねえ、あたしのクロゼットの整理は頼まないし、一度にたくさんのことを覚えてられるとは思えないわね、メモなしじゃ」ガーティが言った。「でも、単純な噂話を聞いたとおりに話すくらいならできるだろうし、作り話をしたなんてことは一度も聞いてないわ」

「フローレンスについてはどう？」

「フローレンスは不満たれの年寄り女だよ」アイダ・ベルが答えた。

ガーティが顔をしかめた。「そんな言い方、失礼よ。フローレンスはだんなさんを亡くしたあと苦労してるんだから」

「生きていたときにだんなが味わったほどの苦労じゃないよ」とアイダ・ベル。「正直になりな。あの女はいっつも不機嫌で、そうしてるのが楽しくて仕方ないのさ」

「物ごとのよくない面についてくどくど話す傾向があるのは確かね」ガーティが言った。

「それはわたしにもわかったかも、いつもちょっと不機嫌そうで極度に退屈そうな顔をしてるから。でも、こと噂話となると信頼できる？」

「ああ、できると思うよ」アイダ・ベルが答えた。「よくない噂なら特にね。フローレンスの得意分野だから」

「それじゃあなたたちは、いまわたしが挙げた三人のうち誰ひとり作り話はしてないと思うし、三人とも自分が聞いた話を正確に伝えてるはずだけど、その話をあなたたちはそろって信じないってわけね」

「フローレンスは誰から聞いたのかしら」とガーティ。

「きっと例の編みものグループだね」アイダ・ベルが言った。「信じられないほど陰気で口やかましいばあさんが五人集まって、これ以上ないくらいおぞましいベビーブランケットを編んじゃ、若い母親たちに押しつけるんだよ、それをべた褒めしてもらおうって魂胆で。ちくちくする安物の毛糸、それもセールになってた色で編んでるのにさ」

「それは本当ね」とガーティ。「あたしはいつも、ベビー用には一番いい毛糸を使うことにしてるのよ。赤ちゃんの肌ってとっても敏感でしょ。でもかわいい色って安くないのよねえ」

「それじゃ、たいした手がかりじゃないし、たぶん何も出てこないだろうけど」わたしは言った。「現時点ではこれが唯一調べられることね。それとも、そっちで何か聞きこんでる？」

「まだないね」アイダ・ベルが答えた。「マートルが書類を見ようと引きつづきがんばってるんだけど、カーターがまだ何も書いてないらしい。それにマリーはノーランに会いにいったままだ。一日あの家にいるんじゃないかね」

ガーティがうなずいた。「ノーランの体調に問題がないって確かめられてからじゃなきゃ帰ってこないでしょうね」

「彼に身内っているの？」わたしは尋ねた。

「ノーランが話してるのは聞いたことないわね」ガーティが言った。「もちろん、ゲイルの両親には知らされて、ふたりともこちらへ向かってると思うけど、たったひとりの子供が殺害されたってことを考えると、ふたりとも誰かの力になるっていうのはなかなかむずかしいんじゃないかしら」

「むずかしいでしょうね」わたしは言った。「それじゃ……まずランチを食べおえて、そのあとフローレンスから彼女の情報源を聞きだしにいく？」

アイダ・ベルがウィスキーのボトルに手を伸ばした。「さっき言ってたダブルを飲むとしようじゃないか」

ウィスキーのボトル半分とチキン・キャセロール三分の二を消費すると、三人とも居間に移り、日光浴中の猫みたいに体を伸ばして座った。日は差していなかったし、誰も猫のような柔軟性は持っていなかったけれど。

「キャセロールを二度もお代わりするんじゃなかった」わたしは言った。

「三度目もやめといたほうがよかったね」アイダ・ベルが指摘した。

「数えてたなんて卑怯」わたしは文句を言った。

「それじゃ、あんたが食べたバゲット五切れの話はしないでおこう」とアイダ・ベル。

「あのね、わたしは午前中に八キロ走ったのよ」わたしは言い返した。「そっちはどんなエクササイズをしたの？」

「あたしは食品庫の掃除をしたわ」とガーティ。「それからお料理も」

「あたしはさっきウィスキーのボトルを持ちあげたし、ガーティの車にのるために道路まで歩いたよ」とアイダ・ベル。「エクササイズは今夜する。いまは筋肉のウォームアップ中だ」

「胃の筋肉かもね」わたしは言った。

「最悪なのは、あれだけウィスキーを飲んだあとでも、あたしはこれっぽっちも酔ってないってこと」ガーティがこぼした。

「全部キャセロールとバゲットに吸いとられちまったんだよ」アイダ・ベルが言った。

わたしは立ちあがろうという気持ちを奮いおこすつもりで、少しだけ体を起こした。「フローレンスと話をしにいかなきゃ」と言ってから、思いついた。「それとも、あなたたちがふたりで行ったほうがいいかも。彼女はわたしのことをよく知らないけど、きっと気に入らないんじゃないかって予感がする。わたしがいないほうが話す気になりそう」

「フローレンスはあたしのことも好きじゃないよ」とアイダ・ベル。

「彼女のことをグランピー・キャット（アリゾナ州で飼われていたメス猫。不機嫌な表情のせいで有名になった）に似てるなんて言うからよ」ガーティが言った。

「似てるじゃないか」

わたしはにやついた。「ひょっとすると、ガーティが電話するのがいいかも……編みものについて質問しに。彼女が編んだものを褒めて、そのあとゲイルの話へ持っていく。そういうのがここでの標準的な段取りなんじゃない？」

アイダ・ベルがガーティを見た。「フォーチュンはコツをつかむのが早いね」

「ふたりとも、この仕事をあたしに押しつけたいだけでしょ」ガーティが言った。

「それじゃ、わたしの思いつきは名案じゃないってこと？」

「あたしの携帯電話を寄こしなさい」ガーティがうなるように言った。

コーヒーテーブルに置いてあった携帯をつかむと彼女にほうった。ガーティが電話をかけ、アイダ・ベルとわたしは彼女の話すことに耳を澄ました。

「もしもし、フローレンス。ガーティよ。元気かしら……ええ、この湿気には乾燥肌のあたしも閉口してるわ。ねえ、きょう電話したのはね、スペンサー家の赤ちゃんにあなたが編んであげた帽子のことで……そう、あのオレンジの。北部に住んでるあたしの親戚にもうすぐ赤ちゃんが生まれるんだけど……あたしもわからないわ、あんな寒いところでどうやって暮らしてるのか……あなたの言うとおりかもしれないわね。みんな頭が少しいかれてるのかも」

ガーティは目玉をぐるりとまわした。

「なるほど。ショールのときに利用した編み図のダウンロードサイトね。助かったわ。プリントアウトするわね。本当にありがとう。あの帽子のできあがり、とってもよかったわ。あたし、親戚が住んでる場所はいいと思わないんだけど、もちろんね、赤ちゃんの頭が冷えちゃうようなことはあっちゃいけないと思うの、母親の愚かな選択のせいで」

わたしはアイダ・ベルの顔を見てにやりと笑った。ガーティってば、こてこてのお世辞を言ってる。

彼女が急に目を大きく見開いたかと思うと、こちらに向かって親指を立ててみせた。

「ええ、もちろんよ。喜んで募金活動のためにブランケットを編むわ。誰もあたしに連絡をくれなかったのが驚きよ。いつもならゲイルが……あなたも聞いてるでしょ。おそろしいとしか言いようがないわね。信じられない……鍵とアラームをちゃんとつけてあっても、こういうことは心配よ。保安官事務所は目星がつけられてないでしょうね、彼女に危害を加えたいと思う人なんて。あたしは見当もつかないわ。あんなにやさしくて、非の打ちどころのない評判の人。最近じゃ本当にめずらしいもの」

ガーティが耳を傾けるあいだ、それまでよりも長い間《ま》があった。フローレンスの声が大きさも速度もアップしたのが聞こえてきたが、何を言ってるかまではわからなかった。

「本当に？　腰が抜けそうだわ。考えもしなかった。ええ、あたしたちの時代にはこういうことって起きなかったもの。あなたに話した人、絶対の確信があるのよね？　それに、おかしな勘違いとかする人じゃないわよね――茶色い髪の人をみんな混同しちゃうミセス・ウェインライトとか。まあ！　そうね、それだと全然違ってくるわ。なんてつらい話かしら。彼のためにお祈りをするわ、もちろん。ええ、本当にありがとう、フローレンス。編み図のこと、心から恩に着るわ」

ガーティは電話を切ると、顔をしかめてわたしたちを見た。

「で？」アイダ・ベルが言った。「じらすんじゃないよ。あの不満たれの年寄り女に、ゲイルは浮気をしてたって言ったのは誰だったのさ？」

「ノーランよ」ガーティが答えた。

わたしはぴんと背筋を伸ばした。「なんですって？」

アイダ・ベルでさえ、いまの発表に驚いたようだった。

ガーティがうなずいた。「フォーチュンがふたりに雑貨店で会ったのと同じ日、フローレンスはノーランが電話で話してるのを聞いたんですって。ゲイルが手伝っていた古着の寄付会が開かれてるあいだに、カトリック教会の裏で。フローレンスは外の空気を吸いに出て、内密の話だって気がつく前に聞いちゃったのよ、妻が浮気しているようだってノーランが言ったのを」

「嘘っぱちだね」アイダ・ベルが言った。「たぶんフローレンスはノーランが外で電話をしてるのを見かけて、わざわざ出ていったんだよ、なんて言ってるのか知りたくて」

「たぶんね」ガーティが賛成した。「でも、それはちょっと置いておくとして、フローレンスは本当のことを話してると考えていい？」

「いいと思うよ」アイダ・ベルが答えた。「フローレンスは噂話が好きだけど、最初に広める役にはならないよういつも気をつけてる。火付け役になる危険を冒したりはしないはずだよ、聞き間違いじゃないって確信がない限り」

「それじゃ、ノーランが妻は浮気をしているって考えていたのが事実だとして」わたしは言った。「浮気は本当だったと思う？ それともノーランが何か勘違いをしていたとか？」

アイダ・ベルが首を横に振った。「あたしたちの観点からじゃ、どっちの可能性もありだよね。ノーランがどうしてそういう結論に至ったかわからないから。間違いだったこともありうる。ゲイルに対する依存度が低くても、結婚生活が破綻しつつあると考えたら不安だったろう」

「彼は実際にゲイルを愛してたってこともあるかもしれないしね」ガーティが皮肉っぽく言った。

アイダ・ベルはないないと言うように手を振った。「愛はね、自立した生活ができないときには二の次だよ。そりゃ重要な理由のひとつだろうけど、ほかの男のせいでゲイルに捨てられるとなったら、ノーランにとって一番の心配のタネとは言えない」

「それじゃ、このあとどうする？」わたしは訊いた。「浮気相手が誰か突きとめようとするのは早計な気がする。本当に浮気してたのかどうか定かじゃないわけだし」

「でも、ゲイルが浮気をしてなかったとしたら」アイダ・ベルが言った。「また動機がつかめないって状態に戻っちまうよ」

「浮気をしてたら、何が動機になる？」わたしは訊いた。「浮気相手が彼女と一緒になりたかったとして、どうして彼女を殺すの？　金銭的な利益があるわけじゃなし」

「ゲイルはその男と別れたとか」とアイダ・ベル。

「それで彼は、自分のものにならないなら、彼女を誰にも渡すまいと考えた？」わたしは聞き返した。「ありうるとは思う。わたし、科学捜査に関するテレビシリーズを観てるんだけど、人って痴情のもつれから愚かとしか言えない犯行に及ぶし」

「ノーランを憎む誰かってことは？」ガーティが尋ねた。

「どういう意味だい？」アイダ・ベルが訊いた。「ノーランがターゲットなら、本人を殺せばいいじゃないか」

「ゲイルを奪われることのほうが死よりも酷かもしれないからよ」ガーティが答えた。「いまや彼はまたひとりになって、経済的にも身体的にも、完全には自活できなくなってしまった」

「何者かが、ノーランを不幸にするためにゲイルを殺したって言うの？」わたしは訊いた。

「それってずいぶん……」

「邪悪？」ガーティが先を引きとって言った。

わたしはうなずいた。その言葉を最初に使ったのはビューラーだった。あのときわたしはビューラーの言うとおりだと感じたし、いまはガーティの言うとおりだと感じている。これまでのところ、わたしがシンフルに来てから起きた事件はすべて、背後にしっかりとした動機があった。そして、すぐには結びつかないものもあったけれど、どれも結局はお金の問題だった。感情に流されたがゆえの犯罪と言えるものなんてひとつも思い浮かばない。多くの事例に感情がかかわっているのは確かだけれど、動機づけの第一の要因ではない。それどころか、CIAの仕事では感情に突き動かされたためという案件にはお目にかかったことがなかった。いつも結局は権力とお金の問題。

邪悪。

古さを感じる言葉だけれど、今度の事件は古風な犯罪なのかもしれない。

第10章

ガーティの車の後部座席から降りたわたしはキャセロールに手を伸ばした。アイダ・ベルがクリームコーンの入ったボウルとロールパンの盛られたバスケットを持つと、わたしたちは三人そろってノーランの家に向かって歩道を歩きだした。ガーティはキャセロール料理作りにおけるなんらかの記録を打ちたてたにちがいない。これはこの二日で四皿目のキャセロールだ。それに、ひょっとしたら彼女の家の冷蔵庫には予備のひと皿が隠れているかもしれない。

カーターのピックアップ・トラックがノーランの家の私道にとまっているのを、わたしはちらりと見た。「これって本当にいい思いつき？」

「マリーは休まないとね」アイダ・ベルが言った。「ゲイルが心臓発作で死んだとしても、あたしたちはまさしくこうしたし、カーターもそれを心得てる。よくは思わないにしろ、事実に反論はできないからね。誰か死んだら、あたしたちは食べものを持って訪ねて、遺族と一緒に過ごす。どういう死に方をしたかは関係ない」

理にかなって聞こえたのは、実際に理にかなっているからだろう。でも、カーターがそういう見方をするとは思えない。わたしたちは捜査の邪魔をしにきたものと早合点するはずだ。もちろん、彼は間違っていないし、だから怒る彼に対して不快感を示すのはいっそうむずかしくなる。でも、ノーランには助けが必要で、マリーがわたしたちを呼んだとなれば、カーターとしても額面どおりに受けとらざるをえないだろう。

ノックすると、しばらくしてマリーがドアを開けた。彼女は後ろにさがってわたしたちをなかへ入れたが、そのひどく心配そうな表情にわたしはどうしても目がいった。

「まだひどく散らかったままなのよ」とマリー。「捜査班が家中を調べてまわって、あちこちぐちゃぐちゃにしていったの。主寝室は立入禁止になってるわ。何をさがしてるのか、わたしには皆目《かいもく》見当がつかないけど」

「標準的な手続きなのよ」わたしは言った。「誰が、どうしてゲイルを殺したのか、考える手がかりになりそうなものならなんでもいいんだと思う」

「それにしても、もう少し整然とやってくれてもいいのに」マリーは言った。「わたし、何時間も片づけどおしよ」

「ノーランの調子はどうだい？」アイダ・ベルが訊いた。

マリーは首を横に振った。「よくないわ。なんとか食べさせられたのはトーストひと切れだけで、それも朝のことよ。急速に弱ってるわ」

「話はする？」ガーティが尋ねた。

「何か尋ねれば答えるけど」マリーは言った。「こちらが体に触れないと、自分に話しかけられてることにまるで気づかないときもあるの。あそこまで打ちのめされた人って見たことないわ。どうしたらいいかわからなくなるくらいよ、かける言葉もなくて。彼の置かれてる状況は……」

アイダ・ベルがうなずいた。「ふつうとは違うからね。あんたはできることを全部やってるよ。人の面倒を見るのは昔からあんたの天賦《てんぷ》の才だ」

マリーは嬉しそうにほほえんだ。「ありがとう。でも今回は神の思《おぼ》し召しに応えられていない気がするわ。あなたたちが代わりに来てくれて、感謝してるの。けさ知らせを聞く前に、チキンを解凍しようと思って出しておいたんだけど、あれをなんとかしないと駄目になっちゃうから。それにわたし、シャワーも浴びずに飛びだしてきたのよ」

「それにあなたはひと息入れる必要があるわ」とガーティ。「喪中の家にずっといるのって精神的にこたえるもの、誰か連れがいない場合は特に」

「ええ」マリーも同意した。「マートルが夕方来てくれることになってるの、仕事が終わったら。たぶんふたりで泊まることになるわ、万が一のために」

「そもそもノーランがここに残ることを許されたのが驚き」わたしは言った。「ここは犯罪現場なわけだから」

マリーの顔が紅潮した。「それについてはちょっと揉めたのよ。カーターはノーランを出ていかせたがったんだけど、わたしが即座に反対したの。どこへ行けって言うの？　ノーランに必要なバリアフリーの環境なんて、よその家じゃ整えられてないわ。設備の整ったホテルの部屋なら選択肢としてありかもしれないけれど、まったく不自由なく暮らせる環境を出て、ある程度不自由じゃないってだけの場所へ移らなきゃいけないなんておかしいわよね？」

「言うまでもないけど、誰かがノーランとホテルの一室でずっと一緒にいるってのは適切じゃないし」ガーティが言った。「あなたがいて、カーターに道理をわからせてくれてよかったわ」

「彼は仕事をしてるだけだって、わかってはいるのよ」マリーは言った。「それに手がかりをさがしたり、指紋やなんかを採取したりするあいだ、この家に人がいるのは最善じゃないってことも理解してるの。でも、ノーランの置かれている状況も最善じゃない。だから、彼が心配しなきゃいけないことがひとつでも増えるのは、わたし嫌なのよ」

アイダ・ベルが彼女の背中をポンポンと叩いた。「あんたはよくやったよ。一番の関心は主寝室にあるんだから、一階は全体が居住可能ってわけだ。家に帰ってさっぱりしておいで。あたしたちが見てれば、ノーランには何も起こりっこないから」

マリーはわたしたちをそれぞれすばやくハグしてから出ていった。廊下の先から話し声が聞こえてきたので、カーターとノーランは家の裏側にいるのだろう、おそらくそちらにキッチンがあるにちがいないとわたしは思った。アイダ・ベルが廊下を歩きだしたのでついていくと、キッチンテーブルに向かってカーターが座り、ノーランと話しているところだった。わたしたちを見あげたカーターは、最初少し驚いた表情を浮かべ、次にいらっとした顔になったがすぐにそれを隠そうとした。

ノーランはほとんど無表情で、顔全体の筋肉が弛緩してしまったかのようだった。わたしたちが入っていったとき、キッチンの入口に目は向けたものの、こちらの姿がちゃんと見えているようには思えなかった。本能に従って動いたけれど、実際は何も目に入っていないという感じ。顔色が悪く、目の下に黒い隈《くま》ができている。手が少し震えているのに、わたしは気づいた。きのう会った陽気な男性とは似ても似つかない。

ガーティが歩み寄ってノーランの肩をぎゅっとつかんだ。「お悔やみを申しあげるわ。マリーは家に帰って片づけなきゃならないことがいくつかあって、夕方また戻ってくるから。彼女が戻るまでのあいだ、代わりにあたしたちがいるわ。キャセロール料理とつけ合わせを持ってきたの。居間にいるから、食べおえたら声をかけて」

ノーランはわずかにうなずいたものの、言葉を発しなかったし、ガーティを見あげすらしなかった。

「二階には行かないように」カーターが言った。

アイダ・ベルが彼をじろりとにらんだ。「行くわけないじゃないか」

わたしたちは食べものをカウンターに置くと居間へと戻った。

「カーターったら、あたしたちをばかだとでも思ってるのかしら」ガーティが訊いた。

「違うでしょ」わたしは答えた。「わたしたちが捜査の邪魔をすると考えてるのよ。そう考えるだろうってわかってた」

「邪魔するに決まってるじゃないか」アイダ・ベルが言った。「でも、この家のなかじゃやらないよ」

彼女は居間の真ん中まで歩いていくと、階段を見あげた。「不思議だよね」

「何が？」わたしは訊いた。

階段は居間の奥、玄関の反対側にしつらえられていて、のぼった先は廊下になっている。二階に人がいても、階段の上まで出てこなければ一階からは見えない構造だ。

「犯人はどうして侵入した窓から逃げなかったのか」アイダ・ベルが言った。

「玄関からのほうがすばやく逃げられたんでしょ」とガーティ。「トレリスを伝っておりるより、階段を駆けおりるほうが速いはずよ。トレリスは壊れる危険もあるし」

「そんなとこだね」アイダ・ベルが言った。「それに、犯人はどこか近くに車をとめてたと考えるべきだろう。裏庭から表へまわるほうが時間がかかる。とはいえ、ノーランが銃を持ってたらどうするつもりだったのかね」

「自宅の居間でテレビを観てるときに？」

アイダ・ベルが片眉をつりあげた。「家にひとりでいてテレビを観てるとき、あんたの拳銃はどこにある？」

「ひとりでソファに座ってるときなら、すぐ横」わたしは答えた。「誰か一緒にいたら、身に着けてる。でも、わたしみたいな人間とノーランを比べるわけにいかないでしょ。わたしはふつうじゃない。あなたとガーティもね。ガーティはソファのクッションの下にライフルを隠してる。あの上に十分以上座ってたら、お尻が死ぬ」

「違いについての指摘はそのとおりだよ」とアイダ・ベル。「けど、犯人はどうやって確信できたかね？」

「できなかったでしょうね」わたしは言った。「ゲイルのことを知ってたのと同じくらい、ノーランのことを知ってたら話は別だけど。だってそれはありえないでしょ、フローレンスの話が真実だったとするなら。わたしの言いたいこと、わかるわよね」

「もっと詳しい情報が必要だね」アイダ・ベルが言った。「たとえば、電気が消えたのはわかってる。でも原因は？　マートルはその情報を持ってないけど、大事なことだ。照明が消えたのとノーランが悲鳴と銃声を聞いた間隔がほんの数秒なら――あたしがこの話を聞いたときはそう受けとれたけど――犯人がブレーカーを落としたとすると、どうやってブレーカーのある場所から移動してトレリスをのぼり、窓をうまく開けてなかに入り、ゲイルを撃つってことを数秒のうちにやれたのか？」

「全部いい疑問」わたしは言った。「たぶん、経過時間はわたしたちが考えていたより長かったんだと思う。カーターがいなくなったら、詳しいことをノーランから聞きだせるかも」

ガーティがかぶりを振った。「彼、すごくおしゃべりがしたいって感じじゃなかったわ。顔色もひどく悪かったし」

「元気そうには見えなかった」わたしも同意した。「でも、カーターとは話をしてたわよね？　だから、できないわけじゃない」

「運がよければ、あたしたちがここにいるあいだに、一部始終を話したいって気持ちになるかもね」とガーティ。

「あたしは期待しないよ」アイダ・ベルが言った。「ああいううつろな表情は前にも見たことがある。ノーランはあそこにいないも同然だった。カーターは同じ質問を三度かそれ以上繰り返して、やっと答えを聞きだせたんじゃないかね、それもたぶんあんまり細かくないやつを」

「彼が話さなかったら」わたしは言った。「ここにいてもなんにもならなくない？」

「二階が見たいね」とアイダ・ベル。

「無理だと思うけど。マリーが戻ってきてわたしたち三人が帰るまで、カーターがここにずっといるつもりだとしても、わたしは驚かない。たとえこの家を出ていっても、駐車してあるピックアップから見張るってことにわたしは賭《か》ける。主寝室の窓は裏側だけ？」

アイダ・ベルがため息をついた。「いいや。部屋は表と裏の両方に面してるから、どっちにも窓がある」

「それじゃ誰かが二階にあがったら、カーターには明かりが見える」わたしは言った。「断言してもいいけど、彼は目を光らせてる」

「フォーチュンの言うとおりよ」ガーティが言った。「あたしたち、いまはかえってきびしい監視のもとに置かれてるわ、ここに来なかった場合よりも」

アイダ・ベルが携帯電話を取りだして何か打ちこみはじめた。「それなら、こっちはカーターより賢く立ちまわればいいってだけだ」彼女がひと呼吸置くと、メッセージの着信音が聞こえた。アイダ・ベルはもう一度メッセージを打ってからにっこり笑った。「これでよしと。数分のうちに始めてくれるよ」

「誰が？」わたしは訊いた。

「マートルに決まってるじゃないか」とアイダ・ベル。ソファまで歩いていくと自動車雑誌を手に取り、ドサッと腰をおろした。当面、補足の説明はなさそうだと判断して、わたしはリクライニングチェアに座り、テレビをつけた。ガーティがソファの反対側の端に腰をおろし、手を叩いた。

「あら、見て。マジックショーをやってるわ。あたし大好きなの。ねえ、今度三人でマジックショーを観にラスヴェガスまで旅行しましょうよ。前からやってみたいと思ってたの。そういう旅行」

「わたしを殺そうって人間がいなくなったらすぐ」わたしは言った。「喜んで一緒に行くわよ、ラスヴェガスまで」

「ハ！」アイダ・ベルがごく短く笑った。「あんた、そんなこと軽はずみに言わないはずだよ。あたしたちがニューオーリンズのリバーボート・カジノに行ったとき、何が起きたか知ったらね」

「そんな話、する必要ないと思うんだけど」とガーティ。

「何があったの？」わたしは訊いた。

アイダ・ベルがガーティを指差した。「誰かさんはね、トレイを持った女の子たちがまわってくるたび、お酒をもらうのが名案だと考えたのさ」

「シニアは一杯一ドルって夜だったんだもの」とガーティ。

「うわ」とわたしは言った。

「かなり水で薄めてあったよ、もちろん」アイダ・ベルが言った。「でも十杯飲んだらへべれけになるさ、たとえアルコール度数がさがってても」

「あたしは十杯も飲みませんでした」ガーティが言い返した。

「もっと飲んでたはずだけど、数えられたのは十杯だけだったんだ。最初の三十分間、あたしはスロットマシンで遊んでたんだけど、マシンのせいであんたがよく見えなくてね。あのあいだにあんたが何杯あおったかは神のみぞ知るだ」

「じゃ十杯ね、最低でも」わたしは言った。

「それでガーティはトイレに行きたくなった」アイダ・ベルは続けた。「だから、カジノの奥に向かって歩きだしたんだ、ひどくふらつきながら。あたしは追いかけたほうがいいと思ってね、万が一ガーティが問題を起こしたときのために。しっかり起こしたよ。廊下に出て端まで行ったところで、左にある婦人用化粧室に入るんじゃなく、突き当たりの非常ドアを押しあけてデッキへ出ると、手すりにぶつかってのりこえちまったんだから」

わたしはガーティを見た。「船から落ちたの？」

「大騒ぎすることじゃなかったのよ」とガーティ。「船は桟橋に停泊したままだったんだから」

「そんなわけで、ガーティは水のなかで手脚をばたばたさせてた」アイダ・ベルが言った。「非常ドアのアラームはサイレンみたいに鳴り響く。こっちは駆けつけた警備員に押しのけられるわ、手すりから身をのりだして、指差しながら誰かガーティを引きあげてくれって叫ぶわ」

わたしは手で口を覆った。「うわ、たいへん」

「警備員のひとりがトランシーバーを出して、船から落ちた乗客がいるって連絡して、それから全員でデッキを走って桟橋へと向かったんだ」

「で、彼らがガーティを引きあげたの？」

「いいや」とアイダ・ベル。「その船の後ろに酔っぱらいの漁師が舟をとめててね、バシャバシャいう音を聞いて、魚が跳ねてると思ったのさ。漁師はガーティの上に網を投げて、警備員が到着したときにはそれをたぐり寄せようとしてるところだった。あんなにがっかりした男の顔、見たことないよ。六十キロ以上あるスズキをつかまえたと思ってたんだって」

「五十キロ以下です」とガーティ。

「一九五三年にはそうだったかもしれないね」アイダ・ベルが言った。

「その話を聞いて、おれが驚かないのはなんでかな?」カーターの声が背後から聞こえ、わたしたちはそろって彼を振り返った。「こっちの用事は済んだ。あんたたちがここにいても、文句はありませんよ。ノーランは誰かが見てる必要があると思いますからね。でも、二階に行ったり、裏庭に出たりはしないように」

「彼はどんな様子?」ガーティが訊いた。

「完全に打ちのめされてる」カーターは答えた。「おれだって想像も……とにかく、おふくろが知らせてくれって言ってました、マリーが今夜泊まれないようなら、喜んで代わりを務めるって」

「ありがとうと伝えておいて」ガーティが言った。「来てもらう必要がありそうだったら、連絡させてもらうわ」

カーターはうなずき、ちらりとわたしを見てから出ていった。わたしはリクライニングチェアから立ちあがって、正面の窓の外を見た。「カーターが帰ってく。信じられない」そう言ったところで、アイダ・ベルがマートルにメッセージを送っていたのを思いだした。「あなた、何したの?」

「マートルに、カーターをちょっとのあいだ、ここから遠ざけてくれって頼んだのさ」とアイダ・ベル。

「で、マートルはどうやったの?」わたしは訊いた。

アイダ・ベルは首を横に振った。「保安官事務所が対応しなきゃならないことが起きたけど、ほかに行ける人間がいないとでも言ったんじゃないかね」

アイダ・ベルの携帯電話からメッセージの着信音が聞こえ、彼女はそれを読んだ。「おっと」

「どうしたの?」わたしは訊いた。彼女の表情からすると、いいことではない。

「マートルはカーターを例のホテルにやったんだ。州警察から捜査を引き継ぐことになったみたいだよ、夜勤のフロント係がメンテナンス係を訴えたんだって、ロビーで修道女にわいせつ行為をしようとしたって」

簡単にはいかなかったけれど、ガーティはなんとかノーランにキャセロール料理を食べさせることに成功した。最初のひと口を食べるまで時間がかかったものの、いったん食べはじめたら、彼も空腹であることに気づいたようだった。彼ぐらいの体格の男性がふだん食べるはずの量に比べれば少ないけれど、倒れる心配はなくなる分量だった。ガーティは自分が持ってきたクッキーもぜひ食べなさいと言ったが、ノーランはちらりと見て「もしかしたらあとで」と答えた。

食べているあいだ彼はずっと無言で、こちらも話をさせようとはしなかったけれど、テーブルの上を片づけ終わったところで、アイダ・ベルがうなずき、ノーランが話のできる状態かどうか試してみようと合図してきた。

「ほかに何か、あたしたちにできることってあるかしら？」ガーティが尋ねた。

「いや、大丈夫です」ノーランが答えた。「みなさんには本当に親切にしてもらって。誰も彼もがとてもやさしい」

「みんな悲しみに暮れて動揺してるわ」ガーティが言った。「あなたがどんなにつらいか、あたしには想像もできない」

ノーランがうなずいた。「かけがえのない存在でした。ゲイルみたいな女性はほかにいない」

「驚くほどすばらしい人だったよね」アイダ・ベルが賛成した。「だからこそ、こんなに胸が騒ぐんだよ……」

アイダ・ベルが言葉を濁したあと、わたしはノーランの顔をよく観察した。彼女が何を言わずにおいたか、全員わかっていた。ノーランのあごがほんのわずかにこわばったが、注視していなければ気のせいと思ったかもしれない。

「見当もつかない」とノーランは言った。「いったい誰があんなことをしようと思ったのか。ゲイルは誰からも愛されていた」

わたしのうなじがちりちりした。彼は嘘をついている。でも、いまの発言のどこについて？　妻を殺したのが誰か、見当もつかないというところか。それとも、わたしたちが考えていたほどゲイルはすばらしい人じゃない、そう考えていた人がひとりか、もしくは複数いたのを知っているのか。

「おそらく」アイダ・ベルが言った。「仕事柄、悪意を持たれた可能性はあるよね。援助を受けるのにふさわしいと認められなかったとか、そういう相手から」

「ホームレスのなかには心を病んでいる人が一定数いる」わたしは言った。「侮辱されたと感じたり、受けられる援助について勘違いしたりした人がいたかもしれない。本当にむずかしい問題だから」

アイダ・ベルがうなずいた。「幾重にも重なってるんだよね」ノーランを見る。「ゲイルから聞いたことはなかったかい？　怖いと感じる相談者がいるとか。フォーチュンはいい指摘をした。心の病が関係してるなら、いろいろと説明がつく」

ノーランは眉を寄せた。「何も言ってなかった。最近は以前よりも心配そうに見えたけど。顔にストレスが出ていたんですが、それについて訊くと、もうすぐ助成金の更新時期で、それが気がかりなんだと言って」

「うん」アイダ・ベルが言った。「ああいう事業の財源確保は気が抜けないからね。何年も前に慈善団体の役員をしたことがあるんだけど、始終もっとお金を集めよう、資金を減らさないようにしようって必死だった気がするよ。困ったもんだ、援助の必要なことが多すぎて、集まる資金のほうが追っつかないんだから」

「彼女は仕事に打ちこんでました」ノーランが言った。「最近はずいぶん時間も取られていて、遅くまで働きすぎたときはシンフルまで運転して帰ってくるエネルギーが残ってないこともあって。ニューオーリンズに部屋を借りたんです」

「賢明ね」とガーティ。「疲れすぎたときって、いつもの自分の目じゃなくなっちゃうし、ハイウェイはあんまり明るいとは言えないし。これと言った路肩があるわけじゃないから、ほんの一瞬で事故が起きてしまう」

「彼女は賢明でした」ノーランが言った。「だからますます理解に苦しむんです。賢明な女性がふつうに暮らしていて殺されてしまうとは」彼の目に涙がこみあげてきた。「現実だなんて信じられない。彼女がもういないなんて信じられない。うとうとするたび、悪い夢を見たんだと思って目を覚ますんです。そして悪い夢が現実なんだと思いだす」

彼が泣きくずれたので、わたしは完全に途方に暮れてアイダ・ベルとガーティを見た。わたしの専門からは大きくはずれたことだ。ガーティがノーランの腕に手を置いた。「何もかも解決するわ。カーターはとても頭の切れる若者よ。真相を突きとめて、こんなことをした人間に償《つぐな》いをさせる。だからといって現実が変わるわけじゃないけれど、気持ちはほんの少し安まるはずよ」

ノーランはガーティを見てうなずいた。「そうなるよう期待します。よければ、少し横になりたいんですが。一階の客用寝室をマリーが車椅子でも不自由ないように整えてくれて。どなたか部屋まで車椅子を押してもらえると助かります。僕はまだちょっと力が入らなくて」

「もちろんよ」ガーティが勢いよく立ちあがった。「その前に、えーと……バスルームを使ったりしたい？」

「いまは大丈夫です」ノーランが答えた。「でも、心配は要りませんよ。この家のバスルームは全部、バリアフリーになってるんで。食事のことと、訪ねてくれたこと、あらためてお礼を言います。いまひとりでいるのはつらくて」

ガーティが彼の車椅子を押してキッチンから出ていった。声が聞こえないところまでふたりが遠ざかるのを待ってから、アイダ・ベルがこちらを見た。

「どう思う?」彼女は訊いた。

「ノーランは激しく動揺してる」わたしは答えた。「それに嘘をついてる」

アイダ・ベルが満足そうにうなずいた。「あんたも感じたんだね?」

「何とは言えないけど、間違いない。何か知ってるわけじゃないと思う。知ってるならカーターに話したはずだから。さっきここから出ていったとき、カーターは途方に暮れて見えた。捜査の方向性が定まっているって感じじゃなかった」

「つまり、疑念にすぎないってことだね。あたしもそうだと思うけど、それでも話すだけ話せばよかったのに。カーターが勘だけで誰かを逮捕するわけないんだからさ」

「その疑念が、ノーランにとって人に知られたくないことと密接にかかわってるからかも」

「浮気って線だね。うん、それならわかる。いきなり被害者である女性の評判を落としても意味がない」

わたしはうなずいた。「彼は少し待って、ほかの解釈が出てくるかどうか様子を見るでしょうね。出てこなかったら、自分の考えを提示する」

わたしたちはたがいの顔を見つめながら、それぞれ考えをめぐらせることに集中していたので、電話が鳴りだしたときはそろってびっくりした。アイダ・ベルが立ちあがり、受話器を取った。

「ビショップ宅です」彼女は言った。「申し訳ないけど、ミスター・ビショップはいま寝てます。あたしはアイダ・ベル、友人ですけど。何か伝言でも？　ミスター・ビショップが起きたら、こちらからかけますよ」

アイダ・ベルは電話の横にあったペンを手に取ると、壁にかかっていた伝言用のメモ用紙に名前と電話番号を書いた。電話番号を書きおえたところで、彼女の目が大きく見開かれた。

「そうですか。ミスター・ビショップから連絡させましょう、本人が電話できるようになりしだい」

受話器を置くと、彼女はこちらを見た。「ニューオーリンズの保険会社の男からだった。ゲイルの生命保険についてノーランと話す必要があるって。いまの男はノーランが投資顧問に相談したほうが利益をあげられるって考えてるようだったよ、全額をただ銀行に預けちまうんじゃなく」

「金額はどれぐらいなんだろう」

アイダ・ベルは首を横に振った。「それは言わなかったけど、相当な額のはずだ。だって、十万ドル程度だったら、投資顧問なんて必要ないからねえ」

「そうよね。まあ、いいニュースじゃない？　必要な在宅ケアに払うのに充分なお金が入ってくるかもしれない。そうなれば、ノーランはどこかのグループホームに引っ越さなくて済むでしょ」

「そうなれば申し分ないよね」アイダ・ベルが言った。「あたしはああいうところで暮らすなんて考えられない。おっと、誤解しないでおくれよ、ケアはたいてい一流だし、施設の多くはかなり新しくて住み心地がいい。そうは言っても……人がね」

彼女の言いたいことがとてもよくわかり、わたしはうなずいた。まわりに人がずっといるのは、わたしも苦手だ。閉所恐怖症のようになるだろう。ノーランはアイダ・ベルやわたしみたいには感じず、そういう環境でもまったく不満なく暮らせるかもしれない。でも、いくらかお金が入ってくるなら、うまくすれば選択の余地が生まれる。

選択の自由が重荷になることもあるものの、選べないよりはずっといい。

「寝室を見てみる必要があるね」アイダ・ベルが言った。「それにトレリスも」

「どうやったらそんなことできるって言うの。ノーランに音を聞かれずに二階へあがれるわけがない。庭へ出たら、裏の家に住んでる人たちから見えるし、そのうちの半数は間違いなくいまこの家に双眼鏡を向けてる」

アイダ・ベルが目を丸くした。「あんた、天才だよ」

「褒めてもらって嬉しいけど、なんで？」

「この家の真裏に住んでるのが誰かわかるかい？」

わたしは首を横に振った。

「あんたの新しいお友達、ピーチズだよ」

「つまり、彼女の家のドアをノックして、双眼鏡で裏窓の外を見てって頼めばいいの？　そんなことが適切に聞こえる筋書き、全然思い浮かばないんですけど。カーターに見つかった場合、ピーチズがどんな面倒なことになるかは言うに及ばず」

「そりゃもちろんだよ。あの娘《こ》を面倒に巻きこんじゃいけない。ピーチズはいい娘だし、母親は娘がちょっとでも不適切なことをしたって聞いただけで心臓発作を起こすだろうからね。正直、あたしだって良心がとがめるようなことはしたくない。でも、彼女の家を訪ねるとなれば、二階を見せてもらったり、ひょっとしたら二階のトイレを使わせてもらいたくなるかもしれないだろう」

「この辺の家って、お客さん用のトイレは一階にあるんじゃない？」

アイダ・ベルがにやりと笑った。「とりわけあんたはよく知ってるはずじゃないか。トイレが使えなくなる理由はいろいろあるからねえ」

第11章

マリーが次のシフトにつくために戻ってきたのは、六時近くになってからだった。遅くなったことを百万回も謝りながら、せかせかと家に入ってきた。ほんのちょっと休むつもりでリクライニングチェアに座ったら、目が覚めたのが二時間後でうろたえたらしい。わたしたちはあなたがいないあいだに問題は起きなかったし、少し眠れたのはよかったと言って、彼女を安心させた。ノーランはまだ寝室で休んでいる。

ガーティがノーランの休む準備を手伝って戻ってきてから、わたしたちはアイダ・ベルが考えたトレリスを見るための計画を彼女に話した。ガーティは最高にかわいいベビーショールの編み図とピーチズが気に入るはずのラベンダー色の糸があると言った。今晩のうちに大急ぎで編みあげるから、あすの午前中遅くに訪ねてみましょうよ、と。人を訪ねるのにふさわしい時間帯について、若い世代は明らかに異なる意見を持っているらしい。午前十時より前だと、きわめて無作法と見なされる。

保険会社からの伝言をマリーに伝えてから、わたしたちは表に出た。少し前にマートルから連絡があったけれど、カーターはまだ保安官事務所に戻っておらず、ましてや報告書など書きあげていないため、新たな情報はいっさいなかった。なんだかすっきりしない気分で、車にのりこんだ。何かすべきことがあるはずなのに、三人ともそれがなんなのか見当もつかないという感じ。

「全員家に帰って、昼寝してみるといいかもしれないね」アイダ・ベルが言った。「あたしはガレージで乗りものの手入れをしてるときが一番頭が冴《さ》えるんだ。ガーティは編みものをしてるときがそうで、このあと編みものをする予定になってる」

ふたりはわたしの顔を見た。

「えーと、わたしの頭が一番冴えるのは、銃を撃ってるときかな。でも、それはいまいいアイディアじゃないでしょ」

「あなたの家じゃまずいわね」ガーティが言った。「でも、何発か撃てる場所はあるわよ」

わたしは急に元気が出た。「シンフルに射撃場があるの？　それなのに、いままで教えてくれなかったわけ？」

「正式な射撃場ってわけじゃないんだ」アイダ・ベルが答えた。「カルフーンのじいさんが十年ほど前に酪農をやめてね、ウシを全部売ったんだよ。土地は四十ヘクタール以上あるんだけど、ほとんどが沼地で、だからそこで射撃練習ができるようにしたのさ。空き缶やら何やらのせられる板が渡してある。二十ドル払えば、何十分でも撃たせてくれるよ」

わたしは空を見あげた。日が暮れるまでまだ二時間以上あるし、座って退屈しているより銃を撃っているほうがいいのはいつものこと。それに、火器を使っているときに頭が一番冴えるというのは嘘じゃない。「そのカルフーンのじいさん家《ち》ってどこにあるの？」

三十分後、わたしはジープに揺られながら、沼地の中心へ通じているらしい狭い泥道を走っていた。ガーティによれば、カルフーンの牧場は年々バイユーに呑みこまれていき、ウシに草を食《は》ませる場所を見つけるのがむずかしくなったのだそうだ。毎年、土地の縮小に応じてウシの数を減らしていったものの、最終的には寄る年波と手間に負け、酪農から完全に手を引いたのだとか。

オークの木が並んで生えているせいで視界が完全にさえぎられているカーブを曲がったと

き、対向のピックアップ・トラックとぶつかりそうになった。ピックアップは左によけたので、こちらは右によけ、ジープは道からはずれて溝に落ちかけた。全輪駆動だったおかげで完全に水のなかに落ちてしまうのは避けられ、わたしは道路に戻ると車をとめた。ピックアップはオフロードタイヤを履いた黒のダッジで、一時停止すらしなかった。木の陰へと消えていく車に向かって、わたしは中指を立てた。

すっかり頭にきて、ますます射撃の必要性が高まったわたしは、ジープを発進させ、知らない場所への旅を再開した。ややあって、沼地の真ん中に家が一軒見えてきた。そのログハウスは映画に出てくる牧場の母屋とは趣《おもむき》がまったく異なったが、それでもしっかりした建物で、どの丸太もずれなくきっちりと組まれていた。ジープが近づいていくと、Tシャツにオーバーオール、ゴム長靴という格好の老人がポーチに出てきて、目をすがめてわたしを見た。

八十歳以上寿命未満。身長百八十センチ。体重はあっても七十キロ弱。視力の衰え。列挙しきれない疾患。武器を持っていなければ脅威度ゼロ。

「ミスター・カルフーン?」わたしはジープから降りるとログハウスに向かって歩きだした。

「なんにも買う気はないよ」彼は言った。「おれは投票もしないし、信仰心ももう持ってる」

わたしはにやりとした。「それはよかった。わたしがここに来たのは、そういう用件じゃないので。アイダ・ベルとガーティからこちらの土地に射撃練習のできる場所があると聞いたんです」

「アイダ・ベルとガーティだって？　あのばあさんふたりがまだぴんぴんしとるとは知らなんだ」

「ふたりともいたってぴんぴんしてます」

「そいつはよかった。あのふたりは賢い。この辺にああいう女はあんまりおらん。たいていは頭が空っぽでやたら神経質ときたもんだ。おまえさんはどうかな？」

「わたし？　頭が空っぽでも神経質でもありませんよ。銃が好きで、ちょっと練習したいだけ」

彼はわたしの体にさっと目を走らせた。「いい筋肉ついてるな。おれの好みからするとちょっとばかしやせっぽちだが、銃を扱うには問題なさそうだ」母屋から百メートルほど離れた小屋を指差す。「練習場はあの小屋の裏だ。空き缶が置けるように釘を刺した板がある。缶は持ってきたかい？」

「ええ。アイダ・ベルに言われたので。ごみ袋いっぱいに持ってきました」

「ほっほう。練習したいってのは本気のようだな。二十ドル払えば、日が暮れるまで好きなだけ空き缶を撃ってもらってかまわんよ」

わたしは二十ドル札を一枚出し、彼に渡した。「ありがとう」

「楽しんできな。休憩したくなったら、密造酒があるよ……これまでのところおれの最高傑作だ。若いべっぴんさんがここまで訪ねてきたのはひさしぶりだなあ。おれは残す金はあるし、ガキはなしだ。考えといてくれ」

くるっと背を向けると、彼はなかに戻っていった。その後ろ姿をわたしはまじまじと見送った。いまのはナンパだったのか、プロポーズだったのか。

ジープにのりこみ、小屋の裏まで運転した。空き缶を並べるのに二、三分かかったが、それが終わるとテーブル代わりの台の上に銃を並べた。コレクションを見おろし、にんまりする。マージは間違いなく武器の知識が豊富で、蒐集《しゅうしゅう》するのを大いに楽しんでいた。そのうえ、わたしがここに持ってきたのは拳銃だけだ。コレクション全体のうち合法かどうか危ういものと合法とはとても言えないものはさすがに持ちださなかった。マージが寝室のクロゼットに秘密の壁板をはり、その奥に何を隠していたかは人に知られたくない。射撃ゴーグルをかけ、撃つ準備をする。

ふだん携帯している9ミリ口径に装塡し、六十発撃った。途中休んだのは空になったマガジンを交換するときだけ。そのあとは銃をかえ、リボルバーで二、三発撃った。ずっとコルト・ガバメントがわたしを呼んでいる気がしていたので、バッグからその四五口径を出し、撃ちはじめた。コルト・ガバメントはわたしが気に入っている武器のひとつで、マージのはとてもすぐれた銃だった。引き金はバターのようになめらかで、反動はほとんどなし。9ミリ口径に劣らぬ撃ちやすさだ。わたしが満足したときには、空き缶を安定させるための釘に細切れになったアルミが巻きついているだけになっていた。

9ミリ口径に新しいマガジンを装塡し、釘の一本に狙いを定めた。引き金を引くと、銃弾が釘をまっぷたつに砕いた。笑顔になって銃をおろす。一本でやめておこう。ミスター・カルフーンの射撃スペースが使いものにならなくなったらかわいそうだ。拳銃を台の上に置き、ゴーグルをはずした。

「おみごと」カーターの声が後ろから聞こえた。

わたしは勢いよく振り向いた。彼が近づいてきても気づかなかったことに驚き、これから向けられるはずの非難の言葉に身構えた。

「かなりの腕前だろうとは思っていたが」彼は言葉を継いだ。「あの釘……少なくとも五十メートルはあるよな。もっと離れていても命中させられるのか」

「させられる。距離は拳銃しだいだけど、もちろん」

カーターはうなずいた。

「わたしを逮捕しにきたの?」

彼は眉を片方つりあげた。「するべきなのか?」

「だって、よくあることだから。逮捕はしなくても、確認のためにわたしが何をしてたか尋ねるじゃない、悪名高き犯罪者がシンフルに身をひそめて、たったひとりで町を滅ぼそうとしてるみたいに」

カーターは台の上に目を移した。「それはハリソンから受けとったのか?」

「いいえ。マージの」

「彼女が亡くなったあと、あの家には武器が残ってないことをおれが確認した。しばらく空き家になるはずだったから、銃が放置されてるのはまずいと思って」

「さがしわすれたところが一カ所あったのよ」

「でもきみは見つけた。そしておれに黙ってた」

「相続人はあなたじゃない。いずれサンディ＝スーがこちらに来て本当に遺品の片づけをするときには、それがどこにあるか彼女に教える」

「ここにあるのが全部じゃないんだろうな」やや苦々しげな表情で、彼は言った。

「ほど遠いわね」そう答えつつ、内心で自分を叱った。カーターの不快そうな様子をこんなに楽しむなんて。「銃を借りたこと以外にわたし、何かした？」

「さあな。きみの知り合いに修道女はいるか？」

「最後に確認したときはいなかった」わたしは笑みが漏れそうになるのをこらえて言った。

「そいつは残念」

「わたしに嫌がらせをしにきたんじゃないなら、なんでここへ来たの？」

彼が指差した先を見ると、木材が積みあげられた上にわたしが気づいていなかったダッフルバッグが置いてあった。「銃を撃ちにきたんだ。きみがいるとは知らなかった。きみがこの場所を知ってることさえ知らなかった」

「きょう聞いたの。アイダ・ベルから」

カーターはずたずたになった空き缶の列を見やって顔をしかめた。「ワシントンＤＣに戻る前に腕の錆落としか？」

彼との関係はわたしの職業のせいで不幸な結末を迎えたが、それに対するカーターの態度を考えると、どうしてそんなことを気にするのかわからなかった。でも、間違いなく刺《とげ》のある言い方だった。

「違う」ややあって、わたしは答えた。「ニューオーリンズの一件のあと、アーマドはふたたび行方をくらました。わたしが自由に行動できるようになる日は、ここへ着いた日から少しも近づいてない」

「つらいな」カーターは言った。

本気でそう思っているように聞こえたので一瞬びっくりしたものの、いまの言葉は相変わらず不安定な状況に身を置くわたしを思って言ったのか、それともわたしがシンプルに残らなければならないなかで彼自身のことを思って出た言葉なのか気になった。

「仕事に伴うリスクってやつね」わたしは答えた。

彼はうなずき、広がる沼地を眺めた。居心地の悪い沈黙がしばらく続いたあと、わたしが帰るために銃をしまおうとすると、カーターが静かに言った。「きみが恋しかった」

なんと言ったらいいかわからなくて、わたしは彼の顔をまじまじと見た。脈拍が急に速くなり、心臓がどきどきしてこめかみが疼いた。「わたしも恋しかった」やや間を置いて言った。

「おれは……きみに対してフェアじゃなかった。あのとき、理由をもう少しきちんと説明しなかったのはまずかった」

「そんなことない。嘘をついたのはわたし。理由はあなたにとって大事なことなんだろうけど、わたしは自分が何者か、どういう人間かを変えられないわけだから、話してもらっても特に変わりない。そうでしょ？」

「かもしれない」彼は言った。「それでも、おれは話したいんだ。その、きみが聞いてもいいと思うならだけど」

聞いてもいいと思う？　わからない。知りたいと思うわたしもいる。なぜなら、そのわたしはカーターのことがまだ好きで、彼についてもっと知りたいから。でもワシントンＤＣが自分の居場所と考えるわたしは、彼が何を語ろうが何も変わらないことを知っている。わたしに必要なのは締めくくりじゃない。奇跡だ。

「いいわよ」分別に反して、わたしは答えた。この会話はわたしをさらに傷つけるだけだ——わたしの欠点と、なぜカーター・ルブランクにはふさわしくないかという理由がすべて指摘されるのだから。それでも、嫌だとは言えなかった。

「いまじゃない」カーターが言った。「おれの休憩は一時間だけだから、あと十五分で仕事に戻らなけりゃならない。きみの家はどうだろう？　あしたの夜？」

「いいわ。何時？」

「事件がいくつも起きてるから、わからない。連絡する。それでもいいか？」

わたしがうなずくと、彼はダッフルバッグを手に持った。「それじゃ、あした」

カーターが小屋をまわって見えなくなるまで見送ってから、ふと考えた。彼はいつからあそこに立っていたのだろう。一時間休憩のうち残っているのが十五分と言っていた。シンフルのダウンタウンからここまで運転してくるのに約十分。そんなに前から見られていたのに、わたしは全然気がつかなかったのだろうか？　わたしの射撃の腕前を褒めたとき、カーターは悲しそうと言ってもいい顔をしていた。彼も理解しはじめたのだろうか？　わたしが前から知っていたこと――わたしのような人間はふつうの生活を送れないということを。

わたしは拳銃をバッグにしまいはじめた。憶測をめぐらせても時間の無駄だ。カーターの説明するという言葉が本気なら、あすの夜、わたしが求める答えはすべて手に入る。

そうなったところで何も変わらないけれど。

ガーティが紙袋から紫色の小さなショールを引っぱりだしてわたしに見せた。「かわいいでしょ？」

わたしは赤ちゃん、ショール、紫色といったものに軽度から中度の嫌悪感を抱いているけれど、正直言って、そのショールはちょっとかわいかった。いったいどんな状況で赤ん坊にショールが必要となるのかさっぱりわからなかったが、その情報をわたしが必要とする日は来ないだろうと思ったので、尋ねても意味はなかった。

「すばらしいよ」アイダ・ベルが言った。「さて、そいつはさっさと置いて道路をよく見てくれないかね」

ガーティはフロントガラスの向こうを見て急に右へハンドルを切り、ピンクのフラミンゴたちを轢いたりよその家の前庭に突っこんだりするのをすんでのところで免れた。

「ピーチズはきっと気に入るはず」わたしは言った。「彼女が家にいるのは間違いない？」

ガーティがうなずいた。「きのうの夕方、雑貨店でブランディ・モンローが話してるのを聞いたの、けさ八時半から一時間ぐらい、ピーチズに息子のバークレイの面倒を見てもらって、自分が美容室に行きたいから」

「バークレイ?」わたしは聞き返した。

「ブランディは仰々《ぎょうぎょう》しいのが好きでね」アイダ・ベルが答えた。「だからイギリス風の名前をつけたんだ」

「あれはスコットランドの名前じゃない?」わたしは訊いた。

「ブランディによると違うんだよ」とアイダ・ベル。

わたしは腕時計を見た。十時少し前。わたしたちが着くころには、仰々しいブランディとバークレイが帰ってくれているよう期待した。ベビーショールとおしゃべりだけでも、わたしにとって居心地のいい領域からはずれているのだから。午前中の難題にさらなる問題が追加されるのは勘弁してほしい。

「マリーとは何時に交替することになってるの?」わたしは尋ねた。

「あたしたちが行ける時間でいいって」ガーティが答えた。「彼女、約束や何かがあるわけじゃないのよ。家に帰ってシャワーを浴びたり、着がえたり、家事をいくつか片づけたいだけで」

ガーティは感じのいい二階建ての家の私道に車を入れた。ライトグレーの板壁に真っ白な鎧戸。私道にも近くの道路にもほかに車はとまっていなかったので、わたしたちにとっての邪魔者は帰ったようだった。車から降りて私道を歩いていき、アイダ・ベルが呼び鈴を鳴らした。

どことなくくたびれた感じのピーチズが、すぐにドアを開けてこちらをのぞいた。わたしたち三人を見ると、ちょっと驚いた顔をしてからにっこり笑った。「あら、おはよう」網戸を押し開ける。「入ってちょうだい。嬉しい驚き」

「お邪魔じゃなければいいんだけど」ガーティが言った。「あたしたち、このあとマリーと交替するためにノーランのところへ行く途中なのよ。ただ、おたくのお嬢ちゃんにショールを編んだものだから、行きに届けようと思って」

「大丈夫かい？」アイダ・ベルがピーチズに尋ねた。「なんだかちょっとへばって見えるけど」

「ああ、すぐ平気になります」ピーチズが答えた。「さっきバークレイ・モンローのお守りが終わったばかりで。こんなに早い時間じゃなければ、ウイスキーを一杯やりたいところ」

「あの子はちょっと困った子よね」とガーティ。

「控えめに言えばですね」ピーチズが言った。「ブランディには繰り返し言ってるんですけど、息子が三歳のときにはかわいく思えたことも十五歳になったらあんまり愉快じゃなくなるわよって。でも彼女、全然わかろうとしなくて」

「まあ無理でしょうね」ガーティが言った。

ピーチズがにやついた。「先生はあたしたち生徒をなんとか従わせようとして、大変だったでしょう？　あたしは子供がひとりしかいないし、うちの赤ちゃんは本当にいい子だけど、先生たちの仕事について考えると、ちょっとひるみます」

「あたしもよ」とガーティ。

「どうぞ入って座ってください」ピーチズが言った。「少し寄っていく時間はあるでしょう？　子供を産んでから、あたし、なかなか人とおしゃべりする機会がなくて。それにブランドンは長時間働いてるから、このごろ二音節の単語が出てくる会話が恋しくて」

ピーチズはソファにのっていたプラスチックのおもちゃをどかし、椅子に置いてあったシリアルの箱をつかんだ。「コーヒーか紅茶飲みます？　淹れますけど」

「お水をいただけるかしら」ガーティが言った。「水道水で結構よ。あたし、喉がいがしちゃって。たぶんアレルギーだと思うんだけど」

アイダ・ベルとわたしは飲みものを断ったので、ピーチズは廊下を歩いていったあと、赤ん坊を抱き、ミネラルウォーターのボトルを持って戻ってきた。ガーティにボトルを渡し、部屋の隅に置かれたブランコ式ベビーチェアに赤ん坊を座らせる。

「あれのおかげで本当に助かってるんです」ピーチズはふたり掛け《ラブシート》ソファにドサッと腰をおろしたかと思うと、お尻の下に手を入れて、ぬいぐるみ人形を引っぱりだし、横にほうった。「おなかが空いてたりおしめが濡れてない限り、あの椅子に座らせておけばいつもご機嫌だから。ちょっとだけ息抜きができるんですよ、家事と育児をちゃんとやろうとしたら、そんなのなかなか無理なんですけど」

「お嬢ちゃんはあれが気に入ってるみたいねえ」とガーティ。「あそこで寝たりもするの？」

「疲れきってるときだけ」ピーチズが答えた。「眠ってるあいだに明かりが差すと駄目なんです。あたしたちがそれに気づくまですごく時間がかかったんですけど、夜、ほんのわずかでも光が差しこむと、すぐに目を覚まして泣きはじめちゃって」

「ブランドンは長時間働いてるって言ってたわね？」ガーティはそう訊いてから、水をごくごくと飲んだ。

ピーチズはうなずいた。「この夏はエビがすっごく豊漁なんです。どこでもってわけじゃないけど、ブランドンは毎日のようにいい漁場を見つけられて。余分な収入があるのは助かってます。でもあたし、ずっと家にひとりっていうのはほんとにしんどくて。一日が長いし、夜はさらに長く感じる」

「稼げるときに稼げってやつかね」アイダ・ベルが言った。

「ブランドンはいつもそう言ってます」ピーチズが同意した。「マリーと交替するって話でしたよね？ ノーランはどうしてます？ 何か聞きました？」

アイダ・ベルがうなずいた。「きのうも何時間かノーランの家にいたんだ。ショックを受けて打ちのめされてるけど、精いっぱい持ちこたえてるって感じだよ」

「なんて悲しい出来事」ピーチズが言った。「それに絶対許されない。どうしたらゲイルにあんなことができるのかしら。ああいう境遇のノーランがひとり残されてしまうのに。あたし、ひとりで全部やらなきゃいけないってぼやくけど、ノーランのことを考えると、ぼやいたりしちゃいけないって思うんです。自分には感謝すべきことがいっぱいあるから」

「それはあたしたちみんなそうだ」アイダ・ベルが同意した。「でも、こういう出来事が起きるまで思いだせなかったりするんだよね」

「何か聞こえた?」ガーティが尋ねた。「その、事件の夜だけど?」

「なんにも」ピーチズは答えた。「でもあたし、死んだみたいにぐっすり眠るたちなんです、前ほど長い時間眠れないからなおさら。赤ちゃんが泣いたときは別ですけど。その場合はばね仕掛けみたいにベッドから飛びおきます。ただ、そうじゃなかったら、ここで爆弾が破裂してもぴくりとも動かないはずです」

「それがふつうなんだろうと思うよ」アイダ・ベルが言った。

ガーティがまた水を飲んだあと、少しもぞもぞした。「お手洗いを借りてもいいかしら」そう言ってソファから立ちあがる。「喉のためにいっぱい水を飲むと、しょっちゅうお手洗いに行かなくちゃならないのが困るのよ」

「どうぞどうぞ」ピーチズが答えた。「廊下に出て、左の一番手前のドアです」

ガーティが巨大なバッグを携えて廊下に出ていくと、わたしは心の準備をした。彼女はどんな計画を立ててきたのだろう。どうにかしてトイレを使えなくする予定なのは知っているけれど、アイダ・ベルもわたしも具体的なことは聞きだせていない。ピーチズに劣らずわたしたちにもびっくりしてほしいのだそうだ。あんまりいい予感はしない。

アイダ・ベルがピーチズにお母さんはどうしているかと尋ねると、同時と言っていいくらいにガーティが決まり悪そうな顔をして居間に戻ってきた。「お宅のお手洗い、困ったことになっちゃったみたいなんだけど、あなた《ディア》。あたし、遮断弁には手が届かなくて……」

ピーチズがはじかれたようにラブシートから立ちあがり、トイレへと走っていった。二、三秒して出てきた彼女は、歩くたび床に濡れた足跡を残した。「何があったんです？」ガーティに訊く。

ガーティはスポンジボールを持ちあげた。「入ったときに、タンクの水受けからこれをどかしたの。それで、使う前にちゃんと水が流れるかどうか確認したほうがいいと思ったんだけど、このボールのお友達がタンクのなかに引っかかってるのかもしれないわね」

ピーチズがため息をついた。「バークレイね。こっちの目が届かない場所には行かせないようにしていたんだけど、竜巻みたいな子だから。居間でフルーツポンチをこぼされて、あたしがラグを洗ってるあいだにトイレに忍びこんだんだわ。モップを持ってきて拭かないと。ちょっと失礼してもいいかしら」

「ええと、もしよければなんだけど」ガーティが言った。「お手洗いがもうひとつあったら、借りられるかしら？」

「あ！」とピーチズ。「もちろんです。二階の廊下にひとつあります」

「フォーチュン」ガーティが言った。「階段をあがるのに手を貸してもらえるかしら。最近、膝が痛くて大変なの」

「いいわよ」わたしはすばやく椅子から立ちあがった。ガーティの腕をつかみ、一緒に二階へと向かう。

階段をのぼりきると、そこは広い娯楽室で、その先に廊下が見えた。娯楽室の壁には大画面テレビがかかっている。テレビの下には凝った装飾の趣味のいいキャビネットが置かれ、高価そうなステレオとゲーム機二台がおさまっていた。革張りのリクライニング・ソファが反対側の壁に寄せて置かれ、テレビのほうを向いている。わたしたちはテレビとソファのあいだを通りすぎ、娯楽室の窓へと直行したものの、ピーチズの家の庭に立つオークの大木が完全に視界をふさいでいた。家の裏側に位置する隣の部屋はトイレだったが、そこにはすりガラスのはまった小さな窓がひとつあるだけだった。その隣は主寝室で、窓の代わりにフレンチドアがあり、テラスに出られるようになっている。

ガーティからバッグを渡されたが、あまりの重さにもう少しで落としそうになった。「いったい何が入ってるの？」わたしは訊いた。

「必要な道具よ」彼女はバッグのファスナーを開け、巨大なズームレンズがついたカメラを引っぱりだした。バッグは前より軽くなったものの、しかるべき軽さには思えなかった。この重みの原因はどんな武器なのか、考えたくもない。

「トイレまで行ってドアを閉めて」ガーティが言った。「そうしたら階段の上に戻って、ピーチズが二階にあがってこないようにして」

ピーチズが自分の家の二階にあがりたいと思った場合、どうやってとめたらいいのか。でも、それは実際にそうなってみるまで悩んでも仕方がないと考えた。願わくは、ガーティが何枚か写真を撮り終えるまで、ピーチズが水浸しになったトイレの床にかかりきりでいてくれますように。

わたしは二階のトイレのドアを閉めてから娯楽室に戻った。一階をのぞくと、見えるところにアイダ・ベルがいたので、彼女に向かって親指を立ててみせた。娯楽室の窓際に行き、もう一度外を見る。葉と葉のあいだからノーランの家の裏側をのぞこうとしたが、オークの木がとにかく大きく、よく茂っているせいで駄目だった。左に目をやるとガーティがテラスの一番端にいるのが見えた。

彼女はカメラを持ちあげたかと思うとさげ、悪態をついた。テラスの角にできるだけ体を押しつけ、手すりから身をのりだし、ふたたびカメラを構える。またカメラをさげ、悪態をついた。オークの大木のせいで何がどうなっているのかわからなかったが、両方の庭のあいだにほかにもテラスからの視界をさえぎるものがあるのだろう。名案だったけれど、この計画はあきらめたほうがいいかもしれない。

ガーティはなかに戻ってくるだろう、わたしたちはほかの捜査方法をさがすことになるだろうと思ったら、甘かった。彼女は挫《くじ》けず、デッキチェアを引っぱってくるとその上にあがり、手すりに片脚をかけた。わたしが強く握りしめたために、カーテンにはアイロンを使わなければ消えないしわができたはずだ。このあと、絶対いい結末は待っていない。

わたしは主寝室へとできる限りの早足で向かった。走ったら、一階に響いてしまうからだ。寝室に入るとフレンチドアから急いでテラスに出たが、その瞬間、目に飛びこんできたのは、バランスを崩したガーティが手すりから落ちていくところだった。

第12章

わたしは走ったが、予想したドサッという音は聞こえなかった。手すりからのりだしてみると、ガーティが葉のよく茂った灌木の上に倒れている。

彼女はカメラを持ちあげた。「これ、無傷」

「こっちはカメラよりあなたのほうが心配」折れた骨に比べたら、カメラレンズなんてずっと簡単に交換できる。

「そっち、大丈夫？」ピーチズの声が階下《した》から聞こえた。

まずい！

わたしは寝室から走りでると階段の上まで行き、のぼり口にいるピーチズを見おろした。

「大丈夫よ。わたしたち娯楽室の窓からしばらくオークの木に見とれちゃって、それでちょっと時間がかかってるの」

アイダ・ベルが大きく目を見開いたので、まずいことになったと察知したにちがいなかった。

「わかった」ピーチズは答えたが、まだちょっと困惑した表情を浮かべていた。「何か落ちたような音が聞こえた気がしたんだけど、表からだったのかも。トイレはあと床を拭くだけだから、あたしもすぐに戻るわ」

すぐに戻る。一階。まずい事態その2！

ガーティはふつうに玄関からなかに入るわけにいかない。一階のトイレがある廊下からは玄関がよく見える。わたしは急いでテラスに戻り、下を見おろした。ガーティはもう立っていて、動けそうに見えたが、あすは死ぬほど体が痛くなるにちがいない。

「あたし、そこまで登れると思うの」と彼女は言った。「何か台を見つけられれば」

「絶対に駄目。体を低くして、家の正面にまわって」

「ピーチズに見つかったらどうするの？」

「何か手を考える」

わたしは寝室に戻ってベッドの上からガーティのバッグをつかみ、階段の上へと急ぎながら、自分の携帯電話を出した。階段までたどり着いたちょうどそのとき、ピーチズが居間に戻ってきてアイダ・ベルに話しかけるのが聞こえた。

アイダ・ベルがちらりとこちらを見あげたので、わたしは宙で携帯電話を振り動かし、それからメッセージを送った。

ピーチズをそこから出して。遠くへ！

アイダ・ベルは携帯電話を取りだし、ちらりと見た。あごがぴくぴくするのが見えたけれど、それを抜かせば、彼女は表情を動かさなかった。

「リマインダーが来た」そう言って、アイダ・ベルは携帯電話をポケットに滑りこませた。「血圧の薬を毎日同じ時間に服《の》まなきゃいけないんだよ。こういう通知機能を設定しとかないと、絶対に忘れるんでね。さっき言ってた飲みものだけど、やっぱりいただけるかい？　面倒かけて申し訳ないね」

「あら、面倒だなんて全然。高血圧とは知らなかったです」

「なったのはつい最近なんだ」アイダ・ベルはさらりと答えた。

「お大事に。何を飲みます？」

「スウィートティーはあるかね？　錠剤がチョークみたいな味でまずいんだよ。水だとうまく飲みくだせなくて」

「無糖のしかないんです。産後のぜい肉を落としきるために食事と飲みものに気をつけてるから。でも、お砂糖を入れられますよ」

「そりゃ嬉しいね。ほんとに助かるよ」

居間から遠ざかっていく足音が聞こえたかと思うと、アイダ・ベルがわたしに手振りで合図した。急いで階段をおりたわたしは、ガーティがさっきまで座っていたソファにバッグを投げ、足早に玄関へと向かった。アイダ・ベルはわたしの動きをずっと見守っていたが、ひと言も発しなかった。ガーティは正面ポーチの横の見えない場所に立っていた。わたしは後ろを振り返り、安全を確認してから彼女をなかに招きいれた。

ガーティは家のなかに入ると、足を引きずりながらできるだけ急いでソファにたどり着いた。わたしは彼女が前を通ったときに髪に引っかかっていた灌木の小枝を二本引き抜いてやり、それを自分のポケットに突っこんでから椅子までジャンプして正確に着地した。ガーティがカメラをバッグに突っこんだちょうどそのとき、ピーチズがアイダ・ベルに飲ませるお茶を持って戻ってきた。

アイダ・ベルは手を口に持っていって錠剤を呑みこむふりをし、お茶を大きくひと口飲む前にはちょっと顔をしかめてみせまでした。彼女に敬意を表さなければ。演技がうまい。沈黙が居心地悪かったので、会話の口火を切ってくれないかとガーティを見たが、赤くなった顔とわずかに上下している胸をひと目見れば、息が切れているのがわかった。アイダ・ベルは水をがぶ飲みするプロボクサーみたいにお茶をごくごく飲んでいたので、残るはわたししかいないと判断した。

「あの本棚に飾ってある花瓶、すてきね」とわたしは言った。「ああいう色合いのブルー、大好きなの」

たちまちピーチズが顔を輝かせた。「でしょ？　あれはね、ニューオーリンズのとんでもなく高いアンティークを売ってるお店で買ったの。手に入れて一年ぐらい。最初は買う余裕なんてないって思ってたの。ところが、エビが豊漁だから、余分に使えるお金が入ってきて。ブランドンはね、いまのより大きなダイヤの結婚指輪を買ってくれようとしたんだけど、あたしは婚約したときもらったので満足してるの。だから、どうしてもあたしのためにお金を使いたいなら、本当に欲しいのはあの花瓶なんだけどって話したわけ。おかげでこの部屋に入ってくるたび、あたしニコニコしちゃうのよ」

「わかるわ」家庭的なセンスがいっさいないわたしでも、調度品として本当にすてきだと思った。

アイダ・ベルが腕時計を見て咳払いをした。「そろそろ失礼しないとね」そう言ってソファから立ちあがる。「マリーがシャワーを浴びて着がえがしたいってうずうずしてそうだ」

「マリーって本当に天使よね」ピーチズが言った。「選挙の監査のおかげで、彼女が町長になるよう心から願ってる。シーリア・アルセノーに投票した人がいるなんて信じられない。あの人ってほんとに、その、意地悪だから」

「それに気づきはじめた住民は増えてると思うよ」アイダ・ベルが言った。

「その人たちが投票前に正気にならなかったのが残念」とピーチズ。

ガーティは立ちあがろうとしてソファから腰を二、三センチ浮かせたが、すぐまた倒れるように座った。「癪《しゃく》にさわる膝」

わたしがそばまで行って立ちあがらせ、一緒に玄関へと向かいながら彼女の歩き方をチェックした。

「ベビーショール、本当にありがとう」ピーチズはガーティに言った。「何を編んでもお上手ですよね」

「いいのよ、あなた」ガーティは答えた。「一階のお手洗いの件、ごめんなさいね」

ピーチズはとんでもないと言うように手をさっと振った。「先生のせいじゃありませんから。今後は絶対、ブランディからもらうお守り代に損害費用も含めることにします。とはいえ、うちの子も近いうちに歩きはじめるはず。いまのうちにトイレのいたずら防止グッズを用意しておかなきゃ」

わたしたちは車へ向かって歩きだした。

「ノーランのことであたしにも何か手伝える場合は知らせてください」ピーチズが大きな声で言った。

わたしたちは彼女に手を振ってから車にのりこみ、走りだした。角を曲がるやいなや、ガーティが車をとめた。「運転代わってもらえる?」アイダ・ベルに尋ねた。

アイダ・ベルが目をすがめた。「ここから一ブロックも離れてないのに?」

「ガーティは右の足首を捻挫《ねんざ》したんだと思う」わたしは言った。本人は隠そうとしていたけれど、ピーチズの家を出るときにバランスのおかしい歩き方をしているのに気がついた。ペダルを踏むのは右足だから、痛めたのはそっちだろう。

「あんた、いったい何をやらかしたのさ」アイダ・ベルが尋ねた。

「そりゃまあ、二階へあがっていった人が」わたしは言った。「玄関を通って家のなかに戻ってきたわけだから、だいたいわかるでしょ」

「窓から落ちたんだね?」アイダ・ベルが訊いた。

「違います」ガーティが反論した。

「とは言っても、二階から羽ばたきおりたわけじゃないよね」とアイダ・ベル。

「テラスから落ちたの」わたしは言った。「大きな灌木が受けとめてくれたから、こっちは救急車を呼ばずに済んだわけ」

アイダ・ベルがやれやれと首を振った。「灌木がそこになかったら、あたしたちは検死官を呼んでたよ」

「あのね、あたしカメラはちゃんと守ったのよ」ガーティが言った。

「おみごと」とアイダ・ベル。「テラスからダイブする前に、写真は撮れたんだろうね？」

わたしははっとした。あれだけドタバタして、収穫はゼロかもしれないという点は考えてもいなかった。

「もちろん撮ったわよ」ガーティが答えた。「例の速写ナントカっていうのに設定しておいたの、ほら、一度に何枚も写真が撮れるやつ」

アイダ・ベルがまた首を振った。「いったいどうしてあんな高級カメラを持ってきたのさ。操作が複雑すぎるだろ」

「ズームレンズが必要だったの」とガーティ。「携帯電話のカメラじゃちゃんと写らなかったはずよ」

「なるほど」とアイダ・ベル。「写真の焦点が合ってりゃ、あたしたちの捜査に使えるだろうね」

「カメラはオートフォーカスに設定しておいたわ」ガーティが言った。

希望の光が差した。焦点がガーティの怪しい視力頼みでなかったなら、使える写真が撮れたかもしれない。

「そいつはすばらしい」アイダ・ベルがそう言って車から降りた。「あんたが眼鏡をかけてたならね、オートフォーカス・モードを選んだときに」

もうっ。


マリーは疲れた様子だったが、わたしたちを見ると嬉しそうな顔になった。ノーランはシャワーを浴びているところで——一階のバスルームは彼がひとりで浴びられるようになっている——まもなく出てくるとのこと。あと十五分ほどで保険会社の女性社員が訪ねてくる。前日伝言を残した男性社員の上司だ。ノーランには午前十時ごろに卵とトーストをなんとか食べさせることができたけれど、保険会社の女性が帰ったら、ランチを食べるようせっついてほしいとマリーは言った。昨日ガーティが持ってきたキャセロールがまだ半分残っているし、シンフルの女性たちからほかにもさまざまな料理が届けられたそうだ。

「キッチンはまるでビュッフェが爆発したような状態」マリーは言った。「あなたたちなら何かしら彼に食べようって気にさせられると思うの。全然片づけられてなくてごめんなさいね。ひとり見送ると、またひとり現れるって感じで」

「心配しないで」ガーティが言った。「あたしたちで全部片づけて、彼に食べさせるから」

「それに、急いで戻ってこなくていいからね」アイダ・ベルがマリーに言った。「あんたは疲れがたまってて、あんた自身が休まないと駄目だ。熱い風呂につかってから、たっぷり昼寝しな。あたしたちは一日いられるから」

「本当？」マリーが尋ねた。「あなたたちの予定の邪魔をしたくないの」

わたしは笑いそうになるのをこらえた。こちらの〝予定〟は、誰がどうしてゲイルを殺したのかを突きとめることだけで、わたしたちにとっての手がかりはノーランとこの家しかない。当面、予定の邪魔となるのは法執行機関による立入禁止テープとマリーがここにいることのほうだ。

「こっちは特に予定なんてない」アイダ・ベルが言い張った。「ゆっくりしてきておくれ」

「ありがとう」マリーがほっとした顔になった。「エマラインがね、今夜わたしが戻ったあと、ここに来てくれることになってるの。なんだか後ろめたいし、認めたくないんだけど、一緒にいてくれる人が欲しくて。なんて言ったらいいか。ふだんはわたし、人が亡くなった悲しみにも弱くはないんだけど……」

「今回は状況がふつうとは言いがたいからね」アイダ・ベルが言った。

「さあさあ、帰って」とガーティ。「キッチンはあたしたちが片づけておくわ。やることがなくなったら、何か首を突っこめるトラブルを自分たちで見つけるし」

マリーが声をあげて笑った。「それが本当じゃなかったらねえ。それじゃ、またあとで」

彼女は玄関から出ていき、わたしたちはのろのろとキッチンへ向かった。キッチンの入口でわたしは立ちどまり、目を丸くした。マリーは冗談を言ったわけではなかった。キッチンカウンターとテーブルを深皿や大皿、鍋が覆いつくしていて、そのどれもがおいしそうな料理で満たされている。少なくとも、わたしの鼻に漂ってきたにおいからするとすべておいしそうだった。

「ワオ。これってふつうなの?」

「もちろんよ」ガーティが答えた。「悲しみに暮れる人たちには、食べもののことなんかで心配してほしくないでしょ。それに、こうして全部目の前に並んでいれば、食べることを忘れないし、いろいろと選べるし」

「どれくらいのあいだ、これが続くの?」わたしは訊いた。

「たいてい、遺族が一週間は食べもののことを考えずに済むようにするかね」アイダ・ベルが言った。「ノーランの場合は、たぶんもう少し長いあいだ届けることになるだろうよ」

「障害があるから?」わたしは訊いた。

ガーティが首を横に振った。「彼が男だからよ」

「それはひとつの障害だからね」アイダ・ベルが指摘した。

わたしはにやついた。「とにかく、とても親切なことよね。で、片づけるってどうすればいいの?」

「まず」ガーティが言った。「冷蔵庫に入れるものとそうでないものを分ける必要があるわね。次にメインディッシュとつけあわせとデザートをグループに分ける。あなたはテーブルの上のものを担当してちょうだい。アイダ・ベルとあたしはそれぞれキッチンカウンターの右と左から始めるから。冷蔵庫に入れるものはまとめて片側によけておいて」

わたしはテーブルの前へ行き、ふたやアルミホイルの下をのぞいてはお見舞いの品を分類しはじめた。作業に取りかかってふた皿目ぐらいで唾が湧いてきた。わたしが見たことのあるどんなビュッフェよりもずっとおいしそうなものがそろっていて、なかをのぞくたび、南部料理の豊かな香りが立ちのぼった。ノーランのカロリー摂取に関しては心配しなくて大丈夫だ。ここにある料理を二、三口食べれば、簡単に一食分の栄養が摂取できるだろう。

カウンターの奥にデザートをまとめ終えようとしていたとき、ノーランが車椅子でキッチンに入ってきた。昨日よりも少し顔色がよくなっていたが、目の下の隈は相変わらず濃かった。彼が弱々しい声で「やあ」と言ったので、わたしたちもあいさつを返した。

「何か食べる?」ガーティが尋ねた。

「いや、結構です」ノーランは答えた。「マリーが朝食を作ってくれたので食べました」

「飲みものはどう?」とガーティ。「冷蔵庫にパイナップルのフレッシュジュースがあるわよ」

「それはよさそうだ」ノーランが答えた。「様子を見にきてくれてありがとう。心配なんですよ、マリーのほうが体力を使いきってしまうんじゃないかと」

「必要なだけゆっくりしておいでって言っておいたよ」アイダ・ベルが言った。

「よかった」とノーラン。「彼女には町長の座に就く前に倒れたりしてほしくない」彼が無理やり小さな笑みを浮かべると、ガーティがいまは何ものっていないテーブルにパイナップルジュースを置いた。

自分の前に置かれたグラスを取りあげたとき、玄関の呼び鈴が鳴ったので、ノーランはちょっとびくっとしてジュースを手にこぼした。アイダ・ベルがペーパータオルに手を伸ばし、わたしは玄関へと向かいながら、訪ねてきたのが保険会社の女性であるよう期待した。冷蔵庫が必要な食べものを持った誰かじゃありませんように。冷蔵庫はもうぱんぱんだから。ドアを開けると、立っていた女性をさっと観察した。

四十歳前後。身長百六十八センチ。体重六十キロ弱。一般的なしっかり筋肉がついた体。視力矯正眼鏡に地味なスーツ。脅威ではないし、間違いなく保険会社の女性。

「入ってください」わたしは彼女をなかに入れるために後ろにさがった。廊下のほうに手を振る。「ノーランはキッチンにいます」

「ありがとう」彼女は脇に挟んだフォルダーの位置を直すとキッチンへと歩きだした。わたしも後ろからついていく。

「〈サザン・ライフ・アンド・プロパティ〉のフランセスカ・ロッシです」彼女はそう言うとノーランに手を差しだした。彼は握手を交わすあいだずっと、興味を惹かれたように彼女を見つめていた。わたしはもう一度、女性をよく見た。さっき何か見落としたかと考えたからだが、今度もおかしなところは見つからなかった。

「あたしたちははずそう」アイダ・ベルが言った。

「実は」ノーランが言った。「一緒にいてもらいたいんですよ、よければ。ふだんに比べると集中力が落ちてしまっていて、だから話の内容を覚えていてくれる人がいると助かるんです」

フランセスカがうなずいた。「それは間違いなく賢明ですね、その……困難なときに、誰か信頼できる人からサポートをしてもらうというのは。とは言っても、きょうこちらへうかがったのは、とてもわかりやすくてお時間も取らない話のためです。始めてもよろしいですか?」

ノーランはうなずき、テーブルに向かってさっと手を振った。全員が着席すると、フランセスカは持ってきたフォルダから書類の束を出した。

「こちらはゲイルさんが当社と契約していた生命保険の証書です。こちらはわたしの名刺。必要になるのは死亡証明書のコピーだけで、それをご用意いただけたら、こちらで支払い手続きをいたします」

ノーランは証書を手に取り、眉をひそめた。「どういうことかな。生命保険のための署名なんて、僕はしたことがない」

「ゲイルが自分で保険をかけたんです」フランセスカが説明した。「受取人のあなたは署名する必要がありませんでした」口を少しとがらせてから、言葉を継いだ。「ゲイルからあなたに話してあったらよかったんですが、どうやらそうではなかったようですね」

ノーランは証書を見つめたまま首を横に振った。「彼女は何も言わなかった」

「きのうはアシスタントがお電話して失礼しました」フランセスカは少しむっとした顔になった。「彼はこちらに電話する前にわたしに確認するべきでした。わたしは用件を直接お伝えしたかったんです、ゲイルがあなたに話していなかった場合を考えて」

「気にしなくて結構です」そう言ってから、ノーランの目が見開かれ、体がこわばった。

「百万ドル！　なんてことだ！　ありえない」

「それが保険金額です」フランセスカが言った。「間違いないと保証します。ゲイルと話して、申し込みの手続きを担当したのはわたしです。自分に何かあった場合、あなたが将来のことを心配しなくていいようにしたいというのが、彼女の強い意向でした」

ノーランの目が赤くなり、彼ははなをすすった。「彼女は僕が人に頼らず暮らせることを望んでいた」

フランセスカがうなずいた。「あなたと同じような境遇の方々が暮らすための施設ですが、多くがすばらしくよくできていますけれど、ゲイルはあなたには自分だけの空間があったほうがいいことを知っていました。そこで、何かあった場合にあなたの自立生活が脅《おびや》かされることがないようにしたのです」

「なんと言ったらいいか」とノーラン。「あんまり驚きすぎて。ゲイルがこんなことをしていたなんて、思いもしなかった。でも、意外でもない。ゲイルはいつも自分よりも僕に必要なことを優先させてくれた。すばらしい女性でした」

彼の目にふたたび涙がこみあげてきたので、フランセスカが彼の腕に手を置いた。「ゲイルは本当にすばらしい女性でしたし、彼女がいなくなったことを残念に思う人がニューオーリンズにはいっぱいいるでしょう。ほかに質問がなければ、わたしはこれで失礼します」

「質問はないと思います」ノーランが答えた。「何か思いつきますか?」わたしたち三人の顔を見る。

「とてもわかりやすい話に思えたね」アイダ・ベルが言った。

フランセスカが立ちあがった。「あとで何か思いついた場合は、どうぞお電話ください」

ノーランがうなずいた。「ありがとう」

フランセスカがキッチンから出ていこうとしたので、わたしも急いで立ちあがり、彼女のあとを追った。玄関まで送ろうと考えたからだ。それが南部流のもてなし《サザン・ホスピタリティ》してやつよね?

とにかく、それがわたしの言い訳だった。キッチンから出たかった本当の理由は、泣くという行為がわたしを落ち着かなくさせるからだ。いまは自分自身が泣くことを知ったからなおさら。

ポーチに出ると、フランセスカが振り向き、わたしと握手した。「お名前をうかがってなかったかと……」

「みんなからはフォーチュンって呼ばれてます」わたしは言った。

彼女はほほえんだ。「すてきなお名前ね。これはノーランには言いたくなかったんですけど、彼は少しまいって見えたから、もし介助者をさがすとか、今後について考えるあいだ、どこか施設に移るのに手伝いが必要なら、喜んで力になります。わたしは顔が広いので、そういう分野のことならほぼなんでも一番いいところを紹介できます」

「ありがとう」わたしは言った。「彼がもう少し落ち着いたら、話しておきます」

「よかった。何かあったら電話ください」彼女は階段をおりていき、銀色のホンダ・アコードにすばやくのりこんだ。

わたしはなかへと戻りながら、ノーランがいまもたらされた情報をしっかり受けとめ、少し気持ちが楽になっているよう祈った。

どうやらガーティが、何か食べるようにと彼を説得したようだった。彼女は鍋をひとつオーヴンに入れるところで、電子レンジにはガラスの深皿が入っていた。彼女の足首にふきんが巻いてあるのにわたしは気づいた。ノーランは保険証書をじっと見つめながら、まだ少し呆然とした顔をしている。

アイダ・ベルがテーブルの前に座ってノーランを見ながら、かすかに顔をしかめていた。何を考えているのだろう。

「さてと」沈黙を破りたくて、わたしは言った。「いまのは思いがけない、いいニュースだったわよね」

「とてもいいニュースよ」とガーティ。

ノーランは首を横に振った。「僕はまだ全部は受けとめきれてなくて。あまりに多くのことが起きたものだから……」

「全部を呑みこもうと焦ることはないわ」ガーティが言った。「一日ずつ、ひとつずつこなしていけばいいの。つらいときをのりこえるにはそれが一番苦しくない方法よ」

「そのとおりですね」ノーランはうつむいたまま言った。「事故に遭ったあと、僕は何もかも急いでやろうとした――短すぎる時間で多すぎることを――それは結局、肉体的にも精神的にも逆効果で、前進はできなかった。きびしい教訓でしたよ。何しろ人の助けなしには自分の面倒が見られないし、このままずっとそうかもしれないと認めなければならなかったから」

彼は顔をあげてわたしたちを見た。「最初の妻は、事故後に出ていきました。彼女は努力したけれど、僕の将来は、彼女と計画していた人生とはまったく違うものになってしまった。ふたりともカリフォルニア出身のアウトドア派だったんです。キャンプ、ハイキング、急流下り、ロッククライミング……アウトドアで、激しく体を動かすことならなんでもやりました。僕と一緒のままだと、彼女はそういう楽しみをすべて犠牲にするしかなかったでしょう」

「それはそうかもしれないけれど」とガーティ。「あなたは彼女の夫だったのよ。人生のパートナー」

ノーランはうなずいた。「そりゃ最初は彼女に腹が立ちましたよ。〝病《や》めるときも、健《すこ》やかなるときも〟ですからね。でも結局はこれが一番いい結果だったんだと悟りました。そこにいたいからではなく、ほかの理由でとどまったら、人は恨《うら》みを抱くようになるだけだ。そうしたら、何が残ります？」

「惨《みじ》めな人間ふたり」アイダ・ベルが言った。

「そのとおり」ノーランは同意した。「最初はひどく落ちこみましたが、できることが増えたり、上半身の力が増したりするうちに、まだ生きていられる自分は幸運なのだと気がつきました。そしてある朝目覚めたら、歩けたらいろんなことがずっと簡単なのにとは思わなくなっていたんですよ。あの日からだったと思います、僕が不満を感じなくなったのは。幸せというわけではないが――少なくともまだでしたね――でも不満でもない」

ノーランの言葉にわたしは共感を覚えた。欲求を犠牲にしたら恨みにつながるという部分は、カーターのことを考えると胸にぐさっときた。彼がシンフルに戻ってきたのは、まさにわたしが生業としていることそのものから遠ざかるためだった。でも、もっと胸に刺さったのは不満に関する部分だ。シンフルに来た当初のわたしは、間違いなく惨めだった。けれど、新たな環境とそこでのさまざまな新しい経験に少しずつ順応してくると、そんなに悪くないと思うだけでなく、そのうちの一部については自分が意外にものすごく楽しんでいることに気がついた。シンフルへ来なければ、アイダ・ベルとガーティにも絶対に出会わなかったし、いまはもうふたりなしの人生なんて想像もできない。

「過去から抜けだせなくなってしまうときって」わたしは言った。「もうできないことにくよくよこだわってしまうからだと思うの。できなくなったのが自分にとって大切なことだった場合はとりわけ。生計にかかわるならなおさら。お金は決して小さな心配じゃ済まないし、自身のアイデンティティが仕事と密接につながってる人ってとても多いでしょ」

ノーランの目が見開かれた。「問題の要点をみごとにまとめたね。似たような逆境に立たされた人を知ってるのかな?」

「あ、ええと」わたしはつじつまの合う話を急いで考えなければと思ったが、結局一番簡単なのは真実をアレンジして話すことだと判断した。「わたし、ふだんは司書をしてるんだけど、常連の利用者には軍にいたときに負傷した人が何人かいて。帰国したばかりの、まだ不自由な生活に慣れていないあいだは、怒りやいらだちが見てとれた。気の毒に思ったわ、だってわたしが誰かに自分のよりどころを奪われたら、同じように感じるはずだから」

「でも、彼らも最終的には順応した?」ノーランが尋ねた。

わたしはうなずいた。「早い遅いの差はあったけれど、最終的にはみんな新しい自分にとって生きやすい環境を見つけたみたい。敢《あ》えて言えば、以前の暮らしほどはよくない部分もあるだろうけど、いまのほうがいいって部分もあるかもしれない」

「最初のころ」ノーランが言った。「僕が一番怖かったのは、残りの人生をひとりで送ることだった。でもそれは、ひとりではいろんなことができないという不安が大きかったからのように思う。自分でできることが意外にあると、さらにちょっとした助けを借りれば、まだ自立した生活を送れるとわかると、不安は消えていった。寂しさはときどき感じたけれど、もう怖くはなくなった」

「その後、ゲイルと出会ったし」わたしは言った。

彼はうなずいた。「恋愛はもうあきらめていたんだ。僕から切り離すことのできないいくつもの制約や難題を、誰が受けいれようなんて思う?」

「あなたの魅力をちゃんとわかっている人なら」とガーティ。

「ゲイルは僕自身が気づいていなかった長所を見いだしてくれたんでしょう」ノーランは言った。「自分の幸運が信じられませんでしたよ」恋しげな表情が悲しげな表情へと変わった。「いつまでも続くわけがないと、最初からわかっていたような気がします」

彼のことをじっと観察していたアイダ・ベルのほうを、わたしは見た。この会話が始まってから妙に寡黙だった彼女が、咳払いをした。「そんなことを言うのは奇妙じゃないかね。ゲイルが亡くなるのを予期していたなんてことはありえないはずだから、終わりが来るかもしれないと考える理由がほかにあったってことかね?」

わたしははっとした。彼女はこれを待っていたのか——真偽不明の浮気について、ノーランが話そうとするかどうか知る糸口。ガーティは何かをかきまぜるのに使っていたボウルを置き、ノーランを見た。気がつくと、わたしは息を詰めていた。

ノーランはふたたび視線を落としたけれど、ゆっくりとアイダ・ベルの顔に目を戻した。

「とても鋭い人だ。噂には聞いていました。僕は作り話をしてごまかすこともできるが、おそらくあなたは信じないでしょう。そんなことはあなたに関係ないと言って済ます手もあるし、事実、あなたには関係ないはずだ。でも実を言うと、けさそれについてカーターに話したんです。だからきっと最後には何もかも明るみに出る」

「何が明るみに出るんだい?」アイダ・ベルが尋ねた。

「ゲイルは浮気をしていたんです」ノーランが短く答えた。

「ゲイルが、まさか」ガーティが最高の演技をしてショックの表情を浮かべた。「信じられないわ」

「嘘だったらよかったと思いますよ」とノーラン。

「あなたは知ってるのかしら……」ガーティは尋ねた。「その……」

「相手が誰かですか？」ノーランが訊いた。「イエスでありノーでもありです。ふつうの種類の浮気じゃないので。すべてオンラインだったんです」

アイダ・ベルを見ると、彼女もわたしと同じくらい驚いているのがわかった。彼女もわたしも巧みに反応を抑えこんだ。ガーティはと言えば、そんな努力すらしなかった。口をあんぐりと開けてノーランの顔を見つめ、衝撃を受けているのは明らかだ。彼のいまの発言は、わたしたちが予想もしなかった内容だった。

「Facebookだろうね」アイダ・ベルが言った。「SNSのせいで離婚が増えてるって記事を読んだよ。高校時代の恋人を見つけたあと、夫や妻を捨ててそっちに走る人間がいるらしい。かなり気が滅入る話だ」

ノーランがうなずいた。「僕はそういうことが流行《はや》っているのを知らなかったんです。ポップカルチャーに疎《うと》いもので。でも、ある晩ゲイルがノートパソコンを開きっぱなしにしていたので、僕はベッドに入る前に天気を確認しておこうとしたんです。ふたりがメッセージでやりとりしているのを読んでしまいました」

「ゲイルが昔つき合ってた相手かい？」アイダ・ベルが尋ねた。

ノーランは眉根を寄せた。「違うと思います。どのメッセージにも昔を振り返るようなことは書いてなかった。男はゲイルよりも、あー、ちょっと年下で、軍人で、現在は海外に派遣されてるとか。これで、僕がふつうの種類の浮気じゃないと言った理由がわかったでしょう。オンラインで会話するだけで好意を抱くようになるとはとうてい信じられなかったけれど、僕が間違っていたようです。メッセージのなかでは、ふたりの気持ちが非常にはっきりと述べられていました」

「ゲイルはその男に送金したりしてないよね？」アイダ・ベルが訊いた。「聞くところによると、こういうケースは実際に関係を持つことより、お金を引きだすことのほうが目的だったりするそうだから」

「きっとそうなんでしょうね」ノーランは言った。「確かに、男からのメッセージでは送金してくれないかと一度言ってきていました、休暇に彼女を訪ねられるように。でもゲイルは口座が夫との共同名義になっているのでそれはできないと返信していました」ノーランの顔が赤くなった。「男は彼女が既婚者であることを知ってたんです。いったいどんな男だ」

「嘆かわしい男ね」とガーティ。「ゲイルが送金できなかったとき、男はなんて言ってきたの？」

「少し腹を立てたみたいでした」ノーランは答えた。「でも、無理やり送金なんてさせられないし。彼は海の向こうにいるわけだから、あなたの言うとおりなら、たぶん次のターゲットに狙いを変えたんでしょう。あるいは、いつも同時進行で数人の女性に働きかけていたか」

「たぶんそっちだろうね」アイダ・ベルが言った。「ゲイルはそいつとまだ連絡を取り合ってたのかい？　その……」

「わかりません」ノーランはひどくつらそうに見えた。「ゲイルは、やりとりを僕に見られたかもしれないと気づいたんじゃないかと思います。パスワードを変更して、二度とパソコンをログインしたままにしなかった」

「この話、カーターにしたと言ったわよね？」ガーティが訊いた。

「はい。彼はゲイルのパソコンを持っていきました。僕は話したくなかったんです。ひどく恥ずかしい話だから。でもカーターに、ゲイルは最近誰と連絡を取っていたかと具体的に尋ねられたので。嘘はつきたくなかった。たぶん関係はないとわかっていますが、黙っているのは後ろめたくて」

「正しい決断をしたと思うわ」とわたしは言った。「たとえなんでもなかったと判明したとしても、話しておいたほうがよかったわよ。黙っておいて、やっぱり話しておくべきだったと思い悩むのに比べたら」

「僕もそう思ったんだ」ノーランが言った。

アイダ・ベルが残念そうに首を振った。「そんなもの、見つけないで済めばよかったねえ。もやもやが増えて、精神的にいい影響のあることじゃない」

「そうですね」ノーランはひどく悲しそうな顔で言った。「すみません、少し横になることにします。ランチを用意してもらったのに申し訳ない、ガーティ。あとで必ず食べますよ、起きてから。みなさん、好きなものを食べてください。僕がひと月かかっても食べきれないほどの食料がここにはある。誰かに食べてもらわないと悪くなってしまう」

「ランチのことは気にしないで」ガーティが言った。「寝室へ行くの、手伝わせてちょうだい。あなたは疲労がたまってるし、体力を温存しておかなくちゃ、人の助けを借りずにやりたいことのために」

ノーランがうなずくと、ガーティは彼の車椅子の向きを変えて、足を引きずりつつキッチンから出ていった。ふたりがいなくなって一分はたってから、わたしはアイダ・ベルのほうを向いた。

「思いもしなかった展開」わたしは言った。「ゲイルが浮気をしていたなら、相手はニューオーリンズにいるのかと思ってた」

「あたしもだよ」アイダ・ベルが同意した。「彼女は週の大半を向こうで過ごし、ノーランはシンフルから出ないとなると、それが一番面倒がないからね」

「ノーランは最近ゲイルがニューオーリンズに泊まってくるようになったとも言ってたわよね」わたしは指摘した。「地元にも誰かいたってことかもしれない」

アイダ・ベルが眉を寄せた。「どうかね。ゲイルみたいな性格の女が浮気をするってだけでもあたしには想像しがたいし、ましてや相手がふたりとなるとね」

「それじゃ、どういうことだと思う?」

「ゲイルとキャットフィッシュとの関係は、ノーランが彼女のパソコンにアクセスできなくなったあとも続いていたんだろうか。ゲイルがニューオーリンズでそんなに長い時間を過ごすようになった理由は、浮気相手とメッセージのやりとりができるようにってことだったら？」

「一番単純な説明がたいてい正しいってやつ？」わたしはうなずいた。「合ってそうね、彼女が殺害されたって点を除けば」

「ゲイルがその男は詐欺師だってことを突きとめて、それを暴露してやると言ったとしたら？」

わたしは目を丸くしてアイダ・ベルを見つめた。「わたしたちの考えじゃ、キャットフィッシュはシンフルの住人か、ここに密接なつながりのある人間だから」

アイダ・ベルがうなずいた。「つまり、ゲイルは相手が誰か当てたのかもしれない」

「うわ」

第13章

ノーランが横になるのを手伝いにいっていたガーティが戻ってきた。さっき彼女が温めておいたラザニアとミートソース、そしてバゲットを、アイダ・ベルとわたしがテーブルに並べ終えようとしているところだった。信じられないほどいいにおいがしているので、早く食べたくてうずうずする。イタリアンはシンフルの定番料理ではないから、あまり期待しないでおこうと心に決めた。ラザニアはわたしがワシントンDCを恋しく思う数少ない理由のひとつだ。

「これ、すごくおいしそう」わたしはパスタが山盛りになったお皿を前に腰をおろした。

「本当においしいわよ」ガーティが言った。「それを作った人はニューヨークから越してきたイタリア人なの。彼女、四十年かそれ以上こっちで暮らしているから、もう誰もヤンキーだなんて思ってないけど、彼女のお母さんは英語がほんの少しも話せないのよ。イタリア語だけ」

アイダ・ベルがうなずき、ラザニアをひと口分切った。「南部で最高においしいイタリア料理だよ、間違いなし」

期待に胸をふくらませて、わたしはひと口食べたあとため息を漏らした。ふたりの言うとおりだ。北部で食べたイタリア料理に少しも引けを取らないし、大半よりもおいしい。続いてパリッと焼けたガーリックブレッドをかじったわたしは、こんなに食事を楽しんでしまっている自分を後ろめたく感じそうになった。この食事にありついた状況を考えると。

「この人、お金を取るべき。わたし、払う」

「お金を払うって住民はいっぱいいるでしょうね」ガーティが言った。「だからあたし、彼女にそう言ったのよ。でも彼女、仕事にする気はないんですって。ガスコンロの前では子供たちが小さいころに充分長い時間を過ごしたから、いまは気が向いたときだけ料理することにしてるそうよ」

「子供は七人いるんだ」アイダ・ベルがつけ加えた。

「そんなに」わたしは言った。「料理に掃除、洗濯と、その人休む暇がぜんぜんなかったでしょうね、寝てるとき以外」

ガーティがうなずいた。「それにたぶん、睡眠時間もすごく短かったはずよ」

わたしがアイダ・ベルのほうを見ると、彼女はガーティに尋ねた。「ノーランは眠ったかい？」

「あたしが出てくるときにはうとうとしはじめてたわ。テレビがついてるから、小さな声で話してれば、こっちの声は聞こえないはず。フォーチュンの位置から廊下が見張れるし、もし彼が来るのが見えたら、あたしたちに教えられるでしょ」

「よし」アイダ・ベルはそう言って、さっきふたりで考えたことをガーティに伝えた。わたしたちに比べると情報を咀嚼《そしゃく》する時間が短かったにもかかわらず、ガーティはアイダ・ベルが結論まで話し終えるより先に状況の重大さを理解したようだった。

「胸がざわつく話ね」彼女は言った。「その、あたし、本当におそろしい犯罪って昔から苦手なんだけど、今度の事件は全体にこれまで経験したことのない……悪意が満ちてる気がするの。少なくともシンプルでに経験したことのないような」

アイダ・ベルがうなずいた。「あたしはあんまり空想めいたことは考えないんだけどね、あんたに賛成だよ。ふだんあたしは論理的で体系的な考え方をするんだけど、いまはなんだか頭の上に暗雲が立ちこめてるような気分で、嫌な感じだ。最近はずいぶんとひどい事件を目の当たりにしてきた。今回こんなにあたしたちの胸が騒ぐのは、本当にかなりまずい何かが隠れてるって意味だよ」

現状について、わたしはアイダ・ベルやガーティほど強い危機感を覚えてはいなかったけれど、確かに今度の犯罪はこれまでよりも不穏な感じがする。それはわたしがゲイルに会ったことがあり、彼女に好感を持っていたからか、またはノーランに同情しているからという可能性もあったが、どうも違う気がする。少なくともそれだけが理由じゃない。ほかに、つかみどころのない黒い何かが関係している。

「それじゃあたしたち、キャットフィッシュは誰かを突きとめることに逆戻りってわけね」ガーティが言った。「同一人物だと仮定して」

「同一人物じゃなかったら、とてつもない偶然ってことになると思うよ」アイダ・ベルが言った。

「でも、どこから手をつける?」わたしは訊いた。「答える前に考慮に入れてほしいのが、この男は自分の正体がばれないようにするために人をひとり殺してるってこと。また殺すのをためらうとは思えない」

「それに犯人はうまくやった」アイダ・ベルが言った。「マートルによれば、物音を聞いた住民はひとりもいないそうだからね」

わたしはうなずいた。「そこも気になるのよね。ピーチズは死んだみたいにぐっすり眠るって言ってたけど、すぐ裏の家から銃声が聞こえたら、目が覚めるはずでしょ。いっぽうマートルが聞いた話じゃ、ノーランはパンッという音を聞いたのよね。話が合わない」

「消音器《サプレッサー》が使われたと考えてるのかい？」アイダ・ベルが尋ねた。

「そうじゃないとおかしい。まわりにこれだけ家が建っていて人がいたのに、誰も何も聞いてない？　ありえないでしょ」

「そうだね」アイダ・ベルが言った。「それじゃ、あたしたちがさがす殺人犯は装備を持っていて、準備してきたってことだ。そのことから何がわかる？」

三人ともしばらく無言になったが、ガーティが急に顔を輝かせた。「写真を見てみない？　役に立たないかもしれないけど、でも確かめる意味はあるでしょ」

「見てみる価値ありだね」アイダ・ベルが言った。「あんたが自分の足を不自由にしてまで撮った写真だ」

「それにピーチズにトイレの床のモップがけまでさせて」わたしはガーティに思いださせた。

「正当な理由があってのことだもの」とガーティ。「ちょっと待って、カメラを出すから」

「いい」わたしは言って、すばやく立ちあがった。「あなたは座ってて。あしたその足首で歩けたら、ラッキーよ」

勝手口のドアノブにかけてあったガーティのバッグをつかむと、わたしはカメラを取りだした。椅子に腰かけてから写真をスクロールしていく。最初の二、三枚に裏庭が部分的におさまっているだけで、トレリスはちらりとも写っていなかった。次の連写はテラスの手すりから撮られたもので、トレリスが写り、焦点も合っている写真が数枚あったのでほっとした。

距離はさまざま。

わたしは写真をスクロールバックしてからアイダ・ベルとガーティのあいだに立ち、写真を見せた。「この辺の写真にトレリスがよく写ってる。でも、ここから何がわかるかは不明」

わたしがつぎつぎ見せていく写真を、アイダ・ベルはじっと見つめた。「大きな画面で見る必要があるね。そうすれば、見逃しがちな細かいところまで確認できるかもしれない」

わたしはうなずいた。「クローズアップ写真も何枚かあって、トレリスの下の地面が写ってる。足跡が見えると思うんだけど、そうね、これをコンピューターにダウンロードしてもっとよく見てみる必要がある」

クローズアップ写真をもう二、三枚スクロールすると、青と白が広がるぼんやりした一枚が現れた。一瞬何かわからなかったが、ガーティはテラスから落ちていくときにまだシャッターに指をかけたままだったのだとすぐ気がついた。かなり戸惑う空の写真。次の一枚はぼんやりした緑に青い点々が写っていたので、灌木に突っこんだガーティがそこから撮ったものだろうと推測した。

アイダ・ベルがやれやれと首を振った。「その足首、診《み》てもらったほうがいいよ」

「どうして?」とガーティが訊いた。「医者は捻挫についてなんにもできないわよ。長時間人を待たせて、大金を請求して、安静にしてろって指示を出して帰らせるだけ」

「折れてたらどうするのさ」アイダ・ベルが尋ねた。

「そうしたら、医者はあたしに例のヘンテコなブーツを履かせて静かにしてろって指示を出して帰らせるでしょうね」ガーティが答えた。「結局は同じこと」

「ガーティの判断は正しいと思う」わたしは言った。「捻挫や細いひびについてはできることってほとんどない。それに正直言って、もし骨折してたら、ガーティはいま全然歩けないはず」

「たぶんあんたの言うとおりなんだろうね」アイダ・ベルが言った。「でもそのうち、医者嫌いのおかげでガーティは検死官のところへ直行することになるよ」

「で、これからどうする?」わたしは尋ねた。

「ゲイルのパソコンをちょっとでいいから見てみたいわね」ガーティが言った。

わたしは首を横に振った。「無理無理。保安官事務所で保管されてるんだから。わたしたちはすでにホテルで大失敗しかけてる。あそこの防犯カメラが故障してなかったら、いまごろ全員留置場のなかだった」

「あたしは何かしようなんて言ってません」ガーティが文句を言った。「あたしはただ、ゲイルがパスワードを変えたあと、キャットフィッシュとどんな話をしてたのか見られたらいいわねって言おうとしただけよ」

「じゃあ、そいつは無理だ」アイダ・ベルが言った。「だから、その考えはとっとと忘れちまいな」

ガーティは唇をとがらせて椅子の背にドスンともたれた。彼女が言い分を通したら、わたしたちは保安官事務所の裏口を吹き飛ばして侵入し、パソコンを持って逃走する計画を立てることになるが、わたしは絶対にそんな無茶苦茶な計画に引っぱりこまれるわけにいかない。すでにカーターと、それにＣＩＡの上司とも薄氷を履《ふ》むような関係にあるのだ。もし自分に注目が集まるような真似を続ければ、モロー長官はわたしの潜伏場所をシンフルからどこかもっとずっとひどい場所へと移すはずだ。

「何か考えましょ」わたしは言った。

しかし、まったくなんのアイディアも浮かんでこなかった。


マリーは午後六時に戻ってきたので、わたしたちは保険会社の社員との話し合いについてかいつまんで話した。

「すごくいいニュースじゃない！」マリーは喜びの声をあげた。「ゲイルはどうやって契約したのかしらね。無理だって考えてたようだけど」

「保険のこと、彼女から相談されてたのかい？」アイダ・ベルが尋ねた。

「相談ってほどじゃないけど、ちらっと聞いてはいたわ。保険契約について問い合わせたけれど、金額にちょっとショックを受けたって。インスリン依存型糖尿病だから保険料が高くなるんですって。彼女の場合、糖尿病は昔からコントロールできてるそうだけど」

「ああ」アイダ・ベルが言った。「ゲイルが糖尿病だってこと、忘れてたよ。うん、あれだけの保障を受けるとなると、かなりの金額になっただろうね」

マリーがうなずいた。「ノーランは何か食べた？」

ガーティが答えた。「ラザニアにパン、それからパイを半切れ」

ノーランにお金が入ると知ってマリーは嬉しそうだったけれど、食事のことを聞くとさらに喜びが大きくなったように見えた。ノーランのそばに代わりにいてくれてありがとうと彼女がお礼を言うと、わたしはアイダ・ベルとガーティをできるだけ急がせて家の外へ出た。

ふたたびアイダ・ベルが運転席に座ったが、車のドアを閉めるやいなや、彼女は振り向いて目をすがめ、わたしを見た。「いまのはなんだったのさ」彼女は訊いた。「あたしたちを玄関から押しだすも同然だったよね」

わたしは首から上が赤くなるのを感じた。「わたしは、その、エマラインと顔を合わせたくなくて」

カーターと別れてから、彼の母とはまだ会っていないし、訊かれると確信している質問にはまだ答える準備ができていなかった。エマラインは率直で実際的な女性で、わたしは彼女のことが大好きだ。そんな人に嘘をつきつづけなければならないことが嫌だし、カーターまで嘘をつかなければならない立場に追いこんでしまってなおさら後ろめたく感じている。

「なるほど」アイダ・ベルが言った。「まあ、あんたを責められないね。そりゃあ気まずいだろうから」

わたしはうなずいた。きわめて控えめな表現。

「フォーチュンの家に行く前に、メアリー・エスターのところに寄ってもらってもかまわない？」ガーティが訊いた。

「寄る?」アイダ・ベルが聞き返した。「ここから八キロぐらい離れてるじゃないか」

「わかったわ、それじゃ、そこまで行ってもらってもいい?」ガーティが言った。「彼女に編み図を届けるって二日前に約束したんだけど、いろんなことが起きたものだから、どうしても忘れちゃって。Facebookでしつこく言ってくるの」

アイダ・ベルはあきれた様子だったが次の角で曲がり、メインストリートへ向かった。

「メアリー・エスターって誰?」わたしは尋ねた。聞いたことのない名前だ。

「夫に先立たれたお年寄りで、バイユー沿いに建つ古い家に住んでるの」とガーティが答えた。「シンフルに初めて入植した人の家系なのよ」

「家系だなんて、よく言うよ」アイダ・ベルが言った。「本人が最低でも二百歳に見えるじゃないか。きっとこの町の初代住人だよ」

「あら、二百歳にしては視力が落ちてないわよ」とガーティ。「いまだに編みものをするし、インターネットも使ってるし」

「だから?」アイダ・ベルが切り返した。「あんただって両方やるけど、あんたの眼鏡はディスコがイケてたころから作り直しが必要だったよね」

わたしはにやついた。この議論は絶対に飽きない。

「教えてあげる」ガーティが言った。「その件に対処するために予約を取ったの」

アイダ・ベルとわたしは彼女をまじまじと見た。

「真面目に?」わたしは訊いた。「眼鏡を新調するの?」

「いいえ」ガーティは答えた。「あたしって、ずっと眼鏡をかけているには若すぎるし流行に敏感すぎるって考えたの。それに、眼鏡ってあたしたちが激しめの活動をするとき、邪魔になるでしょ。あたしはね、レーシックの手術を受けることにしたのよ」

「なんてこった」アイダ・ベルが言った。「あれには年齢制限ってものがないのかい？」

「ありません」ガーティが鋭い口調で言い返した。「あたしは糖尿病でも白内障でもないから、手術適合者にしっかり入るの」

「医者がそう言ったのかい？」アイダ・ベルが訊いた。

「正確に言うと違うわ」とガーティ。「でも、インターネットで調べたのよ」

「ふうん」アイダ・ベルが言った。「本物の医者がばかげたネット情報に賛成するかどうか確認したほうがいいんじゃないかね、古い眼鏡を寄付する前に」

ガーティが顔をしかめた。「あなたってどうしていつもなんくせ虫なの？」

アイダ・ベルがやれやれと首を振った。「あたしは現実屋なだけだよ」

「あのね」わたしは口を挟んだ。「レーシックの手術を受けると、遠くはよく見えるようになるけど、読書用眼鏡が必要になるのは変わらないわよ」

ガーティが関係ないと言うように手を振った。「読書用眼鏡が必要なときは、走ったり、撃たれそうになったりしないでしょ」

わたしはうなずいた。文句なしに合理的な判断基準に思えた。

ダウンタウンを出ると、アイダ・ベルはハイウェイを走りはじめ、わたしは後ろへと飛んでいく水草や木々を眺めた。二キロ弱走ったところで、彼女は舗装されていない道に入り、湿地のなかの木々が茂る方角へと車を走らせた。角を曲がるとすぐ、急ハンドルを切ったかと思うと、道の真ん中を走ってきた対向車をかろうじてよけた。

「気をつけなさいよ！」ガーティが叫んだが、意味はなかった。ピックアップ・トラックはすでに走り去っていた。

「同じピックアップを見た。銃を撃ちに出かけたとき」わたしは言った。「あのときも車線をまったく守ってなかった」

アイダ・ベルが速度を落としてから車をとめた。ガーティとわたしの顔を見る。「いまのピックアップはブランドン・デュガスのだよ」

「ピーチズの夫？」わたしは訊いた。

ガーティが眉を寄せた。「それなら、シンフルの田舎道なんかを走って何をしてるのかしら？　いまごろはエビをいっぱいつかまえてるはずでしょ？」

「まったくだよね」とアイダ・ベル。

「ひょっとしたら、ピーチズに嘘をついてるのかもしれないわ」ガーティが言った。「本当は仕事をさぼってるのかも」

「それなら、お金はどこから入ってくるの？」わたしは尋ねた。「ピーチズが欲しかったたっていうあの花瓶、あれは安かったはずがないし、娯楽室にあったステレオとテレビゲームは最上位の機種だった。間違いない。武器以外で、わたしが唯一お金をかけるものだから」

アイダ・ベルが携帯電話を取りだした。「エビ専門店に電話して、そこのところはいますぐ解決しよう」

「もしもし」アイダ・ベルは言った。「親戚が大人数で訪ねてくることになったんだけど、どうしてもエビを開いたやつが食べたいって言うんだよ。ふだんはあたしじゃ手が出ないお値段だけど、最近は豊漁だって話を小耳に挟んだもんで。少しお手ごろになってるかもしれないと思ったんだけど」

少しのあいだ口をつぐんでから言った。「なるほどね。教えてくれてありがとう」

アイダ・ベルは電話を切った。「エビの豊漁はこの半年かそれ以上ないって。それどころか、いまはふだんより不漁だってさ」

「彼、どうして嘘をついたのかしら？」ガーティが訊いた。

「もっと重要なことがある」わたしは言った。「彼は本当は何をしているのか？」

ガーティが下唇をかんだ。「ひどく嫌な感じ。ピーチズは本当にいい娘《こ》なのよ――礼儀正しくて、品性もあって。もしブランドンがよからぬことに手を染めてるなら……」

「彼が何をやってるにしろ、それはお金になってる」わたしは言った。「それに妻に嘘をついてるわけだから、〝よからぬことに手を染めてる〟ほうに一票」

「賛成せざるをえないね」アイダ・ベルが言った。「まあ、一度にひとつずつ片づけてこう。ブランドンのことを心配するのは、ゲイルとキャットフィッシュの問題が解決してからだ」

彼女は車を発進させるとふたたび道を進みはじめた。ガーティは心配そうな目でわたしをちらりと見てから前を向いた。無理もない。わたしも心配だった。ピーチズはいい娘《こ》だ。ブランドンのせいで彼女が災難に見舞われたりしたらとんでもない。

少しして、車はさらに細い道へと入り、一キロ弱ほど走ったところでいまにも壊れそうな小さな家の前でとまった。家は周囲を木々にぐるっと囲まれて建っている。

「もしあの家の壁板がはずれそうになっても」わたしは言った。「あのイトスギのおかげで倒れずにすみそう。キーブラーの工場の不気味バージョンって感じ（製菓会社キーブラーの宣伝には木のうろに作られた製菓工場が登場する）」

「息子がニューオーリンズのアパートメントへ母親を引っ越させようとしたんだけど」ガーティが言った。「彼女はここから離れようとしなくて」

「で、息子は説得をあきらめたの？」わたしは訊いた。

「そうとも言えるわ」ガーティが答えた。「彼、死んじゃったから」

「それじゃ仕方ないわね」わたしは言った。

「あたし、急いでこれを届けてくるわ、そうすれば三人でつかまっちゃうのを避けられるでしょ」とガーティ。

「それがいい」アイダ・ベルはほっとした顔になった。

ガーティは車から降りると足を引きずりながら階段をあがり、ポーチに立った。ドアをノックしたところ、誰かが大きな声で返事をしたにちがいなく、そのあと彼女はドアを押しあけてなかに姿を消した。

「彼女といると頭がおかしくなりそうです」アイダ・ベルが言った。

「どっちのこと?」わたしは訊いた。

「はん! 両方だけど、メアリー・エスターのほうがたちが悪いね。文句しか言わないから。暑すぎる、寒すぎる、風が強すぎる、弱すぎる。神さまが彼女を長生きさせてるのは、たぶんそれが理由だよ。天国を作るときにミスったところを全部言いたてられたりしたくないだろうからね」

わたしはにやりとしたが、すぐにブランドンのことを思いだして笑みが消えた。「ブランドンが湿地でやってお金を稼げることって何?」

「密猟ってのが一番可能性として高いだろうね。ピックアップの荷台に覆いをかけてたから、あそこに何を隠しててもおかしくない」

「たいていの人は自分のために密猟するものと思ってた——つまり、自分の冷蔵庫にたくわえておくために」

「大多数がそうだと思うよ。でも、アリゲーターやハト、それにシカの肉のブラックマーケットが存在するからね。肉屋のなかには職業倫理なんかおかまいなしってところもある。シンフルの肉屋は違うよ。ショーティはいつだって裏がない。でも法律とかそういったことにあんまりこだわらない店もある。特に余分のお金をポケットに入れられるとなれば」

「尋ねず、語らずってやつ?」

「そっ。もし警察に訊かれたら、前のシーズンの肉が冷凍してあって、完全な在庫切れにならないよう一度に少しずつ出してきてるんだって答えるだろう」

「警察も捜索令状がなければ、冷凍庫を検《あらた》めて実際なかに何が入っているか見ることはできない」

「そのとおり」

「本当にその程度のことだと思う?」わたしは訊いた。密猟は悪趣味だし、違法な行為だが、ブランドンがやっている可能性のある犯罪としては軽いほうだ。湿地に隠れて悪事を働いていたほかの地元民は、メタンフェタミンの製造に密売、武器取引を行っていた。ちょっとした密猟なら、逮捕されたとしても軽い罰でおしまいだろう。ちょっとしたメタンフェタミン製造なら長い刑期を食らう。

玄関ドアがぱっと開き、ガーティがひょこひょこと車まで戻ってきた。「足首を痛めたから、病院へ連れていってもらう途中だって言わないと駄目だった」と彼女は言った。「さもないと、いつまでもあそこから出てこられなかったわ」

「これから病院に行こうよ」アイダ・ベルが言った。

「うるさいこと言うのはやめてちょうだい。フォーチュンの家に着いたら、彼女に見てもらうわ」ガーティが答えた。「フォーチュンが医者に診てもらう必要ありと判断したら、その場合は行くわよ」

その返事にアイダ・ベルは満足したらしく、わたしたちはシンフルへと向かった。十分後、車はうちの私道に着いた。家のなかに入ると、わたしはリクライニングチェアを指差してガーティを座らせ、正面の窓のブラインドをあげて部屋が夕方の日差しで明るくなるようにした。リクライニングチェアのフットレストを高くし、ガーティの足首に巻いてあったふきんをほどく。

足首はすでに腫《は》れあがって紫色になっていたが、予想していたほどひどくはなかった。人差し指で横に触れてみる。「痛い？」

「少し。でもそんなにひどくじゃないわ」とガーティ。

「咳止めシロップを持ってきてくれる？」わたしはアイダ・ベルに頼んだ。「食品庫に二本あるから」

〈シンフル・レディース〉の咳止めシロップは咳を止め、ほかにもいろんな症状をおさめてくれる。実際は特製の密造酒なのだが、薬草から作った薬として瓶詰めされて売られている限り、シンフル住民はみな見て見ぬ振りをし……一、二本購入する。

アイダ・ベルが瓶を持って戻り、ガーティに渡した。

「ごくっとひと口」わたしは言った。

ガーティは密造酒を大きくひと口あおってから瓶をアイダ・ベルに返した。「それ、キッチンに戻してきて。あとひと口でも飲んだら、あたしこの椅子に座ったまま眠りこんで、写真を見られなくなっちゃうわ」

「まだ痛みを感じる？」わたしは訊いた。

「ちりちりして熱い感じだけ」ガーティが答えた。「やってちょうだい」

わたしは両手を伸ばすとガーティの足首をそっと押しはじめ、骨があるべき場所にあり、突きだしてなどいないことを確かめた。ガーティは一、二度顔をしかめたけれど、それ以外は声をあげもしなかった。

「どう？」わたしの確認が終わると、彼女は訊いた。

「どこも折れてない」わたしは答えた。「細いひびが入ってる可能性はあるけど、もしそうなら、歩くのがもっと困難なはず。捻挫と考えるのが妥当だと思う」

ガーティがアイダ・ベルを見あげた。「それで納得？」

アイダ・ベルがうなずいた。「そこをしっかり固定して、腫れを抑えるために氷で冷やそう。アスピリンを服《の》みな。足を高くしていられるよう、下にクッションを入れてあげるよ」

「でも、写真を見なきゃ」ガーティが反論した。

「ノートパソコンをこっちに持ってきて、写真をダウンロードする」わたしは言った。「全部この居間でできるわ」

わたしが包帯で丁寧にしっかり固定したあと、アイダ・ベルがガーティの足をクッションにのせ、まわりにアイスパックを巻いた。わたしはキッチンからノートパソコンを持ってきてカメラとつなぎ、写真をダウンロードした。ダブりや使えない画像を削除するのに十五分かかったが、最終的に見なおす価値のあるよく撮れた写真十五枚が残った。わたしがリクライニングチェアの片側の肘掛けに腰をのせ、反対側にアイダ・ベルが座って、ショーを開始した。

「ここに地面が写ってる」わたしは言った。「遠くからと、次がクローズアップ」

三人そろってその写真をのぞきこんだ。「ここなんだけど」わたしはトレリスの正面の土がほぐれた場所を指差した。「足跡が見えるでしょ」

「見えるわ」ガーティが興奮して言った。

アイダ・ベルがうなずいた。「絶対に男の足跡だね」

「あるいはビューラーか」わたしは言った。

「確かに」アイダ・ベルが賛成した。「でも、彼女であってほしくない」

「わたしも」そう言って、次の写真を映した。「これがトレリスの写真で、地面からちょうど寝室の窓の下まで続いているのがわかる。これが下のほうのクローズアップ」

アイダ・ベルとガーティが身をのりだして写真をのぞきこんだ。「ここ、わかるかい？」

アイダ・ベルが指したのは、数枚の葉の端が丸まりだしている箇所だった。

ガーティがうなずいた。「犯人はそこからのぼったのね。つるを傷つけてしまって、そこが枯れかけてるんだわ」

わたしはさらに細かく見てみた。「反対側にも同じようなところがない？」

「あるみたいね」ガーティが言った。「犯人がおりてきたときにつけたとか？」

「でも、男はトレリスをくだってこなかった」とアイダ・ベル。「階段を走りおりたんだよ。忘れたのかい？」

次の写真には反対側のクローズアップが写っていた。「こっち側のほうが丸まってる葉が多いように見える」わたしは言った。「それに葉の色もちょっとだけどあっち側よりも薄くなってる」わたしは眉をひそめ、もう一度地面のクローズアップ写真に戻った。

「何を考えてるんだい？」アイダ・ベルが尋ねた。

「地面には足跡がいくつかある」わたしは答えた。「でもこれはほかのよりほんの少しだけ深いように見える。このアングルからだとわかりにくいけど」

「それはどんなことを意味するの？」ガーティが訊いた。

「同じ靴を履いている、もっと体重の重い人によってつけられたか、同じ人物が地面に近づいたところでトレリスから飛びおりたときに、ふつうにおりるよりも深い足跡が残ったか」

「でも、男はこっちからおりてきたんじゃない」アイダ・ベルがその点を繰り返した。

「事件のときはね」わたしは言った。「でも、犯人がトレリスをのぼったのは、あれが最初じゃなかったとしたら？」

ガーティが目を見開いた。「ゲイルを見張ってたと思うの？　のぞき魔みたいに？」

わたしはかぶりを振った。「もっとずっと単純なことだと思う。犯人は周囲を下見して、チャンスが到来したときに計画の邪魔になるものがないことを確かめたのよ。予備調査みたいなもの」

アイダ・ベルがうなずいた。「つまり、トレリスは自分の体重に持ちこたえられて、脆《もろ》くなってるところもないってことを確かめたわけだ」

「そのとおり」わたしは答えた。

ガーティが目を丸くした。「でもそれじゃ、犯人はしばらく前からゲイルを見張ってたってことよね。どれが主寝室の窓か知っていて、ゲイルが帰宅してノーランよりも先にベッドへ行くのをどこかで待っていたにちがいないわ」身震いする。「ぞっとするわね」

「それにとても計画性が高い」わたしが言った。

「〝激情に駆られた〟って主張は弁護に使えないね」とアイダ・ベル。

「最初につけられたツタの傷だけど、どれぐらい日数がたってると思う？」わたしは訊いた。

「長くても二、三日ってところじゃないかしら」ガーティが答えた。「そうじゃなかったら、もっと目立ってるはずよ」

アイダ・ベルが賛成した。「マリーが言ってたけど、ゲイルは殺される前のふた晩、シンフルに戻ってこなかった」

「それなら、犯人はおそらくそのとき下見をした」とわたしは言った。「家にノーランしかいなければ、見られたり、音を聞かれたりする可能性が低くなる」

アイダ・ベルが眉をひそめた。「わからないんだけどさ。キャットフィッシュが誰か突きとめてたんなら、ゲイルはどうしてシンフルに戻ってすぐ保安官事務所に行かなかったんだろう？」

「確信はなかったのかも」わたしは言った。「その時点ではまだ勘づいた程度だったとか。あるいは間違いないと思っても証拠がなかったか」

「忘れちゃいけないのが」とガーティが言った。「もし保安官事務所に行ったら、彼女は浮気をしていたと告白しなければならなかったってことよ」ため息をついた。「なんて下劣なのかしら。人の感情を利用して、お金をだましとろうだなんて。麻薬や武器の密輸なんかはなんとなく理解できるのよ、ブローカーにとって個人的な感情は関係ないから。でも、こんなことを何度も繰り返せるのってどんな人間？」

「社会病質者《ソシオパス》だね」アイダ・ベルが答えた。「良心を持たない人間だよ」

わたしもうなずいた。「残念だけど、そういう人間を見つけるのは思うほど簡単じゃない」

アイダ・ベルとガーティが黙りこんだ。シンフル住民を次々思い浮かべては、邪悪な側面を誰にも気づかれずにここまできた人物を突きとめようとしているのだろう。

「そうだ」わたしは言った。「ゲイルのFacebookページは見てみた？」

ふたりとも首を横に振った。

「思いも浮かばなかったよ」とアイダ・ベル。「きっと大っぴらにはその男とやりとりしなかっただろうし、友達として追加すらしてなかったかもしれない」

「調べてみましょ」わたしはそう言ってゲイルのページに飛び、彼女のウォールを表示した。また行き止まりだった。この半年、彼女は投稿をしていなかった。

「自分のページを開いていなかったなら」わたしは言った。「プライベート・メッセージが届いたときにどうしてわかったの？」

「通知を設定していれば」ガーティが答えた。「指定のアドレスにメールが届いたはずよ」

わたしはパソコンを閉じた。「それじゃ、犯人はそうやって連絡していたんでしょうね。

でも、いまだにわからないのは、そもそもどうしてゲイルを狙ったのかってこと。ほかの女性たちは独身で、年齢ももう少し上だった」

「ノーランが障害者だからかね？」アイダ・ベルが可能性を述べた。「犯人はゲイルが人生に不満を覚えてるって考えたのかもしれないよ、どうやらそのとおりだったみたいだし」

「それに彼女は慈善活動をしてたでしょ」ガーティが言った。「だからいい金づるになると判断したのかもしれないわ」

携帯電話が急に鳴ったので、わたしはびくっとしてポケットから引っぱりだした。カーターからメッセージだ。

十五分でそっちに行ける。いいか？

「どうしたの？」ガーティが尋ねた。「苦しそうな顔してる、まるでプッシュアップブラをあたしに無理やり着けさせられたみたいな」

詳しい話はしたくなかった。いまは。でも、本当のことを話さずに、ふたりに帰ってもらう方法は思いつけなかった。

「きのう、射撃場でカーターにばったり会ったの。今夜ここで話がしたいって言われた」

ガーティが顔を輝かせた。「カーターは正気を取りもどしたのかもしれないわね」

「違うと思う」わたしは言った。「どうしてわたしとつき合えないのか、もう少しきちんと説明しないと悪い、そう感じてるって言ってた」

アイダ・ベルが険しい顔になった。「それはあたしも同感だけど、説明したからって、長い目で見て何か違いがあるかね？」

「ない」わたしは言った。

「でも、知りたいでしょ、あなた」とガーティ。

「そりゃ知りたい」わたしは強く息を吐いた。「なんでただ忘れてしまえないんだろう」

「あなたが彼のことを思ってるからよ」ガーティがあっさりと言った。「カーターはいつ来るの？」

「十五分後。わたしがOKと答えたらだけど」

アイダ・ベルが椅子の肘掛けから腰をあげた。「OKしな。カーターが何を話すつもりにしろ、あんたが忘れる助けになるかもしれない。ならないかもしれないけど。それでも、カーターは間違いなくあんたにもうちょっとちゃんとした説明をする義理がある。さあ、あたしたちは帰るよ。何かあったら電話しとくれ」

わたしはうなずき、彼に返信した。


OK。

返信してから考えた。わたしはどんな苦痛に身をさらしてしまったのか。

第14章

最初のメッセージを送ってきてからきっかり十五分後、カーターの車がうちの私道にとまった。気持ちを落ちつけるために咳止めシロップを飲みなさい、とガーティが言って聞かなかったのだけれど、たいして効果はなかった気がする。身体的な脅威ではない相手と会話するだけなのに、偽装して標的に話しかけるときよりも緊張している自分に戸惑った。彼は感情面で脅威だからだ。

ため息をついてドアを開けにいった。それはわたしが対処法の訓練を受けていないただひとつの脅威。

カーターはためらいがちと言ってもいいほど静かに入ってきたので、彼も緊張しているのだと気がついた。それはせめてもの救いで、ほんのわずかだけれど気分がよくなった。

わたしはキッチンへと歩きだした。彼が何を話すつもりにしろ、テーブルがあいだにあったほうが話しやすいだろうし、わたしも両腕をだらりと脇にたらしているより手の置きどころがあったほうがいい。何か飲むものがあればさらにいいはずなので、まっすぐ冷蔵庫に向かった。

「ビール飲む？」

「いいね」彼はそう答えると、ありがたそうな表情でこちらを見てテーブルの前に腰をおろした。

わたしはビール二本の栓を開け、彼の前に腰をおろした。カーターは疲れて見えた。それと、悲しげ？　その原因はわたしだろうか、それとも事件のせいだろうか。

「疲れきって見える」沈黙が耐えられなくなって、わたしは言った。

「実際疲れきってる」彼は答えた。「おふくろの前じゃ認めないが、いまのおれは百パーセントじゃない」

「脳震盪《のうしんとう》は完全に回復するまでに時間がかかる。それに、あなたはあんまりちゃんと休んでないし」

「わかってる。だが、ここのところなんだか休んでる時間もなくてな。まるで町全体がひっくり返っちまったみたいだ」ビールに目を落とし、指で瓶を叩いた。「ここに戻ってくることで、おれが避けようとしてたのはまさにこういうことだったのに……今度の殺人事件みたいな」

わたしはうなずいた。海兵隊を除隊になったあとシンフルへ戻ってきたのは、自分がイラクで見たようなことから、できる限り遠く離れていられる場所だと考えたためだ、そう彼は語っていた。残念ながら、そのような結果にはならなかった。

「そうは言っても」わたしは言った。「犯罪はどこでも起こる」

「もちろんそうだ。しかし、シンフルで起きる犯罪と言えば、これまでは密猟や飲みすぎ、たまに暴行罪といった程度だった。人の死もふつうの種類ばかり——自然死や不慮の溺死《できし》、そんなところだった」

「そればっかりじゃないでしょ」わたしは言った。「マリーの夫は何年も前に殺されてた。あなたたちはそのことを知らなかっただけ、この夏まで。それに過去にさかのぼる犯罪はほかにもあった。シンフルはあなたが信じていたほど平和じゃないのかもしれない」

カーターはわたしの後ろの壁をじっと見つめていたが、ややあってうなずいた。「たぶんそうなんだろう。それに、犯罪はだいたいどこでも深刻化してる。ここではエスカレートしないなんて考えたら、ばかだろうな。それでも、今度のゲイルの事件はおれが予想もしなかったものだ。家庭内トラブルが悪化しているのは知ってるが、でもあんなことが？」

「誰もが驚き、ショックを受けてると思う。あなたは少数派じゃない」

「違うだろうな」彼はまっすぐわたしを見た。「とにかく、おれがシンフルに戻ってきたのは見当はずれだったとはっきりしたようだ。避けたかった種類の悲劇に次々遭遇してるんだから」

「大都市だったらもっとひどかったはず」

「ああ、しかしたぶん個人的なかかわりはなかった」

わたしはうなずいた。彼の言いたいことはよくわかる。シンフルに来る前のわたしにとって、個人的なかかわりのあるミッションはひとつもなく、おかげで精神的には仕事をこなすのが楽だった。潜入し、任務を片づけ、脱出する。ところがシンフルでは人々と親しくなった。大切な人たちができ、その人たちが危険にさらされたときは、さまざまな感情に押し流されそうになった。わたしには想像できないほど、カーターのほうがつらかったはずだ。ほとんどの住民をずっと昔から知っているのだから。

「言いたいこと、わかる。わたしの仕事は、まあ、仕事だけれど、こっちに来てからあれこれ巻きこまれた理由は、わたしにとって大切な人たちができたから。それが次の任務だったからじゃない」

カーターが小さくほほえんだ。「本当によく巻きこまれたよな。おれはきみが怪我したり、殺されたりするんじゃないかとひどく心配してた。心配するべきはきみが接触した相手のほうだったのに」

彼はほほえんだままだったので、いまのは軽口であり賛辞でもあったのだろう。それでも、わたしが彼をどんな立場に追いこんでいたかを容赦なく思いださせられたし、わたしの身の安全を彼がずっと心配しつづけていたことを考えると、いまだに後ろめたかった。

「心配させてごめん」気が変わらぬうちに言った。「その、誰か心配してくれる人がいるっていうのが嫌だったなんて言うつもりはない――わたしにとってはちょっと新たな体験だった――でも、もう少し事情を話せていればよかったと思う。そうすれば、あなたはそこまで心配せずに済んだろうから」

「謝ってくれたのはありがたいが、正直言って、知っていてもたいした違いはなかったと思う。おれはすでにきみに惹かれるようになっていた。実際、きみがどうしてここにいるのか、そしてきみがその正体ゆえにリスクを冒すことを厭《いと》わないと知ったいまのほうが、おれの心配は強くなってる」

わたしは眉を寄せた。そんなふうに考えてみたことはなかったけれど、彼の言うとおりかもしれない。でも、CIAで長く働いてきたわたしは、存在そのものがリスクを伴っている。アーマドは最大の脅威だが、わたしにとって敵はひとりじゃない。

「これはおれがいまから説明しようと思ってることとも関係があるんだ」カーターは言った。「いまからきみに明かすことは誰にも話したことがない。おふくろにもだ。だからこの話はここだけの話にしておいてくれると助かる」

「もちろんよ」わたしは彼の告白にちょっと驚いた。これまで打ち明けた相手がほかにひとりもいないなんて、いったいどれほどひどい話なのだろう。

「おれが海兵隊時代にイラクに派遣されていたのは前に話したとおりだ」とカーターは言った。「話してなかったのは、所属が武装偵察部隊《フォース・リーコン》だったことだ」

わたしは少し目をみはった。カーターは特殊部隊にいたことがあるのではと思っていた——物腰が高等訓練と経験を積んだ者のそれだからだ——が、フォース・リーコンと言えば、偵察を行う海兵隊員のエリートグループだ。要するに、凄腕《すごうで》中の凄腕ということ。何度か一緒に仕事をしたことがあるが、彼らの無駄のない動きと反応時間の速さに舌を巻いた覚えがある。

「驚いた」わたしは言った。「それで、除隊したあとにひと息入れる時間がどうしても必要だったわけね」

彼はうなずいた。「それなりにいろいろ経験したのは間違いない。ただし、おれを完全に打ちのめしたのは、任期が終わる直前に起きたことだった。再入隊しなかった大きな理由はそれだ」

彼はテーブルに目を落とし、深く息を吸ってからフーッと吐いた。「おれたちはモサド（イスラエルの諜報機関）の工作員三人と合同ミッションを行っていた。当然ながら詳細は話せないが、拠点攻撃のために、六カ月間彼らと共に機密情報の収集をしていた。工作員のひとりは若い女性――きみくらいの年齢で、そして劣らず殺傷能力が高かった」

最後の部分を言い終え、ふたたび顔をあげたカーターを見て、わたしは残りを聞かなくても、この話の行方を見通すことができた。彼の悲しく切なそうな表情にすべて表れている。彼女は死んだ。間違いない。

「その人と恋に落ちたのね」わたしは余計な言葉を加えずに言った。

「そう、かもしれない。感情が高ぶった状況だったから絶対とは言えないが、おれは彼女が好きだった。それまでほかの誰にも抱いたことがないほど強い感情だった」

「何が起きたの？　もし言えるなら」

「手違いだ、ああいう仕事ではときおりあるように。機密情報を山のように集めても、たったひとつ知らずにいた小さなことからすべてが崩れてしまう可能性がある」

わたしはうなずいた。実体験から知っている。

「彼女、死んだのね」

カーターはうなずいた。見るからに苦しそうな顔で。「それを防ぐためにおれにできることは、何もなかった。さらにひどかったのは、その場に彼女を置いてくるしかなかったことだ。さもなければ、おれたち全員が一緒に命を落とし、ミッションは完全な失敗に終わっていた」

わたしは胃がむかつき、息ができなくなった。兵士にとってこれ以上ない悪夢だ……部隊の仲間を置き去りにしなければならないのは。仲間を失うだけで充分つらいことだし、生き残った者たちはほぼ例外なく極度の罪悪感に苛まれる。結果を変えるためにできることが何もなかったときでも。ところがカーターの場合、その女性に抱いていた気持ちのせいで、すべてが増幅されてしまった。百万倍も打ちのめされただろう。百万倍苦しかったはず。そう考えた瞬間、彼がわたしとつき合えない理由がわかった。彼はもう二度と同じ喪失に耐えられないのだ。それなのに、わたしのような人間といると、彼がまさに避けようとしている恐怖が繰り返されるリスクが高い。毎日、わたしの背後を注視しては、何者かがわたしを銃で狙っていないかと神経をすりへらすことになる。

「そんな出来事があったなんて」わたしは言った。「あなたの気持ちがわかるとは言わない。わかるわけないから。そういう状況で仲間を失ったことが、わたしにはない。深い思いを抱いていた相手を失ったことは。あなたがどうしてわたしとつき合えないかは理解した。あなたを責めはしない。わたしがあなただったら、やっぱり無理だと思う」

「でも、問題はそこなんだ。きみがおれの人生に持ちこむだろうあれやこれやは嫌だが、それでもきみを求める気持ちは変わらない。ただ、どうしたらこの問題を解決できるかがわからないんだ……」

「わたしがＣＩＡにとどまる限りは」

カーターはうなずいた。「きみがいたい場所はそこなんだろ？」

かすかな希望が彼の声ににじんでいたので、わたしはもう少しで折れそうになった。でも、なんと答えればいい？　いまのわたしは過去から将来にいたるまで、自分の人生のあらゆる側面について確信を失っている。いまのわたしは溺《おぼ》れかけ、救命具を求めて必死にあがいている状態だ。

「以前だったら、答えるのは簡単だった」ようやく、わたしは言った。「でもいまはあまり確信が持てない。これまでのわたしは、なぜと自問することなく、自分の時間とエネルギーのすべてを仕事に捧げてきた。ここに来るまでは、自問してみることが必要だなんて気づきもしなかった」

「ハリソンから、きみのお母さんはきみがまだ子供のころに亡くなったと聞いた。もしお母さんが亡くなっていなかったら、きみは歩むべき道を一本には絞らなかったかもしれない」

わたしはうなずきながら、いまになって気がついた。カーターはわたしが何者でどういう仕事をしているかを知ったけれど、わたしの過去について彼が知っているのは、ハリソンから聞かされたことだけだ。

「あなたの言うとおりだと思う。母は父とはまったく違っていた。振り返ってみると、ふたりがどうして結婚したのか全然理解できないし、もし母が生きていたら、父と長いあいだ一緒にいたかどうかわからない気がする」

「でも、お父さん自身、長生きはしなかった」

「そう。父はわたしが十五歳のときに死んだ」

「そのあときみはどうしたんだ？　親戚のところへ行ったのか？」

わたしはかぶりを振った。「父方も母方も祖父母はわたしが赤ん坊のときに亡くなっていたし、両親はどちらもひとりっ子だった。遠い親戚はいるんだろうけど、会ったことは一度もない。知らない人にティーンエイジャーをぽいっと預けるわけにはいかないでしょ。そんなことしたら、誰も幸せにならない」

「里親と暮らしたのか？」

「まさか。そういうことにはならないようにモローがしてくれた。父が、自分の身に何かあった場合にはモローがわたしの面倒を見るという約束をさせていたの。わたしにとっては、モローが一番身内に近い存在。高校を卒業するまで、彼と奥さんが引きとってくれた。わたしは予定より一年早く卒業できたから、彼らと一緒に暮らしたのは一年ちょっとだけだったけど。両親共に保険金を残してくれたおかげで、大学進学は経済的な問題にはならなかった。卒業すると、そのままＣＩＡに入った」

カーターは首を左右に振った。「驚いたな。そんな若い年齢でずいぶんいろいろと対処しなければならなかったわけだ。つまり、ＣＩＡの非凡な工作員である父親と暮らしていたきみは、そのパートナーで当時から自身も功績をあげて評判の高かった人物と暮らすようになった。視野が狭くなっても不思議じゃない。ほかには何も知らなかったんだから」

「確かにそうなんだけど、それを理由にするのは安易すぎる」わたしはテーブルに身をのりだし、彼の目をまっすぐに見つめた。「つまり、自分の行動の原因は他人《ひと》にあるという単純な話なら、わたしは良心の呵責《かしゃく》を感じずに責任逃れができるけど、仕事はわたしの一部だというのが真実。シンフルに来たおかげで、わたしは自分自身について本当にいっぱい学んだ。なかでも大きかったのがわたしの一部を作ったのは仕事だということ。もしそうでなければ、本来ならかかわってはいけないことに、ガーティとアイダ・ベルと一緒に首を突っこんだりしなかった」

わたしが言ったことを、カーターがあまり嬉しく思っていないのが見てとれたが、同時に彼は理解してもいた。結局のところ、彼はシンフルに戻ってきたあとエビ漁には携わらなかった。法執行機関で働きはじめた。世の中にはあの種類の仕事に呼ばれる人、ほかの仕事に就くのは無理な人がいると、わたしは強く信じている。

「それじゃ、決心はついてるんだな」カーターは言った。「アーマドを排除できたら、ワシントンＤＣへ、ＣＩＡへ戻ると」

ため息をついた。「そういう簡単な話ならいいんだけど、そうはいかないと思う。ここへ来たことで、わたしは変わった……悪いほうへじゃない、個人的には。でも、ＣＩＡ工作員としての将来からすると、たぶんいいほうへじゃない。シンフルへ来てからずっと、わたしはあの日のことを考えてる。バイユーに靴をほうり投げたところをあなたに見つかった初日。あのときのわたしの考え方と、いまのわたしの考え方はまったく違っている」

カーターはうなずいた。「〝以前と同じ故郷へは帰れない〟だな」

「そのとおり。以前はひどく狭い世界で生きていたんだってことがわかってきて、だから向こうへ戻ったあともとの生活にすぐなじもうとしても不可能だって気がしてる。ＣＩＡできちんと職務を果たすには、ほんの少しでも仕事と同じくらいに大事だと思うことがあってはならない。でも、大切に思う人たちができ、仕事とは別の生活を実際に知ってしまったいま、そうしたものを手放す気にはなれそうにない。完全には」

「しかし、仕事も完全には手放したくないんだろう」

「できないと思うの。わたしがやらなければならないのは、両方を選べる新しい生活を実現することなんだと思う。どっちも百パーセントじゃないけど、どっちもゼロではない」

カーターはしばらく黙ってわたしをじっと観察していた。何か尋ねたいことがあるけれど、まだ迷いがあるといった様子。とうとう彼は訊いた。「それじゃ、これまではあれこれ自問するほど誰かを好きになったことは一度もなかったのか？」

「なかった」それは神に誓って真実だ。

「ハリソンは？」

「そんな考えは一度も頭をよぎったことがない。誤解しないで――ハリソンのことは好きだし、とてつもなく尊敬している。でも、おたがいを守る能力と義務という面でしか、わたしたちは相手に目を向けたことがないんだと思う。突きつめて考えれば、正直、わたしは彼を確かに好きなんだろうけど、そういうことはふだん考えない。なぜなら、仕事の妨《さまた》げになるかもしれないから」

「ハリソンも同じように感じてる、そう思うのか？」

「賭けてもいい。ハリソンはすばらしいパートナーだし、凄腕の工作員。CIAでわたしの命を預けられる相手はほかにいない。でも、どこまでいってもそれだけ。それに、ハリソンには前からつき合ってる女の子がいるの。実を言うと、つい最近彼からその話をされたところ。アーマドとの一件が片づいたら、彼は現場を離れるつもり。どうやら、わたしが危機的状況に陥ったせいで、彼もあれこれ自問したみたいね」

「そうか。保安官事務所の仕事をしてると、リスクは比較的少ない。しかし最近はそうも思えなくなってきた。それに、誰も彼も知り合いという場所で仕事をしてると、個人的な要素が入ってくる」カーターは首を横に振った。「今度の殺人には本当にガツンとやられた。ゲイル・ビショップはおれが知るなかで誰よりもやさしい女性だったし、彼女の活動は現実に社会を変えていた。大きな損失だよ、シンフルにとっても、ニューオーリンズにとっても、そして彼女がいなくなったためにもう救いの手を差しのべてもらえなくなった多くの人にとって」

「ノーランにとってもね」わたしは言った。「彼がどんな気持ちでいるかは想像もできない。唯一の光明《こうみょう》は、施設に入る心配をしなくて済むことね。保険金が入れば、必要な在宅ケアを頼む経済的な余裕が生まれるだろうから」

「保険っていうのは？」カーターが尋ねた。「一度、保険についてノーランに訊いたんだ……死亡証明書が必要になると知ってたから」

わたしは保険会社の社員が訪ねてきたこととゲイルが内緒で申しこんでいた保険契約について話した。「すばらしいと思わない？　その、状況を考えれば」

カーターはうなずいた。「少なくともひとつ心配が減るのは確かだ」

「死亡証明書が用意できたら、アイダ・ベルが書類手続きを引きうけるんじゃないかと思う」

「準備できたら、おれから知らせよう」

そのあとはぎこちない沈黙が落ちたので、わたしは椅子に座ったままもぞもぞした。教会に連れていかれた五歳児のように感じて――あるいは教会に連れていかれた大人のわたしか。唯一の救いは、カーターをちらっと見ると、彼も同じくらい居心地悪く感じているのがわかったことだ。それとも、居心地が悪いだけではなかったのだろうか。彼は窓の外をじっと見て、眉をひそめていた。

「何も問題なし？」

彼ははっとしたようにわたしの顔に目を戻した。「ああ。いや、そうでもないが、いまのところは大丈夫だ。そろそろ行かないと。書類仕事が山ほどあるんだ」

それは本当にちがいなかったけれど、帰る理由というよりも言い訳のように感じた。わたしは椅子から立ち、今夜の会話をどう考えたらいいのかわからぬまま、彼を玄関まで送っていった。わたしの気持ちは楽になっただろうか？　終結にたどりついただろうか？　この言葉、大嫌いなんだけど。いかにも通俗心理学風だから。

ドアの外に出ると、カーターはこちらを振り向いた。わたしは考えるより先に訊いてしまった。「まだわたしたち三人のこと、怒ってる？　あなたに嘘をついていたせいで」

カーターはため息をついた。「怒ってたら、もっとずっと簡単だったと思う。でもその場合、おれは自分を偽ることになる。きみたち三人はやるべきことをやっていた――委ねられた秘密を守っていただけだ。おれもそうするよう求められるときがあるから、必要だったのは理解できる。ただし、あれでよかったと言えば嘘になる。おれたちの誰にとってもよくはなかった」

わたしはうなずき、ふたたびどっと罪悪感が押し寄せてくるのを感じた。カーターは本当に尊敬すべき人物で、死ぬほどつらいにもかかわらずフェアであろうと努力している。

彼が立ち去ろうとして背中を向けたので、わたしは腕にそっと手を置いた。カーターが立ちどまり、こちらを振り向くと、わたしは言った。「気をつけて。なんらかの理由があってゲイルを殺した人間がいる。犯人にとって、もうひとり殺すのはたいしたことじゃないはず」

「おれもそう思う」

第15章

シャワーを浴びるため二階にあがろうとしたちょうどそのとき、携帯電話が鳴った。かけてきたのはアイダ・ベルで、彼女は慌てていた。

「カーターは帰ったかい？」

「たったいま出ていったところ。どうかしたの？」

「ああ。ガーティのとこで緊急会議だ。それなら、彼女は立ちあがらずに済む。あたしは着がえなきゃならないから、十分後に行く」

電話が切れたので、わたしは携帯電話を見つめながら眉をひそめた。いつもは冷静で有能な人なのに、いまのアイダ・ベルは明らかに精神的なショックを受けていた。何がどうなっているのか、ガーティはまだ知らないはずだ。アイダ・ベルが彼女の家に着いていないから。わかっているのは、アイダ・ベルがガーティを家まで送っていってからいままでのあいだに何かが起きたということだけ。ふだんの冷静なふるまいが完全に吹き飛んでしまうような何かが。

わたしは車のキーをつかんで表に出た。ガーティの家は遠くないが、シンフルのどこかに殺人犯が野放しになっている。会議にどれくらい時間がかかるかわからないけれど、暗くなってから外を歩くのはたぶん賢明ではない。いまは駄目だ。たとえわたしでも。どんなときも、銃弾は武術にまさる。

わたしはガーティの家の鍵を持っているが、ノックして自分の名前を大きな声で言ってからドアを開けた。彼女はシャワーを浴びるときも武器を携帯しているタイプと考えてほぼ間違いない。足首を痛めて不利な立場にあるいまは、絶対に最大限の武装をしてリクライニングチェアに座っているはずだ。わたしが首を突っこむと、彼女は椅子に座ったまま手を振った。わたしはなかに入ってからドアを閉め、鍵をかけた。

「アイダ・ベルから連絡あったでしょ？」わたしは訊いた。

ガーティはうなずいた。「ちょっと前に電話があったわ。いったいどういうこと？」

「わからない。カーターが帰ってほんのちょっとしたら、アイダ・ベルから急いでここへ来いって電話がかかってきた。ソーダを飲ませて。あなたも何か飲む？」

「あたしもソーダがいいわ。あと、いまの話のカーターに関するところ、あたしが何も訊かずに済ますと思ったら大間違いよ、アイダ・ベルがなんだか慌ててるからって。どうなったか話してちょうだい」

わたしは冷蔵庫からソーダを三本出すと居間へ戻った。運がよければ、ガーティの尋問が始まる前にアイダ・ベルが到着するだろう。この話を何度もさせられるのはごめんだから、ガーティにはメンバーが勢ぞろいするまで待ってもらうしかない。それに、アイダ・ベルの〝気〟を乱したのがなんにしろ、障害にぶつかったわたしの悲しい恋愛よりもそちらの優先順位が高いという予感がした。

　ガーティにソーダを渡したとき、アイダ・ベルのオートバイが私道にとまる音が聞こえた。玄関へ行き、ドアを開けて彼女をなかに入れた。ヘルメットを脱いだ彼女は、こわばった顔をしていた。ところどころ髪に木の葉がくっついていて、左頬に二、三本の引っかき傷がある。彼女にもソーダを渡してから、わたしはコーヒーテーブルに腰をおろした。アイダ・ベルはソファに座り、ソーダをごくごくと飲んだ。

　ガーティを見ると、気遣わしげな視線が返ってきた。「何がどうしたのか、話してくれたほうがいいんじゃないかしら」彼女は言った。「あなたの顔中に書いてあるから、よくない話だってことはこっちもうわかってるわ」

「そのとおりだよ」とアイダ・ベル。

「早く」わたしはせっついた。

「ガーティを送ってきて椅子に座らせたあと、あたしはなんだか落ち着かない気分だったんで、バイクでひとっ走りしに出かけたんだ」アイダ・ベルが話しはじめた。「ハイウェイに向かったのは、ヘルメットの下まで風が入ってくるんじゃないかと思ったからなんだけど、そうしたらブランドンのピックアップがハイウェイから脇道におりていくのが見えたんだよ、湿地で行き止まりになってるってあたしが知ってる道にね。そんなところにどんな用事があるのか見当もつかなかったけど、エビ漁じゃないのは確かだった。それに、きょう三人でいるときに出くわしたのと、フォーチュンがきのう見かけたことを考えると、あとを追って何をたくらんでるのか突きとめてやろうと思ったんだ」

わたしは背中がこわばるのを感じた。ピーチズとは長い知り合いではないけれど、彼女のことが好きだった。夫が何かよからぬことに手を染めていたら、彼女は打ちのめされるだろう。

「それで?」ガーティが尋ねた。指が肘掛けに食いこんでいる。あごにも力が入っているのを見て、わたしと同じく、考えられるなかで最悪のシナリオをすでに待ちかまえているのがわかった。

「距離はあけておいた」アイダ・ベルが話を続けた。「道の先にはいまにも倒れそうな小屋が二、三建ってるだけだから、見失うはずはなかった。道の終わりに近づくと、茂みの後ろにバイクをとめて、ブランドンに見つからないように木々のあいだを進んでいったんだ」

それで木の葉と引っかき傷の説明はついたが、湿地で行き止まりになっている道でブランドンが何をしていたかは、どんなにがんばっても思いつかなかった。誰か行方不明者がいれば、死体を遺棄するためという可能性があったけれど、わたしの知る限り姿を消した人はひとりもいない。

アイダ・ベルはもうひと口ソーダを飲んでから話を続けた。「道の端に近づくと、茂みを透かしてピックアップが見えた。ブランドンは開豁地《かいかつち》に車をとめていて、そこは人が車を何度も方向転換させたせいでできた場所に見えた。ブランドンはピックアップにのったままだったけど、こっちが見つからずにそれ以上近づくのは無理でね。そこであたしは木に登ったんだ。そのほうがブランドンが何をしてるか、よく見えるだろうと思って」

「彼に見つかったらどうするつもりだったの？」ガーティが訊いた。

アイダ・ベルは肩をすくめた。「理由がなけりゃ、上を見あげはしないだろうって考えたんだよ。想定内のリスクだった。あたしのなかの一部はまわれ右して帰れって叫んでたけど、別の一部はピーチズがどんなショックを受けることになるか、突きとめずに帰るわけにはいかなかった」

ガーティは顔をしかめたものの、くどくど反論したりはしなかった。実のところ、もし彼女がその場にいたら、やはり迷わず木に登ったはずだ。

「何が見えた？」わたしは訊いた。

「ブランドンはノートパソコンを使ってた」アイダ・ベルが答えた。「画面に何が表示されてるかは見えなかったけど、ダッシュボードに携帯電話が置いてあって、パソコンにつないであった」

「ああ、嘘」わたしはがっくりと肩をおとした。

「それ、どういう意味があるの？」ガーティが訊いた。

「たぶんブランドンは携帯電話でテザリングしてたのよ」わたしは言った。「インターネットに接続できるように」

ガーティが困惑した顔になった。「でもどうしてわざわざへんぴな場所まで出かけていくの？　インターネットに接続するなら……」目をみはる。「あなたたち……まさか……」

「彼がキャットフィッシュにちがいない」わたしは言った。「もうっ」

「もしかしたら、別の説明ができるかもしれないわ」とガーティ。

アイダ・ベルがかぶりを振った。「できるとしても、あたしには考えつかないね。ほかにどんな理由があって、本当なら船にのってるはずの時間に湿地のど真ん中でパソコンを使ってんだい？　あんだけの金、いったいどこから入ってきたのさ？　エビが豊漁ってのは、嘘だったってわかってる」

「彼ならシンフル住民全員を知っていておかしくないし」わたしは言った。「それぞれの経済状況も大体推測できた」

ガーティが青ざめた。「でも――」

「トレリスについて知るにも申し分のない立場にいた」わたしは言った。「ゲイルの帰宅と外出についても」

「信じられないわ」とガーティ。「ブランドンのことは生まれたときから知ってるの。考えなしに偉そうな口をきくことはあるし、高校時代は男子がよくやる殴り合いのけんかなんかもしてたけど、人を殺すなんて信じられないわ」

「信じとくれ」アイダ・ベルが言った。「あたしだってあんたに劣らず嫌な気持ちなんだ」

「あたしたち、きっと何か見落としてるのよ」とガーティ。

彼女が動揺するのも当然だ。わたしはピーチズと知り合ったばかりだし、ブランドンのことはまったく知らないけれど、いまの話を聞いて気分が悪くなった。

アイダ・ベルの携帯電話が鳴り、彼女は携帯を引っぱりだした。「マートルからだ」

電話に出て少ししてから、彼女の目が大きく見開かれた。「冗談だろう」と彼女は言った。

「間違いないのかい？　うん、もちろんだよ。わかった」

会話は数分間続いたので、ガーティとわたしはアイダ・ベルが電話を切って詳細を教えてくれるのをそわそわと待った。マートルは保安官事務所で夜勤に就いている最中だから、なんにしろ法執行機関の仕事にかかわる用件ということだ。

ようやくアイダ・ベルが通話を切り、わたしたちを見た。「カーターがたったいまキャットフィッシュを逮捕した。でもってそれはブランドン・デュガスじゃなかった」

「なんですって？」

「誰だったの？」

ガーティとわたしは同時に叫んだ。

「デリク・ミラーだよ」アイダ・ベルが言った。

「本当に？」ガーティが訊いた。「間違いないの？」

「デリク・ミラーって誰？」わたしは尋ねた。

「地元の人間さ」アイダ・ベルが答えた。「建築の仕事をしてて、ビューラーん家《ち》の隣の土地を相続したんだ。昔から面倒を起こす男だったけど、よくいるたぐいだ。どうやらビューラーは土地の境界線と犬のことでデリクと揉めたらしくて、それが解決するまでにデリクのほうはかなり金に困ったんだってさ。あの男は例のテレビ番組を観て、ビューラーをからかってやろうと考えた。本当に自分に送金してくるなんて思わなかったそうだ」

「それじゃ、彼はお金を持ってるのね？」ガーティが尋ねた。

アイダ・ベルがうなずいた。「ＰａｙＰａｌから自分の銀行口座に送金したそうだ」

「下着は？」ガーティが訊いた。

アイダ・ベルは眉をひそめた。「マートルは何も言わなかったし、こっちも尋ねなかった」

「カーターはどうやってその男だって突きとめたの？」わたしは訊いた。

「デリクが〈スワンプ・バー〉で自慢してたんだとさ」アイダ・ベルが言った。「だから、報奨金が出るのを期待して、それを通報したやつがいたってわけ」

「それじゃ、彼はビューラーからあぶく銭を手に入れて、それが癖になっちゃったってこと？」ガーティが訊いた。「ゲイルはデリクが犯人だと割りだしたのかしら？」

アイダ・ベルが首を横に振った。「一件だけなんだよ。金をだましとった相手は、誓ってビューラーだけだってデリクは言ってる。ゲイルが殺された件をカーターが持ちだしたら、わめきだしたって。おまえがいいかっこするために、人殺しの濡れ衣《ぎぬ》を着せるつもりなら許さないってね」

「で、あなたはどう思うの？」わたしは訊いた。「そのデリクって男は人殺しができそう？」

「条件がそろえば」アイダ・ベルが言った。「誰だってできるさ。とはいえ、デリクはいつも金に困ってたからね。女から金をだましとれるってわかったら、ひとりでやめるとは思えない」

「で、誰かに見つかったら？」わたしは訊いた。

「どうかねえ」とアイダ・ベル。「しょっちゅう酔っぱらってるし、麻薬をやってるって噂もあるけど」

わたしはその点について考えをめぐらした。「酔っ払いだとトレリスをのぼるのはむずかしそう。危険でしょ」

「でも、ほかのものでハイになってたら、可能かもしれないわ」ガーティが言った。

わたしはうなずいた。「可能だし、人物的に疑問があるなら……」

「おっと、人物的に疑問なんてないよ」とアイダ・ベル。「よくないのは確かだからね」

「それじゃ、これでおしまいなの？」ガーティが訊いた。

持っていた風船がたったいましぼんでしまった子供みたいに見えた。

「そっちはそうかもしれない」わたしは言った。「でも、ブランドン・デュガスが本来ならエビ漁に出てるはずの時間に何をしていたのかはまだ不明だし、わたしたちに関係ないことだとはわかってるけど、わたしはそれを明らかにしたい。ピーチズのために」

言わずにおいたのは、デリクがゲイルを殺したという具体的証拠が出てくるか、デリクが自白するかしない限り、わたしはまだこの件の捜査に終止符を打ちたくないということだった。ビューラーを引っかけたキャットフィッシュ詐欺の犯人がデリクであるのに明らかだけど、いま確実にわかっているのはそれだけだ。

「あっ！」とガーティ。「そっちがすっかり頭から抜け落ちてたけど、そうよね。ブランドンは何かよからぬことをやっていて、奥さんに嘘をついてるんだったわ」

「賛成だよ」アイダ・ベルが言った。「ブランドンから目を離さないようにして、カーターがデリクを逮捕した件も成り行きを追っかけるとしよう。あたしとしちゃ、決着がつくまで終わりじゃない」

わたしはにやりとした。この町では悪だくみが見逃されてしまう心配がない。わたしが疑わなくても、アイダ・ベルが代わりに気づいてくれる。彼女はわたしに劣らず、大半の人間を高く買っている。とはいえ、それは何十年もここの人たちと一緒に暮らし、住民が抱える黒い秘密を知っているからかもしれない。

「もしかしたら、ブランドン自身がオンラインで浮気をしてるのかもしれないわね」ガーティが可能性を述べた。

「シンフル住民がみんな浮気をしてるってことはないでしょ」わたしは言った。

「ウイルスみたいに広がってるようには見えるよ」とアイダ・ベル。

わたしは肩をすくめた。「どんなことも可能性はありかもね」

「それじゃ、いまからどうする？」ガーティが訊いた。

「どうもしない」アイダ・ベルが答えた。

ガーティが戸惑った顔になった。「でもあなた、たったいま……」

「今夜は何もしないって意味さ」アイダ・ベルが補足した。「もう九時四十五分だし、あんたは足首を休める必要がある」

「賛成」わたしも言った。「ひと晩よく考えましょ。あすの朝ここに集まってガーティの足首の具合を見たあと、一日の計画を立てればいい」

「ブランドンがもう出かけちゃってたらどうするの？　あたしたちが計画を立て終えたときには」ガーティが訊いた。

「それはいま心配しなくていい」アイダ・ベルが答えた。「すべてがあした起きるとはかぎらないんだし。ちゃんと対処できるさ。あんたが歩けることを確認するほうが先だよ」

「あら、やだ！」ガーティが言った。「あしたは日曜日よ」

「わたし、バナナプディング競走には出ないから」わたしは言った。「メインストリートを走ったって理由で、きっとシーリアから逮捕命令が出る」

「あたしたちが一日パスしたって、教会は崩れ去ったりしないよ」とアイダ・ベル。「ガーティの足首の問題とノーランの世話をするって理由があるからね。あたしたちがいなくても、誰もなんとも思わないさ」

わたしはコーヒーテーブルから腰をあげた。「さて、何も手伝うことがなければ、わたしは帰る。シャワーを浴びなきゃ」

「あたしもだ」アイダ・ベルが言った。「木に登ったせいであっちこっちむずがゆくて」

「あたしなら大丈夫よ」ガーティが答えた。「ふたりとも帰ってもらってかまわないわ」

「何か必要なときは電話しとくれ」アイダ・ベルが言った。

表に出たわたしはアイダ・ベルに手を振り、ジープにのってガーティの家をあとにした。

自宅に着くとガレージに車を入れたが、ドアは閉めなかった。まっすぐ食品庫へ向かい、ハリソンが送ってくれた備品入りの箱を出した。ふたを開け、中身を検めると、入っていた監視装置の質と量に満足した。ハリソンはこの家の安全を確保するために送ってくれたのだが、わたしにはいま別の使い途があった。

箱ごと持ちあげ、ジープまで運んだ。頭上には暗雲がたれこめ、遠くから雷鳴が聞こえた。用事が済むまで雨が降らずにいてくれるよう祈りながら、ピーチズの家がある通りまで二、三ブロック走り、彼女の家の数軒先に車をとめた。箱からGPS発信器を取りだし、歩道を歩いていく。ブランドンのピックアップは私道にとめてあったが、家の明かりはすべて消えている。みんなもう寝ているのだろう。

発信器をブランドンの車に取りつけるには十秒程度しかかからなかった。向きを変えて急ぎ立ち去ろうとしたそのとき、家のなかで小さな明かりがともったのが見えた。わたしは固まった。ランプにしては小さすぎるし、ランプならふつう動かない。あれは絶対に懐中電灯だ。近所を見まわしたが、停電が起きているようには見えなかった。明かりが階段をおりてきて居間を抜け、廊下を通ってキッチンへ向かうのが見えた。人影はピーチズにしては大きすぎる。ブランドンにちがいない。

ひどく奇妙な行動だったから、ほうっておくわけにはいかなかった。ピックアップの陰から家の横へとまわりこみ、裏庭との境のフェンスへと向かった。板のあいだからのぞきこむと、明かりが裏庭を移動しているのが見えた。いったいどういうこと？

百万もの考えが頭のなかを駆けめぐったが、どれひとつとしていいものはなかった。ブランドンが自宅の裏庭で何をしているのか、突きとめなければ。備品の箱には暗視スコープが入っていた。あれを持ってきて、もっと裏庭がよく見える場所へ移動しよう。暗視スコープを取りにジープまで走ろうとして、くるっと振り向くと、目の前にアイダ・ベルがいた。

「後ろから忍び寄ってきたりして何？」わたしはささやき声で訊いた。「撃ってたかもしれないでしょ」

「あんたはそんな無茶なことはしない。フェンスの隙間から何をのぞいてたんだい？」

「一緒に来て」わたしはそう言って、ジープへと急いだ。裏庭で何が起きているのか知らないけれど、すぐに暗視スコープを取ってこないと、見逃してしまう可能性が高い。

「バイクはどこ？」備品の箱を開けながら、わたしは訊いた。

「あんたん家《ち》だよ。ガーティの家からあんたのあとをつけるつもりだったんだけど、バイクを出す前にガーティが二階から取ってきてほしいものがあるってメッセージを送ってきてさ。あんたの顔を見ればね、熱いシャワーを浴びてベッドに入るだけじゃなく、何かたくらんでるなってわかったよ。あたしがあんたの家に着いたときには、すでにジープが遠ざかってくとこだったけど、どこで曲がったかを見て、行き先を当てたってわけ」

「それじゃ歩いてここまで来たの？」わたしは訊きながら、暗視スコープをゴソゴソとさがした。

「ジョギングしてきた。体を鍛えてあるんでね。いったい何をさがしてゴソゴソやってるのさ。それにどうして？」

「あった！」わたしは暗視スコープを箱から出すと、家へ向かって急ぎ、アイダ・ベルはわたしの横を小走りについてきた。わたしは明かりについて彼女に話し、暗視スコープを持ちあげた。彼女はうなずいて隣家を指差した。

「犬は飼ってない」ささやき声で言って家の脇近くに建っているオークの大木を指し示す。

わたしはうなずいた。隣家の庭に入って木に登れと言うのだ。そのほうがよく見える。フェンスのそばまでこそこそと進み、フェンスのてっぺんに向かってジャンプしようとしたとき、アイダ・ベルがわたしの腕をつかんだかと思うと、フェンスの向こうを指差した。目をあげると、ノーランの家の主寝室のなかで懐中電灯の明かりが動いているのが見えた。

第16章

わたしは全速力でジープまで走った。アイダ・ベルの足音が後ろからついてくる。ギアを入れたのと同時に彼女が飛びのってきたので、わたしは猛スピードで車を走らせた。「マリーに電話で警告して」

「マリーはあそこにいないよ」アイダ・ベルが言った。「少し前に電話があったんだ。ノーランに今夜はひとりで大丈夫だし、あなたはしっかり休んだほうがいいって言われたんだぞうだ」

「それじゃノーランに電話して。何が起きてるのかわからないけど、彼をあの家から出さないと」

角を曲がり、縁石を飛びこえるようにしてノーランの家の私道に入る。

「ノーランが電話に出ない」アイダ・ベルはそう言いながらジープから飛びおり、ふたりそろって玄関へと向かった。わたしは呼び鈴を押し、すぐにドアをバンバンと叩いた。

「カーターに電話して」わたしは言った。

アイダ・ベルはカーターの番号を押し、わたしはまたドアを叩くとノーランの名前を大声で呼び、それからもう一度ドアを叩きはじめた。アイダ・ベルがカーターにいますぐノーランの家に来てくれと言うのが聞こえた。

果てしなく長い時間に感じられたが、たぶん一分もかからずにドアが開き、困惑してちょっと息を切らした様子のノーランが顔をのぞかせた。「すまない。トイレにいたもので」彼は言った。「どうかしたのかな？」

「この家の二階に誰かいる」わたしは答えた。

ノーランは目を丸くした。「なんだって？」彼はわたしたちが入れるよう、車椅子を後退させた。「いったいどういうことだか」

「車で走ってたら、主寝室で小さな明かりが動いてるのが見えたの」わたしは説明した。

「この家にいま誰かいる？」

「まさか！　マリーには僕ひとりで大丈夫だと言った。彼女はひどく疲れて見えたから……保安官事務所に電話しないと」

「もうあたしがかけたよ」アイダ・ベルが言った。「いまにも到着するはずだ」

「わたし、二階へあがって確認する」わたしは言った。

「そんなことして大丈夫か？」ノーランが訊いた。「相手が銃を持ってたらどうする？　きみに何かあったら……」

「心配しないで」わたしはウエストバンドから拳銃を引き抜いた。「銃を持ってるから」

階段へと二歩進んだところで、バリバリッと雷鳴がとどろき、家のなかが真っ暗になった。

「停電だ」アイダ・ベルが言った。

わたしは携帯電話を取りだし、ライトをオンにした。照明がつかないなんて些細なことに邪魔されてなるものか。

「気をつけてくれ」階段をのぼりはじめたわたしに、ノーランが言った。「われわれも何かすべきじゃないですか？」彼がアイダ・ベルに尋ねるのが聞こえた。

勢いよく階段をのぼったわたしは足早に廊下を進んだ。主寝室の入口には立入禁止のテープがはられたままで、ドアは閉まっていた。新しくデッドボルトが取りつけてあり、廊下側から錠がかけられるようになっている。こうしておけば、あらためて調べたくなったときのために、侵入に使われた窓を修理せずにおいても、家のそのほかの部分へ入られることを防げる。わたしはデッドボルトをはずしてドアノブをまわすと、ドアをほんの少し開けてなかをのぞいた。明かりが動いているのは見えなかったが、侵入者は懐中電灯を消して隅に隠れ、こちらが足を踏みいれるのを待っているだけかもしれない。

カーターがかんかんに怒るのはわかっていたけれど、わたしは構わず行動した。ドアを大きく開けると、上のほうにはられた立入禁止テープの下までかがみ、下にはられたテープをまたいだ。携帯電話のライトをもう一度オンにして部屋をぐるっと照らす。隅で待ち伏せしている人間はいなかったが、それは隠れ場所がないという意味ではない。クロゼットのドアを開け、服を左右に動かして、後ろに誰も潜んでいないことを確認する。次に体を低くしてベッドの下をのぞきこんだ。高さなどが調節できる機能ベッドで、人が隠れられるスペースはなかった。

後ろにさがってから窓際へ行った。掛け金がかかっていたが、これはちょっと揺するだけではずれるという話だ。触れるのは避けたかったので、一階へ戻ろうと後ろを向いたとき、カーターが懐中電灯を持って部屋に入ってきた。

「おれの代わりに仕事をするつもりか?」

「違う。部屋に誰もいないことを確認していただけ。デッドボルトとドアノブ、クロゼットのドア、それから服にさわった。ほかには手を触れてない」

彼はうなずき、室内をさっと見まわした。愉快には思っていないのがわかった。

「いったいどういうこと?」わたしは訊いた。「また犯罪現場に来るなんて、おかしいでしょ」

「ああ、おかしいな」

デリク・ミラーはまだ勾留されたままなのか気になったが、考えてみればそれは関係ないだろう。わたしはブランドン・デュガスが懐中電灯を持って自宅を出るのを見た。アイダ・ベルは彼が湿地でパソコンを使っているのを目撃した。彼は妻に嘘をついている。状況証拠ばかりだけれど、すべてがひとつのおぞましい方向を指していた。

「ここを出よう」カーターが言った。「もう一度窓を鑑識に調べさせるが、今度も何も見つからないだろう」

「あなたに、えーと、話しておくべきことがあるんだけど」わたしは言った。「ただし、ノーランの前では話したくない。間違ってるかもしれないから」

カーターは眉を寄せた。「わかった。まず現場の状況に対処させてくれ。そのあと話を聞こう」

わたしたちが階下に戻ると、ノーランとアイダ・ベルが不安そうに階段の下で待っていた。

「大丈夫」わたしは言った。「誰も二階にいなかった」

「窓は開いてた？」ノーランが訊いた。

「いいえ」わたしは答えた。「だからといって、あそこが入口として使われなかったとはかぎらない。犯人にはわたしたちがドアをバンバン叩いたのが聞こえたはず。わたしが調べにあがるまでに逃げる時間はたっぷりあった」

「理解できない」ノーランが言った。「どうして戻ってきたんだろう？　いったいどんな理由が考えられる?」

「わからない」カーターが答えた。「しかし、警戒すべきだ。申し訳ないがノーラン、今夜はこの家にとどまってもらうわけにいきません。あなた自身の安全のために。あなたはもともと不利な立場にある。そこへ停電となると、さらによくない状況です」

「でも、そんなこと無理だよ」ノーランは反論した。「僕はただ友達の家に行って泊まらせてもらうってわけにはいかないんだ」

「特別な設備が整っていないと駄目なのはわかってます」とカーター。「費用は保安官事務所が持ちますから、ハイウェイを少し行ったところにあるホテルに部屋を取りましょう。高級ではないが、大きな不自由はないはずだし、安全だ」

「驚いたな」ノーランは努力しながらも、まだ状況を呑みこめずにいる様子だった。「それがベストときみが考えるなら。客用寝室にあるものをいくつか荷物として持っていく必要がある。アイダ・ベル、よければなんですが、クロゼットの一番上の棚に小さなダッフルバッグがのってるんです。あれを取ってもらえませんか」

「もちろんいいとも」アイダ・ベルが答えた。「荷物を詰めるのも手伝うよ」

カーターはブロー保安官助手に電話していますぐノーランの家に来るよう言い、続いてホテルに電話すると予約を取った。ちょうどブロー保安官助手が玄関を入ってきたとき、荷物を持ったノーランとアイダ・ベルが戻ってきた。カーターはブロー保安官助手にノーランをホテルまで送っていき、彼が居心地よく過ごせるよう目を配ってきてくれと指示した。

「その必要はないよ」ノーランが言った。「自分の車で行きたい。どのみち、あすここへ戻ってくる必要があるから。戻ってこられるとしてだけど」

カーターがうなずいた。「それじゃ、ブロー保安官助手には後ろからついていかせましょう」

「あしたはきみからの電話を待てばいいかな？」ノーランが訊いた。「家に帰ってもかまわない時間を知るには」

カーターがかぶりを振った。「うまくいけば、停電は今夜のうちに解消するでしょう。鑑識には朝一で窓を調べさせます。長くはかかりません。午前半ばになったら、いつ戻ってもらっても大丈夫です。たぶん主寝室の立入禁止も解除します。そうすれば、窓の不具合を直してもらってかまいませんし」

「ああ、ほっとしたよ」ノーランが言った。「客用寝室のベッドで寝ていると背中の上のほうがひどく痛くなって。機能ベッドのほうが僕にはずっと楽なんだ」彼はちょっと顔を赤らめた。「おぞましい話に聞こえるだろうね、あそこで寝るなんて。でも、新しいマットレスを注文したんだ。一日二日で届くはずだよ」

「おぞましくなんかない」アイダ・ベルがそう言って、彼の肩を軽く叩いた。「あんたがやってるのは必要なことだ」

ノーランは感謝のこもった目でアイダ・ベルを見た。「みなさんにお礼を言います、あれこれ面倒を見てくれて。みなさんがいなかったら、どうしていたかわからない」

「ホテルへ行って、少し休むようにしてください」カーターが言った。「あしたまた寄って、最新情報をお知らせしますよ」

「ありがとう」ノーランはもう一度礼を述べてからガレージに出るためにキッチンへと向かった。

ブロー保安官助手は表に出ると、ホテルまでノーランの車についていくため自分のピックアップにのりこんだ。わたしたちもポーチに出て、カーターが玄関の鍵をかけた。

「保安官事務所に来て話すか？」彼は訊いた。

アイダ・ベルが眉をつりあげてわたしを見た。

「知らせるべき情報があるって、カーターに話したの」わたしは言った。

アイダ・ベルはうなずいた。「同じことなら、ガーティの家にしてくれないかね。足首を痛めて休んでるけど、この件には彼女もかかわってたからさ」

「了解」カーターが答えた。「車で後ろからついていきますよ」

わたしたちは急いでジープにのりこみ、アイダ・ベルがガーティに電話して、いろいろ起きたのでいま彼女の家に向かっている、カーターも行くと知らせた。ガーティが興奮した声で、何があったのか尋ねたが、アイダ・ベルは説明は一回で済ませたいし、もうすぐそっちに着くからと答えた。

しとしとと降りはじめていた雨が、わたしたちがガーティの家の私道に車を入れたころには土砂降りになっていた。ガーティのところも停電していたけれど、居間のブラインドの向こうに明かりが見えた。わたしたちが玄関まで走ってなかへ入ると、ほんの二、三歩遅れでカーターも入ってきた。ガーティは相変わらずリクライニングチェアに座っていたものの、ガスランプをふたつ出してきていて、ひとつはサイドテーブル、もうひとつはコーヒーテーブルに置いてあった。おかげで居間はかなり明るく照らされていた。

「タオルを取ってくるよ」アイダ・ベルはそう言うと、携帯電話を懐中電灯代わりに客用寝室へと向かった。彼女がタオルを三枚持ってきてくれたので、わたしたちは濡れた服と体をできる限りぬぐった。

「本当に激しい降り方」わたしは言った。「停電になったのも驚きじゃない」

「ええ、ええ」ガーティが言った。「バケツをひっくり返したみたいよね。でも何が起きたの？」

アイダ・ベルがこちらを見たので、わたしが話の主導権を握るのを待っているのだとわかった。そもそもわたしがピーチズの家で何をしていたか、彼女は知らないし、下手なことを言いたくないという気持ちがあったのだろう。

「アイダ・ベルとわたしは今夜ここに、ガーティの家にいたの」わたしは言った。「彼女の足首をしっかり手当てして、あと、必要なものはすべて一階にそろってるようにするために」

「足首をどうしたのかな？」カーターが訊いた。

ガーティがそんなことはどうでもいいと言うように手を振った。「裏のテラスから落ちたの。捻挫しただけよ」

わたしは笑いそうになるのをこらえた。ガーティは誰の家のテラスから落ちたのか言わなかったし、それが二階のテラスだったこともつけ加えなかった。とはいえ、それはわたしたちからも提供できない情報だ。

「とにかく」わたしは先を続けた。「アイダ・ベルとわたしは帰ることにしたんだけど、わたしのところに彼女に貸す予定の銃の本があるから、うちまで彼女がバイクでついてきたわけ。ちょっとしゃべってたら天気が悪くなってるのに気がついて。だからわたしが車で送っていくことにして、アイダ・ベルのバイクはうちのガレージに入れたの。それから、嵐にならないうちに帰れるようジープでうちを出たんだけど、ブランドン・デュガスの家の前を通ったとき、誰かが懐中電灯を持って居間を歩いているのが見えたのよ。ピーチズにしては人影が大きかったから、ブランドンだと思うんだけど」

カーターが目をすがめた。「ブランドン・デュガスが懐中電灯を持ってた？」

「あの家にもうひとり体の大きな人がいない限り」わたしは言った。「ほかに説明は考えられない。まだ停電はしてなかったから、奇妙に見えた。ジープをとめると明かりが廊下をキッチンのほうへ向かっていくのが見えて。わたしたち、ちょっとのあいだ座ったまま、何がどうなってるんだろうって考えこんだけど、アイダ・ベルがノーランの家の主寝室で明かりが動いてるのに気づいたの」

アイダ・ベルがうなずいた。「フォーチュンが猛スピードで車を走らせて、あたしはノーランに電話をかけたんだけど応答がなかった。角を曲がって彼の家に着くと、あたしたちは玄関まで走ってフォーチュンが叫んだりドアをバンバン叩いたりして、あたしはあんたに電話したってわけ」

ガーティがぱっと手で口を覆った。「ああ、なんてことかしら。ノーランは無事なの？」

「問題ないよ」アイダ・ベルが答えた。「ひどく驚かせたと思うけど、こっちも仰天してたからね」

黙って話を聞いていたカーターが眉を寄せた。「ブランドンのところに話を戻す。ノーランの寝室にいたのは本当に彼だと思うのか？」

ガーティとアイダ・ベル、そしてわたしは顔を見合わせた。この先の話については誰も気が進まなかったけれど、するしかないのもわかっていた。

「ブランドンに関するところが、ノーランの前では話したくなかったことなの」わたしは言った。「ブランドンについては、いくつかつじつまの合わないことがわかっていて」

「説明してくれないか」カーターが言った。

わたしたちは自分たちが見たことを代わる代わる話し、ブランドンについて知っている情報をすべてカーターと共有した。わたしがブランドンのピックアップに発信器をつけたこと以外は。ノーランの家の主寝室に立ち入っただけで充分まずかったから。正直言って、カーターがそれについてまだ不満をぶつけてこないのが驚きだった。発信器について知ったら、怒髪天《どはつ》を衝《つ》くのは確実。

彼が勢いよく息を吐いた。「なんでもっと前に話してくれなかったんだ」

「どういう目的で?」わたしは訊いた。「こっちは彼が何をたくらんでるか知らなかったのよ」

「浮気かもしれないと思っていたの」ガーティが言った。「はっきりするまで何も言いたくなかったのよ、ピーチズのことを考えると」

「それで、きみはノーランの家にいたのはブランドンだと考えるのか?」カーターが尋ねた。

「確信はない」わたしは答えた。「そう思えるのは確かだけど、彼が入っていくところを実際に見たわけじゃないし。あなたに話したのはどれも状況証拠」

「そうだな」カーターも同意した。「しかし、かなり決定的だ」悪態をついて立ちあがった。「ブランドンのやつ、いったいどういうつもりだ? 文句のつけどころなしの妻と赤ん坊がいて、いい暮らしをしてる。なんでまたそれを全部棒に振るような真似を?」

わたしたちはそろって首を横に振った。

「わからないね」アイダ・ベルが言った。「でも、ブランドンがゲイルを殺した犯人だとしたら……」

カーターがうなずいた。「ああ、わかってますよ」片手で髪をかきあげる。「保安官事務所に戻ってよく考えなおしてみないと。情報を提供してもらって感謝はしているけれど、ここから先はブランドンとピーチズにかかわらないように。少なくとも、おれがこの件を解き明かすまでは」

三人ともうなずいた。部屋の雰囲気は陰鬱という言葉では足りなかった。誰ひとりもう闘志が残っていないように見えた。

「ブランドンを尋問するつもり？」ガーティが尋ねた。

「まだ」カーターが答えた。「目処《めど》が立つまでは」彼は玄関へと歩きだしたが、表へ出る前に振り返った。「念を押す必要はないと思うけど、三人とも油断しないように」

カーターがドアを閉めると、アイダ・ベルがすぐさま鍵をかけにいった。

ガーティがわたしたちを見あげた。「話はいまので全部じゃないんでしょ？」

「当然じゃないか」アイダ・ベルが答えた。

ガーティがにんまりした。「それなら、さっさと話してちょうだい」

わたしはガーティに、いったん家に帰ったけれど、ブランドンがどんな悪事に手を染めているのか、手がかりが見つからないかとピックアップを調べにいったのだと話した。発信器については どちらにも話したくなかった。いまはまだ。ずっと話さないかもしれない。ゲイルを殺したのがブランドンなら、わたしたちの誰かを殺すことにも躊躇しないだろう。アイダ・ベルはわたしがジープにのせていた備品の箱を見たけれど、彼女がブランドンの家に着いたのは、わたしがフェンスのそばにいたときだ。だから何か仕掛ける時間があったとは、思っていないだろう。

わたしたちはアイダ・ベルが背後から忍び寄ってわたしを驚かせたところから、ノーランの家の玄関にたどり着くまでの出来事をありのままに話した。新しい情報はあまりなかったので、ガーティはいささか落胆した様子だったが、アイダ・ベルとわたしの選択は間違いなく正しかったと同意した。ブランドンのピックアップを調べる予定を変更したことも、懐中電灯の明かりを見た経緯についてカーターに少しぼかして話したことも。

「ブランドンはいったいあの部屋になんの用があったのかしら？」ガーティが尋ねた。

「見当もつかない」わたしは言った。「捨て身の行動だから、ありうるのは自分の犯行だとばれる何かがあそこにあると確信した場合だけだと思うけど」

「そうは言っても、ブランドンだってあの家にはもう鑑識が入ったことを知ってるはずじゃないか」とアイダ・ベル。「ノートパソコンは必ず押収されるし、証拠が残ってるとしたらパソコンしか考えられないけどね」

わたしは肩をすくめた。「犯罪者に関して言えるのは、彼らが何を考えるか予想もつかないってこと」

「それは確かにそうだね」アイダ・ベルが言った。

ガーティがため息をついた。「彼がピックアップのなかで何してたかがわかればねえ。どんなにがんばっても、あたし、ブランドンが人殺しだなんて思えなくて」

「わたしは人殺しよ」と指摘した。「会ったことのある人のほとんどがなかなか信じられないだろうけど、でも事実」

「ただしあんたはプロだ」とアイダ・ベル。「割りふられた役を演じる訓練を受けてる。確かに、いまの偽装はちょいと専門外だろうけど、あんたの正体にちょっとでも勘づく人間なんてひとりもいないさ。あんたは役になりきってた。少なくとも最善は尽くしてた――エクステ、マニキュア、ワンピース──そうしたもんが全部合わさって、あんたが人に信じさせたい人格を作りあげる」

ガーティもうなずいた。「それにここは小さな町で、住民のほとんどはいい人たち。誰も疑ったりしない。誰もあなたが自分で言ってるのと違う人間だなんて考えないわ。でも、ブランドンは生まれたときからこの町で暮らしてきたのよ。そんな身の毛のよだつようなこと、いったいどうやって隠しつづけてこられたの？」

わたしは眉を寄せた。すごくいい指摘だ。ソシオパスはきわめて異常な行為さえやってのけるけれど、その場合でも、もっと早く仮面にひびが入ったはずだ。

「疑問に答えられたらよかったんだけど」わたしは言った。「でもいまは成り行きを見守るしかないと思う。ひょっとしたら、わたしたちが間違ってるかもしれない。ひょっとしたら、ブランドンが悪者じゃない完璧に合理的な説明ができるのかもしれない」

アイダ・ベルとガーティはちらっと目を見交わした。それが可能だと信じたいけれど、自分たちが目撃したことすべてに納得のいく説明は考えられないという顔だった。

「そろそろ帰ることにする」わたしは言った。「濡れた服を脱ぎたいし、そのあとはベッドに入って、電力が回復するまで寝る。アイダ・ベル、あなたも帰る？」

「今夜はここに泊まってくことにするよ」アイダ・ベルが答えた。「バイクはあした取りにいく」

「了解」わたしは言った。「忘れずに鍵は全部かけてね」

表へ出て、ポーチからおりるやいなや、デッドボルトがかけられた音と、防犯システムのビーッという音が聞こえた。わたしが運転して帰るあいだもまだ雨は激しく降っていた。車をガレージに入れたあと、アイダ・ベルのバイクを表からガレージのなかへ移動させた。ドアに手を伸ばしたところで、停電中は動かないはずだと気づき、ドアを閉めるのではなく、そこに立って荒天の外を眺めた。

彼がピックアップのなかで何してたかがわかればねえ。

誰もあなたが自分で言ってるのと違う人間だなんて考えないわ。

そんな身の毛のよだつようなこと、いったいどうやって隠しつづけてこられたの？

ガーティの言葉が頭のなかでこだまし、それについて考えれば考えるほどいらだちが募った。とそのとき突然ひらめいた——ただひとつ納得のいく答えが。すべての断片がぴたりとはまる唯一の形。

携帯電話のライトをオンにすると、ジープにのせたままだった備品の箱のなかをごそごそさがした。このなかにカメラが入っていたはず。小さいけれど、最低でも一日は録画できるメモリーカードが内蔵されている。換気装置に難なく取りつけることができ、さがさない限り、絶対に気づかれない。

あった！

箱から極小の黒い監視カメラを取りだしたわたしはにやりとした。あとはこれを仕掛けるのと、その際になんとかカーターに見つからないようにするだけでいい。ブランドンに尋問するのは目処が立ってからにすると言っていたけれど、片づけなければならない書類仕事より、行動するほうを彼が優先するのは間違いない。すなわち、カーターは何か怪しい動きがないかと隠れて見張っているはずだ。

ジープは数ブロック離れていてもカーターに見つかるだろうから、のっていくリスクは冒せない。そこで、わたしはガレージのフックにかかっていた黒いレインジャケットをつかみ、それを着てポケットに監視カメラを入れると通りを歩きだした。二十四時間の録画映像。運がよければ、最初の一回で必要な映像が手に入るはず。

第17章

翌朝はまだ雨が降っていたものの、電力は回復していた。わたしはストレッチをしてからベッドを出たが、午前八時まで眠ることができたので、ある種の記録を打ちたてたのはほぼ確実だった。玄関がドンドン叩かれることも、緊急の電話がかかってくることもなし。四足《しそく》もしくは二足歩行の動物に眠りを妨げられることもなかった。それに何より、きょうはワンピースを着る必要がない。殺人事件をめぐる問題がなければ、完璧と言ってもいい日だ。

朝食を用意しに一階へおりるとき、携帯電話をつかんだ。GPS発信器をすばやく確認すると、ブランドンのピックアップはまだ自宅の私道にとまったままだった。シンプルの日曜日ということを考えると、彼がどこかへ出かけるとも思えないが、出かけた場合は把握しておきたい。トースターにポップタルト（薄いタルト生地にフィリングが挟まったケロッグ社の菓子）を入れ、ガーティの足首の具合を確かめに電話する。

本人によれば、きのうよりもほんの少しよくなった気がするとのことだったが、アイダ・ベルが朝食を作り、あんたはじっとしてなと言われたそうだ。きょうの午後、ゲイルの両親が到着する。彼らはマリーの家に泊まる予定で、アイダ・ベルとガーティは長年の知り合いであるため、お悔やみを述べにいきたいという。ガーティはブランドンを監視しようと騒いだけれど、カーターが目を光らせているはずだから、こっちは近づかないほうがいい、少なくとも少しのあいだはとアイダ・ベルから言われたらしい。ふたりはゲイルの両親が到着するまで〈ガンスモーク〉（一九五五年から一九七五年まで放送された西部劇ドラマ）のマラソン視聴をするつもりとのことで、わたしもガーティの家で一緒に観ようと誘われた。

その誘いは断った。ひとつには、拳銃は出てくるものの、あのドラマはわたしの好みではなかったから。ひとつには、必要が生じたときにブランドンを追跡できる状態でいたかったから。アイダ・ベルはカーターがブランドンに目を光らせていると考えたようだが、カーターは鑑識と一緒にノーランの家を調べたいはずだし、同時に両方はできない。ブランドンがきょうの午前中に逃走した場合、カーターはまだノーランの家にいるだろう。電話を切ったときにはポップタルトがこんがり焼きあがり、コーヒーが落ちていた。カップに一杯つぐと朝食を持って居間に行き、テレビをつけた。チャンネルをかえていくと、〈ジュラシック・

パーク〉のマラソン放映をやっていた。第一作は観て気に入っていたし、これでも観るとしよう。有史以前の殺し屋たちがもっと現代寄りの同類からわたしの気をそらしてくれるかもしれない。

四作目を観はじめたところで、わたしは前の二作の内容を思いだせないことに気がついた。ため息。映画の世界に入りこもうと努力したけれど、集中できなかった。監視カメラが気になって仕方がない。ちゃんと作動しているだろうか？　仕掛ける前にテストはしなかった。ハリソンが送ってくれた機器が一級品であるのは間違いないが、どこかに欠陥がないともかぎらない。それは必要なときに録画できていなかったという段になって初めてわかる。それに、たとえ作動していても、果たしてわたしの説を証明するのに必要な映像が手に入るだろうか？　もちろん、初回の録画から収穫がなかった場合は、もう一度カメラを仕掛けて試せばいいだけのことだ。でも当面、殺人犯はシンフルに野放しになっている。

携帯電話から通知音が聞こえたので手に取った瞬間、わたしはソファからはじかれたように立ちあがり、車のキーを取りに走った。ブランドンが動いた！　ほんの数分後には、わたしはジープにのりこんで道路を走っていた。でも、画面上の点はブランドンがすでに町から出て、ハイウェイをニューオーリンズへと向かっていることを示している。わたしは同じ方角へ向かいながら、点が進路を変更したりしないか注視した。

こちらがハイウェイにのったとき、前方には車が一台も見えなかったが、一・五キロほど先に脇道が一本あり、途中から並木に隠れて見えなくなっていた。わたしはそこを曲がって携帯電話をもう一度確かめたものの、点は消えていた。画面を何度かタッチしても、変わらない。車を道の脇に寄せて電波を確認したが、しっかり受信できている。いくつかある対処法のうち次の選択肢に進み、携帯電話の電源を一度落としてから入れなおし、アプリを再起動したが、点は現れなかった。発信器にアクセスしようとすると、〝無効〟というメッセージが返ってきた。

携帯を助手席に投げ、悪態をついた。発信器に何かあったのだ。ブランドンが細いでこぼこ道をいつものように猛スピードで走行したため、はずれてしまった可能性がきわめて高い。そのあと、彼の車に轢かれてしまったのかもしれない。あるいは、ぬかるんだ場所を通って泥まみれになり、作動しなくなってしまったか。

何が起きたにしろ、打つ手はない。ハイウェイから分かれている道路や小道は無数と言っていい。すべてを調べるには一カ月ぐらいかかるだろう。追跡に失敗したことが癪にさわり、今夜監視カメラを回収に行くまでただ待つしかなくなっていらだちを覚えながら、わたしはジープをUターンさせ、シンフルへ向かって走りだした。

途中で携帯電話が鳴った。アイダ・ベルからだった。ゲイルの両親が着いたので、ガーティと一緒にマリーの家へ会いに出かけるという。ふたりはわたしにも来てほしいと言った。わたしがゲイルの両親に会うべきもっともな理由はないように思ったが、断るもっともな理由も思いつかなかった。アイダ・ベルとガーティはきっとわたしを家にひとりでいさせるのが嫌で、こうすれば人づき合いの場に引っぱりだせると考えたのだろう。悲嘆に暮れる両親にわたしのような人間を会わせることが名案かどうか疑問に感じたが、事態を悪化させてしまうこともないだろうと判断した。シャワーを浴びて人前に出られる格好になる必要がある、そのあとちょっと寄らせてもらうけれど、たぶんあまり長居はしないとアイダ・ベルに伝えた。この手のことはわたしの専門外だ。

手早くシャワーを済ませ、ドライヤーで髪を乾かすとリップグロスを軽く塗った。きょうは南部の日曜日だけれど、わたしはいまだにワンピースを着ることに尻込みする。教会へ行くのを休んでいいことになったし、服装も休みにしようと決めた。そこで、ジーンズにポロシャツを着ると、マリーの家へ出発した。

ゲイルの両親は年配の夫婦で、彼女のやさしさは両親からの遺伝であることがすぐにわかった。動揺し、神経が張りつめているのは明らかなのに、みんなの親切に感謝せずにいられない人たちだった。マリーがふたりを泊めてくれること。アイダ・ベルとガーティとわたしが休憩の必要なマリーと交替し、ノーランにつき添ったこと。町のみんなが食べものを持ってきたり、思いや祈りを伝えるために電話やメールをたくさんくれたりしたこと。

わたしに二十分ほど遅れてノーランがやってきた。何日も寝ていないような顔をしていたが、実際そうなのだろう。多かれ少なかれ。十分や三十分うとうとできたところで、体が必要とする休息は得られない。わたしは何度か徹夜でゲームをやってしまった経験から、寝ないとのちのち体にこたえることを知っている。

ノーランはゲイルの両親のところまで行き、もともとふたりが住んでいた家に泊まってもらえないことをまず謝った。

「歓迎されていないと受けとってほしくないんです」と彼は言った。「あそこは変わらずあなたたちの家でもあります。ただ、いまは僕が客用寝室を使っているので。なぜなら保安官事務所が――」声がひび割れ、彼は咳をすると少しのあいだうつむいた。

ゲイルの母がノーランの肩に手を置いた。「わかってるわ。どのみち、こうするのが一番だったのよ。わたし、あそこに泊まる自信が……」

声は途切れたものの、彼女が何を思っているかはみなわかっていた――娘が殺された家は、滞在するのにあまり居心地のいい場所ではないかもしれない。この状況で居心地のいい場所があるとして。

アイダ・ベルが咳払いをしてからノーランを見おろした。「鑑識は、あー、作業を終えたかい？」

ノーランはうなずいた。「僕はまだ家に帰ってませんが、さっきカーターと話しました。いつでもなかに入っていいそうです。書類仕事とほかにいくつか、片づけないといけないことがあるけれど、僕は着がえをもう少し持って、きょうもホテルに泊まることにします。二階の窓の修理は来てもらえるのが早くてあしただし、あの部屋は業者に掃除をしてもらう必要がある。その……とにかく、ホテルはそんなに悪くなかったし、安全ですから」

ゲイルが死んだときに寝ていたマットレスを誰かが部屋から運びだすのだと考えて、わたしたちはそわそわと体を動かしたが、やらなければならないのはそれだけではない。殺人の後片づけは厄介だ。

「きょう何か手伝えることはあるかね？」アイダ・ベルが訊いた。

「いいえ、大丈夫です」ノーランは答えた。「やることはそんなにありませんから。考える時間が必要というだけで」

「それと休息を取ること」ガーティが言った。「できればだけど」

ノーランはうなずいた。「必ず取るようにします」

ゲイルの父が前へ進みでると、彼がかなりの時間を泣いて過ごしていたのがうかがえた。

「私たちも、その、手配やなんかを手伝おうか？」

ノーランは悲しげにほほえんだ。「ゲイルのことはご存じでしょう。何もかもが前もって手配済み、支払い済みなんです。彼女はいつも言ってました、自分に何かあったら、そうしたことで僕たちを煩わせたくないと」

目が潤《うる》んだので、わたしは話し合いの輪から離れて裏窓のそばまで行くと、マリーの家のよく手入れされた裏庭を眺めた。亡くなったマージが家と一緒に遺《のこ》した、そしていまはマリーに引きとられているハウンド犬のボーンズが日向に寝そべって午後を楽しんでいる。そばで渦巻く悲しみと動揺など、まるで気がついていない。

誰もが老いたハウンド犬の目線で人生を見つめられたらいいのに。

午前零時を過ぎたころ、わたしは生け垣の陰から家の様子をうかがった。正面ポーチは明かりがついているがほかはついていない。誰も家にいない様子。完璧。監視カメラを回収できたら、うまくいけばシンフルの最新の悪夢は朝までに終わるはず。先ほどわたしはダウンタウンを車で走り、カーターのピックアップが保安官事務所の前にとまっているのを確認してから帰宅し、黒いパーカーを着て家を出た。遠まわりしてこの家に向かいつつ、徒歩で行動することのあるカーターがどこかに潜んでいないか注意したけれど、障害はいっさいなさそうだった。わたしに必要なのは邪魔の入らない十分間。そのあとは監視カメラを手に自宅へ戻り、殺人犯の逮捕につながることが期待される録画をキッチンで見る。

わたしは家の横を静かに進み、前夜監視カメラを仕掛けた際に錠をはずしておいた窓を押しあげた。仕掛けたのはノーランの家の居間の換気装置だ。窓の桟《さん》をのりこえると、カーペットの敷かれた床に音もなくひらりとおり、動きをとめて耳を澄ます。家は静まりかえっていたので、すばやくソファへと移動して換気装置の真下に位置する背もたれにのぼった。ポケットからドライバーを出し、壁から換気装置をはずす。ひっくり返すと、そこにはわたしが仕掛けたカメラがあるはずだったが、なくなっていた。

「何かおさがしかな？」ノーランの声が背後から聞こえたので、わたしは背もたれの上でバランスを保ちながら振り向いた。彼は客用寝室へと通じる廊下に立っていた。消音器のついた拳銃の狙いをわたしに定めて。もういっぽうの手からカメラがぶらさがっている。

「こっちも小型のネットワークカメラをしこんでおいたんだ、何日も前に」彼は言った。

「シンプルからずらかるのが遅くなったら、この手のことがありうると思ってな」

「どうやら体が奇跡的な回復を見せたようね」わたしは彼の脚を指差した。

「そういうことじゃないのはおたがいわかってるはずだが。あのな、あんたたちの誰がやったんだろうって考えたよ。カーターは裁判所の許可がないとできないし、許可を取るにはもっともな理由と時間が必要になる。マリーはすぐに除外した。なぜなら、まあ、彼女はあんたみたいな飛躍した考え方をするわけがないからだ。しかし、あんたら三人は……シンプルで何か起きると毎回その真ったただなかに突っこんでいってるように見えた。今回も首を突っこまずにいられなくなるだろうとわかってた。あんたがこんなに早く突きとめるとは予想しなかったけどな」

「ごめんなさいね、〝人殺しをして保険金をゲット〟って予定を妨害しちゃって」

「妨害なんてしてないさ。少し遅れが生じて、計画をもう一回変更する必要が出ただけだ。間抜けのデリクのおかげで計画を変更することになったときと同じように。あいつがラトゥールのおばちゃん相手に詐欺を働いて、こっちのやってたことが注目されたりしなければ、ゲイルはもう半年か一年ぐらい生きてたかもしれなかった」

「見さげはてた人間」

ノーランはにっこり笑った。「頭がいいんだよ。デリクはヘマをやらかしてつかまった。短いゲームで欲を出しちゃ駄目なのさ。あんな大金を要求しなきゃ、あのおばちゃんは通報しなかっただろう。こっちの被害者たちだって、ビューラーが怪我したロバみたいに大きな声でわめきだす前は、誰も保安官事務所に訴えたりしなかった」

「つまりあなたは、ゲイルもキャットフィッシュ詐欺のもうひとりの被害者にしようと考えたわけね。ただし今回は事件をより悪質なものにした」

「すみやかに退場するための一番簡単な解決法に見えたからね。あすには死亡証明書が手に入るし、保険会社は小切手を振りだす準備をすでに進めている」

「あなたのパートナー、フランセスカは無事に手続きが済むよう大喜びで取りはからうんでしょうね。彼女の取り分は——二十パーセント？　半分？　それとも彼女は犯罪のパートナーというだけじゃないとか？」

ノーランは目をすがめた。「思っていたよりもさらに頭がいいな。ひょっとすると、シンフルの人間で上辺と異なるのは僕だけじゃないのかもしれない。殺すのはもったいないくらいだ。優秀な犯罪者になれただろうに」

「わたしを撃って、どう説明するつもり？」

「説明するつもりなんてさらさらない。朝になったら、ゲイルの両親と一緒にここへ戻ってきて、自宅の居間で女性が死んでるというショッキングな光景に息を呑むだけだ。鑑定の結果、凶器はゲイルを殺すのに使われた拳銃だとわかり、誰もがあんたは犯人とぐるだったか、またこそこそ嗅ぎまわっていて、今度は運が尽きたんだと考えるだろう」

まずい。彼の言うとおりだ。ノーランには容疑がかからない。みんな彼はずっとホテルにいたと思っている。この男が歩けることを誰も知らないのは言うまでもない。それこそが監視カメラでとらえられないかとわたしが期待していたことだった。それができていたら、ノーランのアリバイは根こそぎ吹き飛んだはずなのに。

「ほかにも知ってる人がいる」わたしはそう言って、避けがたいことを遅らせる手を考えようとした。時間稼ぎをすれば選択肢が増える。

ノーランは首をかしげてわたしを見つめた。「嘘をつくのがうまいな。それでも、嘘であるのに変わりはない。たとえあんたが怪しいと思ってることをあのおせっかいたちに話していたとしても、証拠がない。あのふたりが説得して、誰かが彼女たちの主張について確かめる気になっても、そのときこっちはとっくに姿を消してる」

彼が拳銃を持ちあげたので、下を見ると、わたしの胸を赤い線があがってくるのが見えた。それが額でとまったのがわかった。

「じゃあな、サンディ＝スー・モロー。あんたは頭がよすぎるのが仇《あだ》になった」

わたしがソファから飛びおりた瞬間、銃声がとどろいた。床をころがりながらいまにも痛みが襲ってくるだろうと思った。それでも、とっさに銃を引きぬきながら立ちあがると、床にノーランが倒れているのが見えた。額を一発の銃弾に撃ちぬかれて。

はっと振り返ると、わたしが侵入するのに使った窓の外にカーターが立っていた。

彼は首を横に振った。「きみのそばにいると、繰り返し人を殺さなければならなくなる」しまった。ノーランは死に、わたしは不法侵入を犯した。うまく脚色する方法なんてない。

「わたしにどうしてほしい？」

「誰かが銃声を通報する前にここから姿を消してくれ」

「でも、ノーランはどうするの？」

「話は何もかも聞いた。ここはおれが片をつける。だが、それもきみの関与がばれたらできなくなる。だから行け」

一回言われれば充分だった。わたしは窓へと向かい、逃げることにした。外に出るとさっと彼の体に腕をまわしたので、一瞬だがカーターがはっとしたのがわかった。

「ありがとう……何もかも」そう言うと、わたしは生け垣を抜けて走り去った。

第18章

家に着くか着かないうちに携帯電話が鳴りだした。アイダ・ベルからだ。

「ノーランの家で発砲があった」彼女は言った。「今回はピーチズが銃声を聞いて通報した。それからマリーにも電話をかけたそうだ。マリーがまだあの家にいたらと心配で」

「そう。それについてはわたし、内部情報を持ってるって感じ」

「あんたは何かたくらんでると思ってたよ！　いったい何をやったんだい？　保釈金を集める必要があるかね？　ハリソンにあんたの隠れ家を見つけさせる必要は？」

「そこまでひどいことにはならない。カーターがかばってくれる。今回も。彼がわたしを恋人にしたくないのも不思議じゃない。住民としているだけで、わたしは充分トラブルのもとだから」

「そんなら、そこでぐだぐだ泣き言を言ってんじゃないよ。速攻でガーティの家に来てあたしたちに全部話しな」

アイダ・ベルが通話を切ると、わたしは小さく笑った。蚊帳《かや》の外に置かれたことを、彼女たちはかんかんになって怒るだろう。でも、ひとりでこなせるミッションだったのだから、リスクを冒しても意味はなかった。

最後の最後は違った。掩護《えんご》がなければ、わたしは死んでいた。

かぶりを振り、起きたことをくよくよ考えるのはやめにした。考えると、わたしにとって都合の悪いことばかりだ。

ジープのキーをつかんでガーティの家へ向かった。ふたりとも卒倒するだろう。本当の悪党が誰だったかを知ったら。

ガーティの家の玄関を入ると、ふたりが待ちかまえていた。アイダ・ベルは居間の真ん中に立ち、不満そうな顔で両手を腰に置いていた。ガーティは座っているので、腰に手を置くのは選択肢として好ましくなかった。彼女が選んだのは、ひどくがっかりした顔でわたしに向かって指を振ってみせることだった。

わたしは両手をあげた。「話さなくて悪かったと思ってる。でも、確信がなかったし、わたしが正しかった場合はふたりを巻きこみたくなかったの。わたしは、カーターからＣＩＡ

に連絡が行って、アイダホ州の農場に移動させられるのがせいぜいだけど、あなたたちふたりは、シーリアがカーターにあなたたちを逮捕しろってせっつくなか、ここに残らなけりゃならないでしょ」

アイダ・ベルがガーティのほうを見た。「許してやるかい？」

「そうしてあげようじゃない」とガーティ。「それじゃ、とっととしゃべってもらいましょうか。まずは誰が死んだかから。救急隊員が遺体袋をひとつ運びだしたって聞いたわ」

「ノーランが死んだの」わたしは答えた。

「なんだって？」

「ああ、そんな！」

ふたりの表情にはショックと戦慄《せんりつ》が表れていた。

「気の毒に思うのは待って」わたしは言った。「ゲイルを殺したのはノーランだったの」

出会って以来初めて、アイダ・ベルとガーティが完全に言葉を失った。たったひと言でいいから声を出せと言われたとしても、いまのふたりには不可能ではないかと思えた。ふたりとも目を丸くしてこちらを見つめ、口をあんぐりと開け、オチが来るのを待っている。そんなものはないのだとわかにはじめてようやく、ふたりは顔を見合わせたが、おそらく自分たちの聞き間違いでないことを確認したにちがいない。アイダ・ベルがコーヒーテーブルに腰をおろしてから、ふたりそろってわたしを見た。

ソファに腰かけて、わたしはわかっていることと何が起きたかを語った。ノーランが立って現れたところまで話すと、アイダ・ベルがコーヒーテーブルからはじかれたように立ちあがり、ガーティと一緒にものすごい数の罵り言葉を叫んだ。ふたりが落ち着きを取りもどすまでにはしばらくかかったが、やっとまたコーヒーテーブルに腰かけたアイダ・ベルが、話の先を続けるようにと手を振った。カーターが助けてくれなかったら、遺体袋に入っていたのはわたしだったという話をすると、ふたりとも興奮が冷めたようだった。

「危ないところだったね」アイダ・ベルが言った。

「危機一髪」とガーティ。「そんな危険、冒しちゃいけなかったのよ」

「たぶんね」わたしは言った。「でも、わたしに何ができた？ 疑いを持っただけだもの。証拠はなし。ただ聞かされただけじゃ突飛な想像にしか思えない。誰も信じる人なんていなかったでしょ」

「どうやってすべてをつなぎ合わせたんだい？」アイダ・ベルが尋ねた。

わたしは眉を寄せた。「正確にはわからないし、いまだに答えられない部分もあるんだけど、それは全部カーターが解決してくれると信じてる。一番大きかったのは、人は他人が思っているとおりの人間じゃないってことだったと思う。それは最近わたしの人生で一番大きな問題だし、今回の事件の断片――キャットフィッシュ詐欺やゲイルが殺されたこと、それにブランドンが何か悪事に手を染めてること――が、繰り返しその点にわたしを立ち返らせたの」

「本人がそう見せようとしている人、人物とは違う場合があるってことね」とガーティ。

「あなたがそういうことに敏感なの、わかるわ。いま置かれている状況から考えると特に。でも、どうしてノーランに目をつけたの？　やっぱりずいぶんと飛躍が大きいように思えるんだけど」

「そうでもない」わたしは言った。「考えてみて。ゲイルが殺されたとき、現場にいたのは誰？　ノーラン。あの家に出入りが簡単で、ゲイルの予定を知っていた人物は？　ノーラン。一番重要なことだけど、彼女が死んで利益を得るのは誰？　これも答えはノーラン」

　ガーティがうなずいた。「第一容疑者はつねに配偶者」

「そのとおり」わたしは言った。「でも、ノーランを疑う人はひとりもいなかった。なぜなら、みんな、彼は体に障害があると考えていたから」

「そこで、障害という要素を取り除いてみると」アイダ・ベルが言った。「事情がすっかり変わる」

　わたしはうなずいた。「だから、それは考慮すべき要素からはずして、残りの事実について考えてみることにした。ゲイルとキャットフィッシュがこっそりメッセージのやりとりをしていたと繰り返し言ったのは誰？　ゲイルが浮気をしているという話を、フローレンス・トンプソンは誰から小耳に挟んだ？　停電が起きて悲鳴が聞こえたと言ったのは誰？　男がノーランを突き倒して玄関から逃げたと言ったのは？　答えはいつもノーランだった」

「それじゃ、浮気っていうのはすべてノーランの作り話だったのね」とガーティ。

「おそらく」わたしは言った。「ゲイルのＦａｃｅｂｏｏｋアカウントを見たときのこと、覚えてる？　彼女はウォールに何カ月も投稿してなかった。ノーランがある投稿を見たと主張するのも、カーターがそれは削除されたと思いこむのもたやすかった。同じくたやすくできたはずなのが、キャットフィッシュとゲイルがやりとりしたメッセージを、ゲイルが殺された晩にでっちあげること。そうすれば、ふたりのあいだで以前からやりとりがあったという彼の主張が裏づけされることになるし、あの男は絶対にそうしたはず」

「で、保険のことは？」アイダ・ベルが訊いた。「ゲイルは結局入らなかったんだよね」

「そう。手続きをしたのはフランセスカ」わたしは答えた。「マリーの話を思いだして。ゲイルは保険料が高すぎて契約できないと言っていた。調べてみると、彼女の言うとおりだった。高級車のほうがまだ安いくらい。それに、ノーランがふたりの口座は共同名義だと話していたのに、保険契約については知らなかったと主張したでしょ。それだけ大きな金額が口座から引きだされていたら、気づかなかったはずがない」

アイダ・ベルがやれやれと首を横に振った。「それじゃ、フランセスカが契約の手続きをして、保険料も払ったってわけだ。でもって、カーターが調べたら、ゲイルの署名は偽造だったってわかるにちがいない」

「わたしも確信してる」

「まだ理解できないんだけど」ガーティが言った。「つまり、ノーランとあの女は最初からゲイルを殺すつもりだったってこと？　身体障害は殺人犯として訴えられるのを防ぐための偽装だったの？」

「ノーランは詐欺師だったんだと思う」わたしは言った。「それも時間をかけるタイプが専門の。カーターが彼の正体を突きとめたら、きっと犠牲者はゲイルだけじゃないって明らかになるはず。それから、身体障害は結果的に殺人事件のアリバイとしてうまく利用できたけど、そもそもは高額の保険に加入した理由として使うつもりだったんじゃないかと思う。それって法執行機関が念を入れて調べる点だから。結婚してからまだあまり長くない夫婦の場合は特に」

「でも、配偶者に身体障害があって、自分が死亡した場合にその配偶者の生活が保障されるようにしたいって理由なら」アイダ・ベルが言った。「みんな深く考えない」

わたしはうなずいた。「保険会社側が保険金の受取人は契約について知りもしなかったと主張したらなおさらね」わたしは眉をひそめた。「それどころか、考えてみれば、彼らはきっと保険について最後まで誰にも知られないことを期待してたのよ。アイダ・ベルが保険会社からの電話に出たときのこと、覚えてる？　かけてきたのは男性だった。そのあと訪ねてきたフランセスカは、アシスタントが早まって電話をかけてしまったと説明した。あのときの彼女、ちょっと怒って見えた」

「ふたりは法執行機関に保険のことがばれずに済むのを期待してたんだろうね」アイダ・ベルが言った。「でも、万が一のためにノーランは自分が疑われないための準備を最初からしておいた」

「彼らは逐一予備のプランを考え、あらゆることに答えを用意しておいた」わたしは言った。

「でもね、そもそもノーランは、どうしてゲイルが自分を好きになるってわかったのかしら？」ガーティが尋ねた。

「わかってはいなかったんじゃないかな」わたしは言った。「推測だけど、彼はカモをさがしにチャリティの催しへ出かけて、ゲイルを見つけた。寂しい中年女性で、身体障害者にどう接すればいいかを知っていて、あなたたちふたりの話だと、男性を助けようとする傾向があった」

アイダ・ベルがかぶりを振った。「ゲイルはネオンをチカチカさせてるも同然だった」

「それじゃ、犯行は実際どう行われたと思うの？」ガーティが訊いた。「だって、ノーランはとても短い時間で……」

「本当にそうだったのか？」わたしは疑問を呈した。「彼は消音器を使ったから、銃声を聞いた人はひとりもいない。最初に信じられていた経過を語ったのはノーランだし、ほかに嘘をついていたことがわかってる。思うに、彼はキャットフィッシュ詐欺が噂になってるのを聞きつけて、ここでの仕事がそろそろ終わりに近づいていると感じ、緊急の脱出プランを練る必要に迫られた。そこでトレリスが人の重みに耐えられるかどうかテストし、窓に手を加えた。キャットフィッシュの件が噂で済まなくなった場合にすばやく逃げられるように」

「ゲイルは殺人事件が起きる前、ニューオーリンズにふた晩泊まってた」アイダ・ベルが言った。「ツタの傷からすると、そのあいだにトレリスのテストをしたにちがいない」

わたしはうなずいた。「そこへビューラーがキャットフィッシュ詐欺についてカーターに通報したため、ノーランの緊急プランが発動されることになった。ゲイルが二階へ寝にいく。彼はゲイルが眠りに落ちるまで待ってから二階へあがり、彼女を撃ち殺した。そのあと表へ出て停電させ、たぶん近くで待っていたフランセスカに凶器を渡した。それから家のなかに戻り、車椅子にのった状態で倒れ、救急隊員を呼ぶボタンを押した」

ガーティが首を左右に振った。「あなたの言うとおりだわ。身体障害という要素をはずしてから、ノーランが言ったことはどれも嘘だったと考えれば、真相を推しはかるのは簡単。それじゃ、ビューラーの通報がノーランに計画よりも早く行動を起こさせたってわけね。当初の計画はどんなものだったのかしら」

「ゲイルをシンプルで殺す気はなかったんじゃないかと思う」わたしは言った。「リスクが大きいから。キャットフィッシュをスケープゴートとして使って予定を前倒しにしたのは、カーターが町の住人をひとりひとり綿密に調べだす前に逃げる必要があったから。わたしの推測では、ニューオーリンズでやるつもりだったんじゃないかな――強盗や車の強奪《カージャック》に見せかけて」

「それならノーランに注意が向けられることはない」アイダ・ベルがフーッと息を吐いた。

「巧妙だ」

「邪悪よ」とガーティ。

「ああ、そうだね」アイダ・ベルが言った。「しかし、そんな面倒なことをしてまで……あたしにゃ絶対わからないね、ただ働くだけでいいのにさ」

「ソシオパスは良心って重荷を抱えてないから」わたしは言った。「それに、たいていの仕事は一年で五十万ドルなんて稼げない。ゲイルと二年暮らして百万ドルの支払い、プラス彼が地元住民からキャットフィッシュ詐欺で巻きあげたお金が手に入ったわけだから」

ガーティがため息をついた。「理屈はわかったけど、感情の面ではどうしても理解できないわ。人にたいへんな苦痛を与えるのに、その過程で傷つく相手のことをまったく気にせずにいられるなんて」

「あたしたちには絶対理解できないよ」アイダ・ベルが言った。「とにかくそういうふうにはできてないんでね」

「なんとかわたしたちでゲイルを救う方法があればよかったんだけど」

「あたしもそう思うわ」ガーティが言った。「でも、少なくとも次の犠牲者が出ないことだけは確かよ」

「いいニュースがもうひとつある」とアイダ・ベル。「ブランドンは殺人犯じゃない。あたしたちが見た寝室のなかを動く懐中電灯は、ブランドンのじゃなかったようだね」

「うん」わたしは賛成した。「あれはノーランだったはず。覚えてるでしょ、玄関に出てきたときの彼、息が切れてた。本人はトイレに入ってたって言ったけど、あれは間違いなく一階へ駆けおりてきて、車椅子にのって玄関に出てきたせいよ」

「二階で何をしてたのかしら」とガーティ。

「わからない」わたしは言った。「自分が犯人だとわかってしまうと考えた何かか、前もって取ってきておくのを忘れたものがしまってあって、取りにいったとか。ノーランは家のなかにカメラを仕掛けたとわたしに明かした。もしかしたら、寝室を調べたときに捜査班がどんなことをしたか、録画を確認してたのかも。確かなことはもうわからないかもしれない」

アイダ・ベルが眉をひそめた。「それじゃ、ブランドンはどうして自分ん家《ち》のなかを懐中電灯なんか持って歩きまわってたのかね？」

「かわいそうだったわね」ガーティが言った。「あたしたち、ブランドンを殺人犯だって決めつけたも同然だったわ」

「まあ、彼についてはいまだに疑問が残ってる」わたしは言った。「この事件が決着してから、そっちを明らかにできるかも」

「今度はあたしたちを置いてきぼりにしないどくれよ」アイダ・ベルが言った。

わたしは床を見おろしてから、ふたりに目を戻した。「本当のことを言うと、わたしは何かひとりでやってみる必要があったんだと思う。これまではいつも、サポートしてくれるパートナーかチームがいた。独力でできるか、試してみたかったんだと思う。その、必要に迫られたときに備えて」

ガーティがにっこりほほえんだ。「あなたがひとりになることは絶対にないわ、フォーチュン。あたしたちが生きてる限りは」

アイダ・ベルがかぶりを振った。「そりゃ怖い話だよ、この娘《こ》にとっちゃ」

朝になると、町は大騒ぎとなり、シンフル史上最も悪魔に近い犯罪者がカーターに正体を暴かれ、そして倒されたという第二の衝撃的事実が明らかになったあとは、誰もが喜びに酔いしれた。フランシーンのカフェは歩道に行列ができ、雑貨店はお客同士の肩が触れ合うほどの大盛況となった。人出が多くなりすぎたため、しまいにはカーターがメインストリートを車両通行止めにしたほどだ。

わたしは騒ぎに近づかないことに決めた。むずかしい決断ではなかった。人がおおぜい集まるたぐいの騒ぎに、もともと興味がないから。いっぽう、ガーティとアイダ・ベルはマリーと一緒に騒ぎのただなかへと出かけていったため、ノーランが彼女たちまで殺そうとしなかったのはラッキーだったとみなから興奮して言われた。一般住民はプロの犯罪者の行動原理を理解していない。

わたしは午前中を、もう少しで死にそうになった最新の事件についてなかなか信じようとしないハリソンに知らせることと、ガスグリルの使い方を理解することに使った——見栄を張って自分でハンバーグを焼こうと思ったときのために。本を持ってハンモックでのんびりしようと思ったちょうどそのとき、携帯電話にブランドンのピックアップにつけた発信器が作動したとの通知が来た。携帯を取りあげ、確認した。確かに画面上を点が移動している。きのう故障した理由がなんだったのかはわからないが、いまは問題なく作動しているようだ。

キーをつかんでジープへと走った。わたしたちにとってブランドンはただひとつ未解決のまま残っている点で、わたしはあすをすっきりした気分で始めたいと強く感じていた。運転しながら、アイダ・ベルに電話をかけた。

「メインストリートのはずれで合流したいんだけど」彼女が出るとわたしは言った。「ブランドンが動いた」

ふたりはメインストリートから一ブロックほど離れた交差点で待っていた。ダウンタウンを走る車が迂回させられている場所だ。アイダ・ベルはガーティが助手席にのりこむのを手伝ってから、後部座席におさまった。ふたりとも興奮と困惑の両方の表情を浮かべている。

わたしはアイダ・ベルに携帯電話を渡し、ナビを担当してくれと言った。

「ブランドンのピックアップに発信器をつけたのかい？」アイダ・ベルが訊いた。「あの夜、ブランドンの家でやってたのはこれだったのか」

「あなた、ほかにもあたしたちにしゃべってないことあるの？」ガーティが訊いた。

「もうないと思う」そう答えてから、カーターから聞かされた、わたしとつき合えない理由の話はまだしていなかったことを思いだした。いまの返事は変えずにおこうと即座に決断した。あのときの会話については、わたし自身まだどう考えたらいいかわからずにいる。誰かと話し合う心の準備なんて絶対にできてない。

三キロほど走ったところで、アイダ・ベルから湿地へと通じる細い泥道に入るよう指示された。一キロ弱走ると、イトスギが道に迫るように立ちならんでいるため、日がほとんど差さなくなった。

「この道がどこに通じてるか知ってる？」ところどころ道に深い穴が開いているので速度を

落としながら、わたしは訊いた。

「ああ」アイダ・ベルは頭上のロールバーをつかんでジープが大きくはねるのに備えた。「この先には古い釣り桟橋がある。でも、もう何年も前に崩れちまった」

「道の終わりに近づいたら教えて」わたしは言った。「ブランドンにこちらが近づいていくのを見られたくない」

アイダ・ベルが前方の腐った木を指差した。「あの倒木のそばに車をとめとくれ。道は左に曲がったあと行き止まりになってる。もと桟橋があった場所で、ここから五十メートルくらい先だ」

倒木のまわりは狭い開豁地になっていたので、わたしは泥道からおりて木の横に車をとめた。ガーティを見る。「五十メートル歩ける?」

「当たり前じゃない」彼女は答えた。「走ることになったら、困るかもしれないけど」

「走る必要は武装することで防げる」わたしは言った。「全員、武器は携帯してると思うけど?」

アイダ・ベルはウエストを叩いた。ガーティはバッグを持ちあげた。持ちあげるには両手が必要だった。

アイダ・ベルがやれやれと首を振った。「ガーティは小国の武装に充分なだけ持ち歩いてるよ」

「それじゃ大丈夫ね」わたしは言った。

全員ジープを降りると道を歩きだした。携帯電話上の点は前方のある場所から動かずに点滅している。ガーティは少し足を引きずっていたので、アイダ・ベルとわたしが彼女をあいだに挟んで肩を貸し、速度をあげた。そうでもしなければ、こちらが到着するまでにブランドンは社会保障の申請だって終えられそうだった。

最後のカーブを曲がると、わたしたちは足をとめた。雑木林を透かして見たところ、ブランドンはピックアップの運転台に座り、窓ガラスをさげていた。下を向いており、ドアフレームの上にノートパソコンの上部がのぞいている。

「どういうやり方でいくつもり?」ガーティが訊いた。

「シンプルにいく」わたしは答えた。「ピックアップまで歩いていって、彼に何をしてるのか尋ねる」

アイダ・ベルがうなずいた。「よっしゃ」

わたしは背中に手をまわし、必要な場合は銃を抜けるようにしたが、それは必要にならない予感がした。ブランドンはやっている作業に没頭するあまり、こちらが近づいていく音も聞こえていなかった。窓の横まで行ってようやく、わたしは彼がイヤホンをして音楽を聴いていることに気がついた。

「やあ、ブランドン」アイダ・ベルが大きな声で言った。

「驚かすなよ!」彼は飛びあがり、イヤホンを引き抜くと慌ててこちらを見た。「心臓がとまるかと思った。ここで何してるんです?」

「同じことをあなたに訊こうと思ってたんだけど」わたしは手を差しだした。「フォーチュンよ。あなたとは初対面だけど、奥さんを知ってる」

わたしが〝奥さん〟という言葉を口にするやいなや、ブランドンのちょっと驚いた表情が少し不安そうな表情へと変わった。

「実はね」アイダ・ベルが言った。「あんたがエビが豊漁だってピーチズに話してたのは知ってるんだ、それで儲《もう》かってお金が使えてるって。でも、あたしたちはそれが嘘だってことも知ってるし、ここ数日で少なくとも三回はあんたが陸《おか》にいるのを見た。本当ならのってるはずの船の上じゃなくね」

「ピーチズはいい娘《こ》だし、苦労させたらかわいそうよ」とガーティ。「だから、何に手を出してるのか知らないけど、気持ちを入れかえて、彼女とお子さんにふさわしい夫、父親におなりなさいな。それは刑務所に入れられたらできないことよ」

ブランドンが目を剥いた。「お、おれは……何も違法なことなんてしてませんよ。誓って」

「それなら、何をしてるのさ」アイダ・ベルが訊いた。

ブランドンが目を落とすと、顔が紅潮した。「本を書いてる」

なんと言ったらいいかわからず、わたしはアイダ・ベルとガーティを見た。ブランドンが女性用下着のデザインをしていると言ったとしても、これ以上驚くことはなかったと思う。

「なんだって?」アイダ・ベルが言った。

「本」彼は繰り返した。「暇さえあれば、おれは本を読む。昔からそうだった。ガーティ先生は知ってますよね。おれが授業中も本を読もうとして、いつも机の下に隠してたのを。それで、ある晩インターネットを見てたときに記事を見つけたんですよ。ある女の人が小説を執筆して、自分で本を出版したと書いてあった。その人は車を買いかえたり、家を全面リフォームしたりしたって。おれ、駄目もとでやってみるかって思いました。おれはおもしろい海賊小説が好きなんだけど、いいのが見つからない。だから自分で書いて出版した」

わたしは窓から頭を入れ、ノートパソコンの画面を見た。「それじゃ、キャベンディッシュ船長（漫画・アニメ『ONE PIECE』に出てくるキャラクター）、あなた、その海賊小説で稼いでるの？」

「ああ」そう認めたが、彼は自分でもちょっと驚いている様子だった。「最初はまぐれ当たりだと思ったんだけど、これまでに三冊出して、エビ漁の二倍稼げてる」

「それじゃ、あなたはピックアップでこそこそ移動してまわっては海賊小説を書いてたってわけね」ガーティが言った。「なんてこと。そんなの船の上で書けばよかったじゃないの。そうすれば、こんなふうに妙にこそこそ動きまわったりして、何かふらちなことをしてるんじゃないかと疑われたりせずに済んだのに」

「船の上じゃ書けないんですよ」彼はちょっと決まり悪そうに言った。「胃がむかむかするんです。船の上じゃ読むこともできない」

アイダ・ベルがかぶりを振った。「今週聞いた奇妙な話のなかで、いまのは一番上に来るし、それはハンパなことじゃないよ」

「ピーチズに話さないと駄目よ」ガーティが言った。「あなたの昼間の妙な行動に、誰かが気づく前に。あたしたちはあなたに尋ねたけど、そんなことせずにピーチズに話しちゃう人がいたら……」

「はい、先生《マーム》」ブランドンは答えた。「どう真剣にまずい問題になるかはわかります。おれ、必要があってピーチズに隠そうとしてたわけじゃないんで。ただ、ちょっと恥ずかしかったんです。その、おれって男っぽい男だから——釣りしたり、狩猟したり。わかりますよね。それに、自分の書いた本が売れつづけるなんて、考えてなかったから」

「おめでとう！」明らかになった真相が喜ばしいものだったので、わたしは楽しい気分になった。「あなたは作家。奥さんに打ち明けてお祝いよ」

ブランドンがゆっくりと笑顔になった。「そうしよう。おれの秘密を暴いてくれてありがとう」

アイダ・ベルとガーティの顔を見て、わたしはにんまりした。「わたしたちの任務、終了みたいね」

第19章

その日の夜遅くまでカーターには会わなかったけれど、わたしとしては問題なかった。もっと前に会うことになっていたら、それは手錠をかけられるか、もっと悪くすればわたしが心底おそれているアイダホ行き航空券を渡される事態になっていたはずだから。午後十一時を過ぎたころ、玄関のドアをノックする音が聞こえた。わたしは〈ジュラシック・パーク〉のマラソン視聴を再トライ中だったけれど、誰が訪ねてきたか確信して、立ちあがると玄関へ行った。

「わたしを逮捕しにきたの？」

「ビールと、アリーが作った食べものは何かあるか？」彼が訊いた。

「ご希望に応えられると思う」

「それなら、手錠はピックアップに置いたままにしておく」

わたしは後ろにさがって彼をなかに入れ、後ろからキッチンへとついていった。カーターが冷蔵庫からビールを二本出し、わたしはクッキーののったお皿からラップをはずしてテーブルに置いた。テーブルを挟んで腰をおろすと、彼はクッキーを大きくひと口食べ、ビールをごくごくと飲んだ。椅子の背にもたれてわたしを見る。

「ニューオーリンズ市警がフランセスカを勾留した」

「それを聞いて嬉しい」

「そう言うかなと思ってた」カーターは身をのりだした。「率直にいこう。ノーランが怪しいと思ったのはどうしてだ？」

わたしは昨夜ガーティとアイダ・ベルに説明したことを全部カーターにも話した。彼は途中でさえぎることなく、でもときどきうなずきながら耳を傾けていた。話が終わると、かぶりを振った。

「こんなことは言いたくないんだが」彼は言った。「きみの背中を押すような真似はしたくないからな。でも、ものすごくみごとな推理だ」

わたしは褒められて顔が熱くなるのを感じた。「ラッキーだっただけかも」

「いや。きみが説明してくれたことは全部、直感か論理に基づいていた。それは確実な犯罪捜査の基礎だし、重大事件を解決する鍵になる場合もある。ただし、きみが生きていてラッキーだという点には異議を唱えない」

わたしは首をかしげて少しのあいだ彼を観察した。「あなた、わたしの話に少しも驚いてない。このあいだの夜もそうだった」わたしは目をすがめた。「わかってたんでしょ？」

「怪しいとは思ってたが、地方検事のところへ行くには証拠が足りなかった」

「あなたはどうしてノーランを怪しいと思ったの？」

「きみと同じく、つじつまが合わないという感じがあった。すぐに気づくところじゃない。ノーランは悲鳴が聞こえてから銃声がしたと言って、撃たれたゲイルが犯人を見たかのような印象を与えたが、ゲイルの目は閉じていて、ぐっすり眠っていたように見えた。死後に目が閉じることがあるのはおれも知っている。その瞬間にどんな体勢でいようとも。しかし、おれの経験では、暴力による死亡の場合はめったにない。おかしいと感じた」

わたしはうなずいた。わたしの経験でも同じだ。

「検死の際、薬物検査をするよう依頼した」彼は続けた。「ゲイルの体内から大量の睡眠薬《アンビエン》が検出された。彼女があの薬をどこで処方されたのかは調べがつかなかった。しかし、ノーランは処方されていた」

「あの男、ゲイルに薬を盛ったのね。でもそれは証明できなかったから、疑わしく見えても、監視カメラを設置する許可を裁判所から得られるほどじゃなかった」

「言うまでもないが、動機も見つからなかった。きみから保険金について聞くまでは」

「フランセスカは残りの人生、優秀すぎるアシスタントを呪いつづけるでしょうね」

カーターはうなずいた。「アシスタントが電話をして、それにアイダ・ベルが出なかったら、おれたちは保険のことを最後まで知らずに終わったかもしれない」

「ノーラン・ビショップっていうのは本名じゃないわよね。もう何かわかった？　それとも話せないとか」

カーターが声をあげて笑った。「おれが話そうが話すまいが気にしないくせに。やれると思ったら、保安官事務所に侵入して、おれの事件ファイルを読むだろ」

わざわざ反論はしなかった。

「きょう、やつがゲイルの前にカモにした相手を突きとめた。しかし、もっと調べれば、ほかにも罪を重ねていたことが明らかになるはずだ」

「で？」

「おれたちがノーラン・ビショップとして知っていた男は、体が不自由な病人の個人秘書だった。病人の名前はノーラン・ビショップだが、こちらは本名だ。本物のノーラン・ビショップの妻が死に、夫に多額の保険金を遺した。不正はいっさいなし。彼はおれたちの知るノーラン・ビショップを個人秘書として雇った。本物のノーランが心不全で死んだとき、彼は偽ノーランにすべてを遺した」

「検死は行われなかったの？」

カーターはうなずいた。「本物のノーラン・ビショップは心臓が悪く、重い病気にかかっていた。存命の身内はひとりもおらず、死亡したときは自宅にひとりでいたため、誰も犯罪行為があったとは考えなかった」

「でも、あなたはあったと思うのね」

「保安官助手のバッジを賭けてもいい。しかし、本物のビショップには保険金を受けとれる身内がいたわけじゃないから、いまはもうどうでもいいことだ。それでも、今度の事件で明らかになったことはすべて、カリフォルニア州の警察に送った。ひょっとしたら、向こうも何か学べることがあるかもしれないからな。おれは間違いなく速習コースを受けさせてもらったよ、時間をかけるタイプの詐欺について」

「今度のいきさつにははっとさせられた。何が言いたいかって言うと、わたしがふだん相手にするのは、秘密と嘘を基礎に犯罪組織を運営する人間たちだけど、今度の事件はすごく……」

「個人的？」

「そう。理解するのがむずかしい」

カーターはうなずいた。

「それじゃ、ノーランはその体が不自由だった男性になりすましたわけね。ノーラン・ビショップって名前に聞きおぼえのある人がいそうにない土地へ移って、仕事に取りかかった。都合のいいことづくし」

「そのうえ、本物のノーランが多額の保険金をなんにも訊かれずに受けとったのを知っていたから、次はどういう詐欺にするか決めていた」

「いまだに信じられない、そこまでやる――ああいう役を演じようと思う人がいるなんて。こんなに長い期間」

「これは推測だが、やつは気を遣われるのが楽しかったんじゃないかな。それに四六時中演じつづける必要があったわけじゃない。ゲイルはニューオーリンズで長時間仕事をしていた。ノーランは在宅の仕事だったから、昼間は誰の目もない。ブラインドを閉めておけば人に知られることなく、健常者として生活できる」

「あの男、ゲイルのFacebookアカウントにキャットフィッシュからの偽のメッセージを送ってた？」

カーターはうなずいた。「事件当夜にやりとりが一件残っていた。たぶんゲイルがアンビエンのせいで意識を失ったあと、打ったんだろう。短いものだったが、ノーランがわれわれに持たせたかった印象を植えつけるのに充分な内容だった」

わたしはあれこれちょっと後ろめたく感じて、テーブルに目を落とした。「報告書にはなんて書いたの？　ノーランを撃ったことについて」

「前夜、何者かが侵入したのであの家を見張っていたと書いた――全部本当のことだ、言っておくと」

「それじゃ、わたしが窓から侵入したとき、あなたはすでにあそこにいたわけね？」

「通りの反対側、茂みの陰。ピックアップは保安官事務所におとりとしてとめておいた。うまくいったようだな、きみが現れたから」カーターはにやりと笑った。

「みごとな先見の明《めい》はさておき、あの夜ノーランがあの家に戻ってくるって、どうしてわかったの？」

「昔からある勘てやつかな。正直、ノーランが戻ってくると考えていたというより、ただしばらく見張っているべきだと感じたってほうかもしれない。そうしたらきみが現れて、興味深い展開になった」

興味深いというのはひとつの言い方。〝命にかかわる〟展開でもあった。「いつ怒鳴られるかと気になってるんだけど」

「怒鳴ったら何か効果があるのか？　もう少しで死ぬところだったと本人が自覚してなければ、おれが何を言ったところで納得しやしないだろう」

ため息。「わかってる。あなたが見張ってなかったら、わたしたちがいまこうして会話をしてることはなかった」

「それなら、きみを怒鳴る代わりにひとつ頼みがあるんだ」

わたしは眉を寄せた。「頼みって何？」

「次に何かきみが直感でこれはおかしいって感じたら、おれに言ってくれ」

「わたし、頭がいかれてると思われるんじゃないかと考えたの」

「だから？　たとえきみの言うことをいかれてると考えても、それを無視するとはかぎらない。おれはきみの能力に敬意を抱いてるから、きみが気がかりだと言ったことをはねつけたりしない。きみが何かおかしいと思った場合、それはきっとそのとおりだ」

「それなら、言われたとおりにできると思う」

「よし。それはそれとして、きみが法執行機関の仕事にちょっかいを出してまわるのを、歓迎するという意味じゃないからな。それどころか正反対だ。怪しいと感じたことを話してもらいたいのは、おれが自分で対処できるようにだ」

「わかった。了解。言いたいことはよくわかりました」

カーターは左右に首を振った。「わかったかどうかを疑ってるわけじゃない。おれの仕事に首を突っこまずにいようという決心の固さを疑ってるんだ」

彼は立ちあがって腕を頭の上に伸ばした。「へとへとだ。帰ってシャワーを浴びて、できればひと晩ぐっすり眠ることにする。ここしばらくゆっくり寝てないから」

わたしも立ちあがり、玄関まで彼についていった。「かばってくれてありがとう、今回も。命を救ってくれたことも、また。それに逮捕しないでくれて」

「今回もな」彼はほほえんだ。

玄関に立ち、カーターを見つめていると突然、人生というパズルのピースが一枚、ぴたりとはまった。〝ある日、真実がわかる〟とアイダ・ベルが言っていたように。

「わたし、問題が解決したら、CIAに戻るのはやめる」

カーターが目をみはった。「本気か？」

わたしはうなずいた。決断をしてからほんの数秒しかたっていないけれど、これ以上ないほど強く確信していた。「CIAに戻ったら、ここへ来てから得たものをすべてあきらめなければならなくなる。親しくなった人たちと別れたくないけど、ワシントンDCに戻ることにしたらまさにそうなる」

「仕事はどうするつもりだ」

「正直言って、わからない。お金はあるの。両親が保険金を遺してくれたし、亡くなる前にもかなりの額を貯めてくれてた。銃や電子機器を買う以外、わたしはあまりお金を使わないから、すこし時間をかけて考える余裕がある」

「それはシンプルに残ることを考えてるって意味か？」

わたしは肩をすくめた。「確かなのは、以前の自分には戻れないってことだけ。あまりにも変化がありすぎた。残りはまだ白紙」

「埋めていけるさ」

わたしが返事をするより先に、彼はわたしの体に腕をまわして抱き寄せ、唇を近づけたかと思うとそっとキスした。

「考えに入れるべきことだ」わたしを離しながら言った。

「白紙を埋めるときに」

「わたしが本当に司書になったりしないのはわかってるわよね」

カーターはうなずいた。「きみをいま失うのとあとで失うのとどちらがつらいか、ずっと考えていたんだ。きみを仕事のせいで失うことになったら、おれは死ぬほど打ちのめされる。でも、正直言って、いまきみを失おうとしていることでおれはすでに死ぬほど打ちのめされてる。安全策を取るのはリスクを冒すのに劣らずまずい場合もある。おれは後悔の残る人生を送りたくない」

「わたしも」

「あすはきみにとってこれからの人生最初の一日だ、フォーチュン・レディング」

わたしはほほえんだ。「いい一日になりそうな気がする」

解説

大津波悦子

来ました、来ました。〈ワニ町〉シリーズ第八作『町の悪魔を捕まえろ』。第一作の邦訳『ワニの町へ来たスパイ』が二〇一七年に出てから毎年発行されてきましたが、今年はうれしいことに二作も刊行。これで八作となりました。本国アメリカではこの十年あまりで二十八作というハイペースで刊行されています。それだけ、アメリカでも人気のあるシリーズということですよね。日本でもぜひペースをあげていただきたいものです。

これまでのシリーズ作品をざっくりとおさらいしましょう。第一作の『ワニの町へ来たスパイ』は、完璧な偽装に包まれて南部の小さな町に隠れることになったCIAの工作員フォーチュンの登場作。フォーチュンは到着早々に保安官助手カーターと衝突し、亡くなった大おば（ということになっている）マージの家の裏庭でうっかり人骨を見つけてしまいます。そしてマージの友人だったシンフル・レディース・ソサエティ（地元の婦人会。以下、SLS）のパワフルな老女、アイダ・ベルとガーティとともに真相を追うことになります。『ミスコン女王が殺された』ではフォーチュンが、ハリウッドから町に戻ったミスコン女王と衝突してしまい、翌日彼女が殺されたことで容疑者の筆頭にあげられてしまいます。疑惑を晴らすため、SLSの二人と手を組んで再び大活躍。

『生きるか死ぬかの町長選挙』は町長選挙に立候補したアイダ・ベルが、対立候補が殺されたことで犯人扱いされてしまいます。濡れ衣を晴らそうとするフォーチュンとアイダ・ベルとガーティの行動は、町全体を巻きこむ大騒動に発展します。

『ハートに火をつけないで』は大切な同世代の友達であるアリーの家が放火されてしまいます。フォーチュンはアイダ・ベルとガーティの手を借りて犯人探しに乗り出します。

『どこまでも食いついて』は初デートの余韻を楽しむ間もなく、お相手の保安官助手カーターが何者かに銃撃されてしまいます。フォーチュンたちの犯人探しは町を大混乱に陥れます。

『幸運には逆らうな』はスワンプ（湿地）での爆発事故をきっかけに、シンフルで覚醒剤が作られていることが判明。爆発の巻き添えで友人が負傷したアイダ・ベルたちは怒りに燃え、フォーチュンと、悪党探しに立ち上がります。

『嵐にも負けず』はハリケーン襲来に偽札騒動、それに加えて殺人も発生。さすがのフォーチュンも自然災害にはお手上げですが、破天荒すぎの老婦人ふたりの助けを借りて動き出します。

さまざまな事件が起きる中でフォーチュンとカーターの関係は進展していきます。とても良い感じに進んできたと思ったのですが、カーターは過去の経験のせいで、フォーチュンと付き合っていくことはできないと確信、二人は別れることに……。なんとシリアスな展開になってしまったことでしょう。

そして本作では傷心のフォーチュンが打ちのめされている中、インターネットを利用したロマンス詐欺が発生。被害にあったのは町の中年女性。犯人も町の住人とふんで、フォーチュンたち三人組は自分たちの捜査をはじめるのです。

この町の象徴バイユーは、細くてゆっくりと流れる濁《にご》った川。バイユーはルイジアナ州ニューオーリンズを中心に、テキサス州ヒューストンからアラバマ州モービルまで広がっている。多くのバイユーには、クロウフィッシュ（ザリガニ）、エビ、貝類やキャットフィッシュ（ナマズ）、そしてワニが生息しています。第六作の『幸運には逆らうな』に出てくるザリガニパーティの主役は、スパイスをたっぷり入れてザリガニをトウモロコシとジャガイモとともにゆでたものです。今回はザリガニではなくナマズ、つまりキャットフィッシュが主役。本作の中心的犯罪はロマンス詐欺ですが、ネット上で恋愛を装ってだます成りすまし詐欺師のことをキャットフィッシュというそうです。前書きにもある通り、この言葉は、映画*Catfish*（2010）というドキュメンタリーで知られるようになりました。映画では、ニューヨークに住む写真家ニーヴが、雑誌用に撮影したバレエの写真を描いた絵を小包で受け取る。差出人は八歳の女の子で、彼の写真に感銘を受けて送ったのだという。二人はフェイスブックを通じて友達となり、やがて彼女の母親や姉ともフェイスブックで親しくなっていく。ミユージシャンをしているという姉に心奪われ、関係はますます発展しますが、作ってくれた歌がYouTubeにアップされている他人のものだと気づき、疑問を持った主人公たちはこの一家の本当の姿を突き止めます。土台はあるものの一家は母親が作りあげた架空の人物たちであり、フェイスブック上のプロフィール写真なども別人のものを無断使用していました。フェイスブックの複数の友達も作られたもので、架空のアカウントどころか架空のコミュニケーションまで作り、携帯電話も相手に合わせて複数台所有していました。とんだ架空コミュニケーション、架空恋愛だったわけです。こんなことが起きるのは、フェイスブックは実名登録という原則を信じている弊害かもしれませんが、登録されたプロフィールがすべて真実だという保証はないのですね。

さて、前作から一週間も経たないころ、シャワーも浴びず、着替えもせずソファでごろごろしているフォーチュンに活を入れたのは、もちろんアイダ・ベル。カーターと別れ、将来にも確信がもてなくなっているフォーチュンのところへ、ビューラーという町の女性がキャットフィッシュされたというニュースを持ってガーティが飛び込んできます。中東に派遣されている海兵隊員を名乗った男とフェイスブックで友達になり、二万ドルをだましとられたというのです。そしてほかにも被害者が出ていることが分かり、何者かがシングルの孤独な女性から金を巻きあげている、これぞ自分たちが捜査すべき犯罪だと、フォーチュンをたきつけます。こんな事件が発生すれば首を突っ込まずにはいられないSLSの二人は、ふさぎ込んでいるフォーチュンを元気づけようともしているようです。

早速、三人はおとり捜査をすべくガーティがフェイスブックに新しいプロフィールをアップします。一方フォーチュンはウォルターの雑貨店で町長のシーリアと鉢合わせして、口論になってしまいますが、それをきっかけに車椅子生活の男性とその夫人と知り合います。ロマンス詐欺被害には実はシーリアも遭っていたらしいことが分かり、ガーティの手づるを使い、町長選監査中のホテルに入りこみ、シーリアのPCを確認して確証を得ます。それにしても必ず騒動を引き起こしてしまう三人。それぞれに扮装してホテルに潜入したのだけれど、逃げ出すときにホテルのメンテナンス係とひと悶着起こしてしまいます。

そうこうしているうちに町でも評判のよい女性が自宅で何者かに殺されたというニュースが飛び込んできます。知り合ったばかりの人物が被害者と知って、町一番の善人とも称される彼女はなぜ殺されたのか、ただの強盗なのか、真相を探り始めます。ロマンス詐欺に、侵入者による殺人、そして隠された真の悪意。三人は真相を暴き出しシンフルに平穏を取り戻せるでしょうか。

本作は、このシリーズの転回点となる作品だと思います。フォーチュンはカーターとの別れを経験し、父親との葛藤や母親への思いにも向き合っていきます。バナナプディングをはじめとする、おいしくこってりとした南部料理の数々も彼女に深く影響を与えているのでしょう。これまでの仕事とシンフルでの生活を振り返り、新たな決断を下すのです。フォーチユンは作品中盤で「可能だろうか。若いときにひとつの道を選び、自分はそれでいいのだと確信して二度と疑問を抱かないなんてことは。かつてのわたしなら、もちろん可能だと答えただろう。でもそれは非常に限られた生き方しか知らなかったからだ。本当に知っているからではなく、無知だから出せた答えだったはず。異なる生き方に触れたいま、自分がこれまでにしてきた、あるいはこれからしようとしているあらゆる選択について、わたしは疑問を抱かずにいられなくなっている気がする。」という述懐をしています。

〈ワニ町〉は、ルイジアナの田舎町シンフルに元ミスコン女王にして司書という仮面をかぶって潜伏するフォーチュンが、SLSのおばあちゃんたちにあおられてさまざまな事件をかなりの力業で解決する爽快なシリーズです。でも単にパワフルで痛快な活劇ミステリというだけでない、フォーチュンの精神的な成長も描かれていきます。とりわけ仕事を持つ女性にとっては刺さるところが満載なのではないでしょうか。

　ともあれシンフルは本当に罪深《シンフル》い。フォーチュンがやってくるまで静かな南部の町だったとはいうけれど、悪意はどこにでも潜んでいることの見本のような町でもあることをあらわにしています。フォーチュンが一種の起爆剤となり、過去の犯罪も含め噴き出してきたのでしょう。正義感の塊で不正を見過ごせないフォーチュンというヒロインが、この町を活性化(?)させてしまったわけです。それにしても週一ペースで死体が出現するのは、ちょっとね。亡くなった大おばの家を整理すべくひと夏を過ごしにやってきたという触れ込みのフォーチュンですが、彼女の正体を見破る人物も現れる中、徐々に町の人々との交流も増えてきました。せわしなく事件の起こるこの町で、まだまだフォーチュンの夏は続きます。冒頭でもふれたように二〇二四年現在二十八作が発表されていますから、まさにフォーチュン・サーガ。ぜひとも刊行され続けますように！

検印
廃止

訳者紹介　津田塾大学学芸学部卒業。翻訳家。訳書にアンドリューズ「庭に孔雀、裏には死体」、ジーノ「ジョージと秘密のメリッサ」、スローン「ペナンブラ氏の24時間書店」、デリオン「ワニの町へ来たスパイ」、ナゴルスキ「隠れナチを探し出せ」など多数。

町の悪魔を捕まえろ

2024年10月11日　初版

著　者　ジャナ・デリオン

訳　者　島《しま》　村《むら》　浩《ひろ》　子《こ》

発行所　（株）東京創元社
代表者　渋谷健太郎

162-0814／東京都新宿区新小川町1-5
電　話　03・3268・8231-営業部
03・3268・8204-編集部
URL　http://www.tsogen.co.jp
DTP　キャップス
暁印刷・本間製本

乱丁・落丁本は、ご面倒ですが小社までご送付ください。送料小社負担にてお取替えいたします。

ISBN978-4-488-19611-0　C0197